Vampire City

RACHEL CAINE

Vampire City

TOME 3

Traduit de l'anglais (États-Unis)
par Alice Delarbre

hachette

Photo de couverture : © Larry Rostant/Shutterstock.

Traduit de l'anglais (États-Unis)
par Alice Delarbre.

L'édition originale de cet ouvrage a paru en langue anglaise
chez NAL JAM, an imprint of New American Library,
a division of Penguin Group (USA) Inc., sous le titre :

Midnight Alley (Book 3 of *The Morganville Vampires series*)

Hachette Livre, 43, quai de Grenelle, 75015 Paris.

1.

À la seconde où la sonnerie du téléphone retentit, Claire sut, comme si elle avait eu un flash, qu'il s'agissait de sa mère. Enfin, pas besoin d'être médium ; la logique suffisait. Elle avait promis à celle-ci de l'appeler plusieurs jours auparavant, promesse qu'elle n'avait pas tenue. Du coup, sa mère se manifestait au moment le moins opportun.

— N'y va pas, murmura son copain sans décoller sa bouche de la sienne. Michael décrochera.

Elle n'arrivait toujours pas à croire qu'elle pouvait parler de *son* copain et pas seulement d'*un* copain. Elle reconnaissait que Shane lui donnait d'excellents arguments pour ignorer cet appel. Pourtant, sa petite voix intérieure refusait de se taire. Claire laissa échapper un soupir de regret, puis se libéra de son étreinte et se passa la langue sur ses lèvres humides, parcourues de fourmillements.

Michael se dirigeait justement vers le téléphone au moment où elle pénétra dans la cuisine. Elle lui coupa la route et, après avoir articulé une excuse, elle décrocha :

— Allô ?

— Claire ! Dieu soit loué, je me faisais un sang d'encre, trésor. Nous essayons de te joindre sur ton portable depuis des jours, et…

Mince !

— Mais je vous ai envoyé un mail, maman… Tu te souviens ? J'ai perdu mon téléphone et je n'en ai pas encore récupéré un autre.

Inutile de préciser les circonstances dans lesquelles elle l'avait égaré. Inutile de mentionner quoi que ce soit qui laisserait entendre combien sa vie était devenue dangereuse depuis son installation à Morganville.

— Ah… lâcha sa mère avant de poursuivre, en détachant bien chaque mot : Eh bien, ton père a oublié de m'en parler. C'est lui qui consulte les mails, tu sais ? Je n'aime pas les ordinateurs.

— Je sais, maman.

Ces appareils la rendaient nerveuse, et ce, pour une excellente raison : ils avaient une fâcheuse tendance à imploser en sa présence.

— Tout va bien ? reprit-elle. Tes cours sont intéressants ?

Claire prit une canette de Coca dans le réfrigérateur et l'entama pour se donner le temps de réfléchir à ce qu'elle pouvait dire à ses parents – à supposer qu'elle puisse leur dire une seule chose. « Maman, il y a eu du grabuge ici.

Tu vois, le père de mon copain est venu avec ses potes, des motards. Ils ont dézingué à tout-va et on a bien failli y passer, nous aussi. Ah ! et j'oubliais : ça a mis les vampires en pétard. Du coup, pour protéger mes amis, je n'ai pas eu d'autre choix que de signer un contrat. Qui, en substance, fait de moi l'esclave du vampire le plus dangereux de la ville. »

Ouais, la pilule risquait d'avoir du mal à passer. Et puis, de toute façon, même si Claire lui racontait tout, sa mère ne comprendrait pas. Au cours de son – bref – séjour à Morganville, celle-ci n'avait rien vu. Comme la plupart des gens d'ailleurs. Quant à ceux qui connaissaient la vérité, soit ils ne quittaient jamais la ville, soit leur mémoire était effacée. Et si, par malheur, des souvenirs leur revenaient, il leur arrivait de vilaines choses. Le genre dont on ne se sortait pas vivant. Voilà pourquoi Claire répondit :

— Les cours sont géants, maman. J'ai réussi tous mes examens la semaine dernière.

— Ça ne m'étonne pas, ma chérie, tu réussis toujours, non ?

« Ouais, sauf que tout en répondant aux questions je devais veiller à ce que personne ne me plante un couteau dans le dos. Ce qui aurait aisément pu se refléter dans mes notes. » Enfin, elle n'allait pas être fière de ça, quand même…

— Je vous tiens au courant pour mon nouveau portable, d'ac ?

Claire hésita avant d'ajouter :

— Ça va, toi ? Et papa ?

— Nous sommes en pleine forme, trésor. Tu nous manques, c'est tout. Enfin, ton père ne se fait toujours pas à l'idée que tu vives dans cette maison, en dehors du campus, avec des gens plus vieux…

Sa mère n'avait retenu qu'une chose et il fallait que ce soit celle-là ! Claire ne pouvait pas lui expliquer *pourquoi* elle habitait en ville et non sur le campus avec des colocataires de dix-huit ans, dont deux garçons. Sujet qui n'avait pas encore été mis sur le tapis, mais c'était une question de minutes.

— Maman, je t'ai déjà expliqué les crasses que me faisaient les filles du dortoir, je suis mieux ici. Avec des amis. Et je t'assure qu'ils sont super.

— Promets-moi d'être prudente, Claire. Surtout avec les garçons.

Et voilà, il n'avait pas fallu longtemps.

— Oui, je suis très prudente avec les garçons.

Trop, à son goût, en ce qui concernait Shane. Mais il n'oubliait jamais que Claire n'avait pas encore dix-sept ans… alors qu'il n'en avait même pas dix-neuf, ce qui ne faisait pas une grande différence, si ? Sauf du point de vue légal, bien sûr. Ainsi que de celui de ses parents.

— Tout le monde vous passe le bonjour, d'ailleurs, ajouta Claire. Ah ! Michael voudrait te parler.

Michael Glass, le second garçon de la maison, s'était installé à la table de la cuisine pour lire le journal. Relevant le nez, il secoua la tête, les yeux écarquillés. Le message était clair : « Tu n'as pas intérêt à me faire ce coup-là. » Il avait passé un sale quart d'heure lors de la visite des parents de Claire et à présent… eh bien la situation avait encore empiré. À l'époque où il les avait rencontrés, il était encore à peu près normal : humain la nuit, esprit immatériel le jour. Et prisonnier à temps plein de la maison.

Oui, à Morganville, on appelait ça une existence à peu près normale.

Pour aider Shane à se tirer d'affaire, Michael avait dû faire un choix difficile : il s'était libéré de sa prison et avait retrouvé forme humaine le jour comme la nuit mais s'était transformé en vampire. Claire ignorait si ça lui pesait. Forcément un brin, non ? Pourtant, il semblait tellement… paisible. Peut-être trop, justement.

Claire écouta la réponse de sa mère avant de tendre le combiné à Michael.

— Elle veut te dire bonjour.

— Non ! Je ne suis pas là ! chuchota-t-il en décrivant de larges gestes.

Claire agita le téléphone de façon insistante.

— Tu es l'adulte responsable, lui rappela-t-elle. Évite juste de lui parler de…

Elle s'interrompit pour mimer des canines. Lui décochant un regard assassin, Michael prit le combiné et se lança dans un numéro de charme. Il n'avait pas besoin de beaucoup forcer sa nature et les parents de Claire n'étaient pas les seuls à succomber… Intelligent, séduisant, talentueux, déférent, il n'avait que des qualités. Dommage qu'il ne soit plus tout à fait vivant. Il rassura la mère de Claire : tout se déroulait à merveille, sa fille avait une attitude irréprochable – il leva les yeux au ciel en prononçant ces mots et Claire recracha une gorgée de Coca par le nez –, il veillait au grain. Sur ce dernier point au moins, il ne mentait pas. Michael assumait avec bien trop de sérieux ce rôle de grand frère qu'il s'était attribué. Il ne quittait Claire des yeux que lorsqu'elle avait besoin d'intimité ou qu'elle réussissait à aller en cours sans garde du corps (autrement dit le plus souvent possible).

— Oui, madame… Non, madame… Je ne la laisserai pas faire une chose pareille… Oui… Oui…

Il commençait à se lasser. Ayant pitié de lui, Claire lui reprit le combiné.

— On doit y aller, maman. Je vous aime.

Les inquiétudes maternelles ne s'étaient pas entièrement dissipées, cependant :

— Tu es sûre de ne pas vouloir revenir à la maison, Claire ? J'ai peut-être eu tort de t'envoyer à la fac si jeune. Tu pourrais profiter de cette année, étudier. Tu retournerais à l'université à la rentrée prochaine…

Bizarre. D'habitude, elle regagnait facilement son calme, surtout quand Michael la rassurait. Claire se rappela soudain un souvenir déplaisant ; elle revit Shane lui parler de sa propre mère, qui s'était, progressivement, remémoré Morganville. Quand ils l'avaient appris, les vampires l'avaient tout bonnement supprimée.

Les parents de Claire se trouvaient dans une situation comparable, désormais. Elle avait toujours du mal à mesurer ce qu'ils savaient, ce qu'ils avaient compris de leur visite en ville… Peut-être assez pour courir un grand danger. Elle devait faire son possible pour les protéger. Ce qui signifiait renoncer à son rêve d'entrer au MIT : si elle quittait Morganville – à supposer qu'elle réussisse –, les vampires se lanceraient à ses trousses pour la ramener ou la tuer. Et le reste de sa famille avec. Sans oublier le contrat qu'elle avait signé avec Amelie, la Fondatrice de la ville. La plus imposante et la plus effrayante de tous, même si elle dissimulait soigneusement cet aspect de sa personnalité. Lorsque Claire et ses amis avaient été en danger, Amelie avait représenté leur unique espoir.

Jusqu'à présent, la signature de cet accord n'avait pas eu de conséquences – ni annonce publique ni visite d'Amelie venant quérir l'âme de Claire ou un truc du même genre. Cet engagement resterait peut-être sans effet...

Mme Danvers continuait à déblatérer sur les futures études de sa fille, alors que Claire se refusait précisément à y penser. Depuis toujours, elle rêvait de s'inscrire dans l'une des meilleures universités du pays – elle avait les dispositions nécessaires. Elle avait même décroché une admission provisoire au MIT. Seulement, la vie était injuste et elle se retrouvait coincée à Morganville, comme une mouche prisonnière d'une toile d'araignée. Durant quelques secondes, elle s'autorisa à éprouver l'amertume et la colère que lui inspirait la situation. « Classe ! se moqua une petite voix dans sa tête. Tu sacrifierais la vie de Shane pour parvenir à tes fins ? Tu sais pertinemment que c'est ce qui finirait par arriver : les vampires s'inventeraient une excuse et le liquideraient. Tu ne vaux pas mieux que ces sangsues si tu ne fais pas tout ce qui est en ton pouvoir pour l'empêcher. »

L'amertume se dissipait déjà, toutefois, les regrets persisteraient un moment, eux. Claire espérait que Shane ne découvrirait jamais ce qu'elle éprouvait à ce sujet.

— Désolée, maman, mais je dois y aller, j'ai cours. Je t'aime… Dis à papa que je l'aime aussi, tu veux ?

Claire raccrocha en dépit des protestations renouvelées de sa mère, puis elle laissa échapper un soupir et jeta un coup d'œil à Michael, qui semblait compatir.

— Pas facile de parler avec ses vieux, hein ?

— Tu n'appelles jamais les tiens ? lui demanda-t-elle en se glissant sur une chaise, en face.

Une tasse était posée sur la table, devant lui, et l'espace d'une seconde elle se surprit à craindre qu'il ne s'agisse de sang, mais une odeur de café lui chatouilla les narines. De café et de noisette. Les vampires appréciaient les aliments, même si ceux-ci ne les nourrissaient pas. Michael avait singulièrement bonne mine ce matin-là – des couleurs aux joues, des mouvements plus énergiques que la veille… Il ne s'était pas contenté de café pour le petit déjeuner. Comment faisait-il, exactement ? Se rendait-il en douce à la banque du sang ? À moins qu'il n'existe un service de livraison à domicile ? Il faudrait que Claire se renseigne plus tard. Avec discrétion.

— Ouais, ça m'arrive de téléphoner à mes vieux, répondit Michael en repliant le journal (plus exactement le canard local dirigé par les vampires) et en s'emparant d'une liasse de feuilles A4 enroulées sur elles-mêmes et maintenues par un élastique. Ils se sont exilés de Morganville, ce qui signifie qu'ils ont beaucoup à oublier. Mieux vaut pour eux que je ne les contacte pas trop souvent, ça pourrait leur causer des ennuis. Je leur écris surtout. Les lettres et les e-mails sont lus avant d'être envoyés, mais tu es au courant… Et la plupart des appels sont sur écoute, surtout ceux en dehors de la ville.

Après avoir ôté le caoutchouc, il déroula les pages de la seconde feuille de chou. Claire déchiffra son nom à l'envers : *Le Vampire enchaîné.* Le logo consistait en une croix formée de deux pieux. Osé.

— C'est quoi ?

— Ça ? riposta Michael en faisant bruisser le papier. Cap'taine Flagrant.

— Qui ?

— Cap'taine Flagrant. Il distribue ce journal hebdomadaire depuis environ deux ans. En douce.

Les sourcils froncés, Claire demanda :

— Alors… cap'taine Flagrant est un vampire ?

— Non, à moins qu'il soit complètement schizo… Il hait les vampires et se charge de dénoncer tous ceux qui franchissent la ligne.

Michael s'était figé en découvrant le gros titre ; il ouvrit la bouche, puis la referma. Son visage restait de marbre, mais la surprise se lisait dans ses yeux bleus. Claire lui prit le journal des mains.

UN NOUVEAU BUVEUR DE SANG EN VILLE

Michael Glass, autrefois promis à une carrière musicale au-delà des limites de cette ville

tordue, a basculé du côté obscur. On ne connaît pas les détails, mais le jeune homme, qui vivait reclus depuis près d'un an, a sans aucun doute rejoint le gang des Sangsues.

Personne ne sait comment ni où la chose s'est produite, et je doute que Michael Glass accepte de répondre à cette question, mais il y a de quoi s'inquiéter. Cela signifie-t-il que le nombre de vampires va augmenter et celui d'humains diminuer ? Après tout, il est le premier à avoir vu le jour depuis des générations.

Restez sur vos gardes, camarades : Michael Glass a peut-être l'apparence d'un ange, pourtant un démon sommeille en lui. Alors retenez bien ce visage, il appartient désormais au club très sélect des Buveurs de sang !

— Le club des Buveurs de sang ? répéta Claire, horrifiée. Il plaisante, hein ?

La photo de Michael, probablement extraite de l'annuaire du lycée, était incrustée sur une pierre tombale. Et on lui avait dessiné d'immenses crocs à la va-vite.

— Cap'taine Flagrant ne sort jamais de son trou et ne menace personne ouvertement, expliqua Michael. Il se montre prudent dans ses formulations.

Il était en colère, Claire le sentait bien. Et apeuré.

— Il connaît notre adresse et vos noms. Au moins il ne vous cite pas. N'empêche, ça sent mauvais.

Maintenant qu'il avait digéré la surprise de voir sa photo – et sa transformation – affichée dans la presse, l'inquiétude prenait le dessus. Claire avait déjà fait le même cheminement.

— Mais… pourquoi les vampires ne l'arrêtent-ils pas ?

— Ils ont essayé. Au cours des deux dernières années, ils ont mis le grappin sur trois personnes qui prétendaient être le cap'taine Flagrant. Et qui, en réalité, ne savaient rien. Ce mec aurait deux ou trois tours à apprendre à la CIA, question opération secrète.

— Difficile de l'attraper la main dans le sac, alors.

— Ce type est insaisissable, en effet, répondit Michael avant d'avaler une gorgée de café. Ça ne me dit rien qui vaille, Claire. Comme si on n'avait pas déjà suffisamment d'ennuis avec…

Pénétrant en trombe dans la pièce, Eve envoya valdinguer la porte contre le mur, ce qui fit sursauter ses deux amis. Elle avait levé le pied sur le côté gothique : ses cheveux, toujours d'un noir de jais, était ramenés en une queue-de-cheval toute simple, et il n'y avait pas la moindre tête de mort sur son polo en jersey et son pantalon noir. Pas de maquillage non plus. Elle semblait presque… normale. Et rien n'aurait pu être plus inquiétant.

— Très bien, s'écria-t-elle en abattant un second exemplaire du *Vampire enchaîné* devant Michael. Je t'en supplie, dis-moi que tu as prévu de réagir !

— Je veillerai à ce qu'il ne vous arrive rien.

— Ce n'est pas du tout la réponse que j'attendais ! Je ne m'inquiète pas pour nous, Michael ! Un graphiste ne nous a pas bidouillé la tronche pour la coller sur une tombe !

Après avoir reposé les yeux sur la photo, Eve ajouta :

— Remarque, mieux vaut être mort que de se taper une coupe de cheveux pareille… Bon sang, c'est ta photo du bal de promo ?

Michael lui arracha le journal des mains avant de le reposer, à l'envers, sur la table.

— Ne t'en fais pas, Eve. Cap'taine Flagrant adore s'écouter parler. Personne ne s'en prendra à moi.

— Mais bien sûr… riposta une nouvelle voix.

Shane. Sentant qu'il allait y avoir des étincelles, il avait emboîté le pas à Eve. Il s'adossa au mur à côté de la cuisinière, puis croisa les bras et reprit :

— Arrête tes conneries, Michael. Cet article est synonyme d'ennuis, tu le sais mieux que n'importe qui.

Claire s'attendait à ce qu'il les rejoigne autour de la table, comme avant. Il n'en fit rien, cependant. Shane rechignait à passer du temps dans la même pièce que son colocataire depuis… que celui-ci avait changé. Et il ne parvenait pas à le regarder droit dans les yeux. Sans oublier qu'il s'était mis à porter une des croix en argent d'Eve – présentement cachée sous son tee-shirt gris. Claire se surprit à en chercher la forme sous le tissu. Ignorant Shane, Eve gardait ses grands yeux sombres rivés sur Michael.

— Tu vas devenir la cible privilégiée des fans de Buffy !

Si Claire avait vu *Buffy contre les vampires*, elle se demandait comment Eve y avait eu accès : cette série était interdite à Morganville, de même que tous les films ou livres sur les buveurs de sang. Ou les tueurs de ces derniers, plus exactement. Le téléchargement via le Net était soumis à un contrôle strict mais, s'il existait un marché noir, Eve y avait forcément accès.

— Comme toi ? ironisa Michael.

Il ne lui pardonnait toujours pas d'avoir entreposé un arsenal de pieux et de croix dans sa chambre. Autrefois, il aurait considéré cette précaution comme raisonnable ; à présent il y voyait une cause potentielle de violence conjugale.

Déstabilisée, Eve répliqua :

— Je n'aurais jamais...

— Je sais, dit-il en lui prenant tendrement la main. Je sais bien.

Elle se radoucit, avant de retirer sa main et de se rembrunir.

— Je suis sérieuse, Michael, c'est dangereux. Ils ont conscience de tenir une cible facile, et ils vont te détester encore plus à cause de ton âge. Parce que tu es un jeune !

— Peut-être bien. Assieds-toi, Eve. Allez...

Elle se laissa tomber sur une chaise et, sans cesser d'agiter son pied nerveusement et de pianoter avec ses ongles vernis en noir, elle reprit :

— Ça craint vraiment. 9,5 sur l'échelle des trucs qui me donnent envie de gerber.

— Ah ouais ? intervint Shane. Et tu mettrais combien au fait de vivre sous le même toit que l'ennemi ? Sans oublier les points supplémentaires auxquels tu as droit parce que tu couches avec lui...

Michael se leva si vite que sa chaise heurta le sol avec un bruit retentissant. Les poings serrés, Shane se raidit, prêt à se battre.

— Ferme-la, articula Michael avec un calme glaçant. Je ne plaisante pas.

Ignorant celui-ci, Shane darda son regard sur Eve.

— Il finira par te mordre, la tentation sera trop forte. Et une fois qu'il aura commencé, il sera incapable de s'arrêter. Il te tuera ! Mais tu le sais, bien sûr. Alors quoi ? C'est l'idée que se font les gothiques d'un suicide romantique ? Mettre ses jours en danger en se tapant un vampire ?

— Lâche-moi, Shane. Ta connaissance de la culture gothique se limite à quelques vieux épisodes de *La Famille Addams* et aux poncifs véhiculés par la clique néonazie de ton père.

Super, maintenant, Eve était en colère également. Seule Claire gardait encore son calme. Michael s'efforça d'apaiser les tensions.

— Allez, Shane, fous-lui la paix. C'est toi qui la blesses, pas moi.

Shane tourna les yeux vers Michael : il le regardait bien en face cette fois, avec dureté.

— Je n'ai jamais fait de mal à une fille. Je te conseille de retirer ce que tu viens de dire !

Comme Michael se rapprochait de lui, Shane s'écarta du mur et se redressa de toute sa hauteur. Pétrifiée, Claire observait la scène. Eve s'interposa et les maintint à distance en les repoussant chacun avec un bras.

— Arrêtez, les gars, vous n'avez pas vraiment envie de vous battre.

— Figure-toi que ça me démange, au contraire, rétorqua Shane.

— Très bien. Alors, réglez ça une bonne fois pour toutes ou débarrassez le plancher, lâcha-t-elle en reculant. Mais ne vous servez pas de moi comme prétexte. Je ne suis plus une gamine qui a besoin d'être protégée. C'est une histoire entre vous deux. Soit vous crevez l'abcès, soit vous vous cassez. Je m'en fous !

Incrédule et visiblement meurtri, Shane la dévisagea une seconde avant de reporter son attention sur Claire. Elle n'esquissa pas le moindre geste.

— Je me tire, grommela-t-il en tournant les talons.

La porte de la cuisine claqua dans son dos.

— J'ai cru qu'il ne céderait jamais, soupira Eve. (Elle tremblait tellement que Claire crut bien qu'elle allait fondre en larmes.) Quel abruti fini !

Claire lui serra la main ; Eve lui rendit sa pression, puis se laissa aller contre le torse de Michael. Ils semblaient si heureux… Claire ne s'expliquait pas la fureur de Shane, qui le submergeait au moment où elle s'y attendait le moins. Michael était son ami, après tout.

— Je ferais mieux… hasarda-t-elle.

Celui-ci l'encouragea d'un hochement de tête et elle partit en quête de Shane. Elle n'eut pas à chercher très loin : avachi sur le canapé, il fixait l'écran de la télévision tout en lançant une partie de jeu vidéo avec la manette de la PlayStation.

— Tu es de son côté ? demanda-t-il avant de faire exploser la tête d'un zombie.

— Non, répondit-elle en veillant, au moment de s'installer à côté de lui, à laisser une distance suffisante pour qu'il ne se sente pas acculé. Pourquoi faudrait-il prendre parti d'abord ?

— Quoi ?

— Michael est ton ami, notre coloc. Il n'y a pas de camp à choisir.

— Mmm, attends… fit-il en claquant plusieurs fois des doigts comme si la réponse lui échappait. Ah oui, tiens, voilà ! Parce que mon *ancien* ami s'est transformé en sangsue allergique au soleil ?

— Shane…

— Tu crois savoir, Claire, mais tu ne sais rien. Il va changer. Ça prendra peut-être du temps. Pour l'heure, il se sent comme un surhomme, et il se trompe. Il n'est qu'un sous-homme. Et tu ferais mieux de ne pas l'oublier.

Légèrement déroutée, et profondément attristée, elle l'observa un moment.

— Eve a raison. On a l'impression d'entendre ton père parler.

Shane réprima un tressaillement, puis mit la partie sur pause avant de poser la manette.

— Pas la peine de taper aussi bas, Claire.

Shane ne portait pas son père dans son cœur – difficile de le lui reprocher quand on songeait à la cruauté avec laquelle celui-ci l'avait traité.

— Non, c'est la vérité. On est en train de parler de Michael, Shane ! Tu ne pourrais pas lui laisser au moins le bénéfice du doute ? Jusqu'à présent, il n'a fait de mal à personne, si ? Et tu dois bien reconnaître qu'avoir un vampire de notre côté, pour de vrai s'entend, peut se révéler un avantage. Surtout à Morganville.

La mâchoire serrée, il ne quittait pas l'écran des yeux. Claire cherchait désespérément un autre moyen de lui faire entendre raison, quand la sonnette de la porte la tira de ses réflexions. Voyant que Shane ne bougerait pas, elle se leva en soupirant :

— J'y vais.

Elle pouvait ouvrir sans crainte à cette heure de la journée, d'autant que la matinée était ensoleillée – l'air se rafraîchissait néanmoins, l'été cédant de plus en plus le pas à l'automne après avoir grignoté tout le vert des paysages texans. Éblouie par la luminosité éclatante, Claire crut d'abord être victime d'une hallucination : sa plus grande ennemie, Monica Morrell, reine des Morues, flanquée de ses indéboulonnables harpies, Gina et Jennifer, se tenait sur le seuil. Un peu comme si Barbie et ses copines avaient pris taille humaine. Bronzées et pomponnées, elles étaient parfaites, du gloss sur leurs lèvres au vernis sur leurs orteils. Monica affichait une expression amène légèrement forcée. Gina et Jennifer faisaient de leur mieux pour l'imiter, mais donnaient surtout l'impression d'avoir reniflé une odeur de pourri.

— Salut ! lança gaiement Monica. Tu as des projets pour la journée, Claire ? Je pensais qu'on pourrait passer un moment ensemble.

« Je suis en train de rêver, pensa Claire. Sauf qu'il s'agit d'un cauchemar ! Monica qui cherche à faire ami-ami ? »

— Je…

Claire n'oubliait pas que ces trois pestes l'avaient poussée dans les escaliers du dortoir et que leur relation ne s'était pas améliorée depuis. Elle n'était qu'une petite fourmi face à la clique des Filles Branchées. Au mieux. Ou… un instrument. Leur visite était-elle due à Michael, passé en une nuit du statut de « musicien ermite » à « vampire sexy » ? En effet, Monica ne cachait pas son faible pour les sangsues…

— Qu'est-ce que tu veux ? reprit Claire. Parler à Michael ?

Monica la considéra d'un air surpris.

— Pourquoi dis-tu ça ? Il peut faire du lèche-vitrine en plein jour ?

— Euh…

— Je pensais nous remonter le moral avec une petite séance de shopping avant d'aller bosser. On pourrait essayer un nouveau café, parce que le Starbucks, c'est complètement dépassé. D'autant que je n'ai aucune envie qu'Oliver me surveille vingt-quatre heures sur vingt-quatre. Depuis qu'il a repris le flambeau de Brandon et qu'il protège notre famille, il se mêle de tout. Il veut même voir mes notes ! Tu y crois ?

— Je…

— S'il te plaît, Claire, sauve-moi la vie. J'ai besoin d'aide en éco, et ces deux-là sont de vraies crétines, dit-elle en désignant ses deux meilleures amies d'un geste dédaigneux. Je suis très sérieuse… Tu viens ? Je t'en prie. J'ai vraiment besoin de ton cerveau. Pourquoi on n'en profiterait pas pour apprendre à se connaître un peu mieux ? Maintenant que la donne a changé ?

Claire ouvrit la bouche et la referma sans avoir émis un seul son. Les deux dernières fois qu'elle avait croisé la route de Monica, elle s'était retrouvée immobilisée sur le plancher d'une camionnette, puis rouée de coups.

— Au risque de te paraître grossière… réussit-elle à articuler. Qu'est-ce qui te prend ?

— Je sais ce que tu penses, souffla Monica, l'air (étonnamment) contrite. Oui, je me suis mal conduite avec toi, oui, je t'ai fait du mal, et je m'en excuse.

Gina et Jennifer, qui lui servaient en permanence de chœur antique, acquiescèrent et murmurèrent : « Désolée. »

— De l'eau a coulé sous les ponts, non ? poursuivit Monica. Si on faisait table rase du passé ?

Claire était encore plus déroutée qu'avant.

— Pourquoi, Monica ?

Affichant une moue boudeuse, celle-ci se pencha vers Claire, puis répondit plus bas :

— Bon… d'accord, ouais, je le reconnais, je ne suis pas tombée sur la tête et je ne me suis pas réveillée à l'hosto en me disant que tu méritais que j'apprenne à te connaître. Mais la situation a changé. Et je peux t'aider, te présenter aux bonnes personnes.

— Tu te moques de moi ? En quoi la situation a-t-elle changé ?

Monica s'approcha encore davantage.

— Tu as signé.

Ça n'avait donc rien à voir avec Michael. Claire était devenue... populaire. Parce qu'elle appartenait désormais à Amelie. Cette perspective la terrifiait.

— Ah ! dit-elle. Ah...

— Fais-moi confiance, tu as besoin de quelqu'un pour t'introduire dans le milieu. Te montrer les principales ficelles.

Claire aurait préféré se fier à Jack l'Éventreur, si Monica et lui avaient été les deux seuls autres rescapés sur Terre.

— Désolée, riposta-t-elle. J'ai déjà des projets. Mais... merci. Un autre jour, peut-être.

Elle referma la porte au nez de Monica, ébahie, puis tira le verrou. Elle sursauta en découvrant que Shane se tenait juste derrière elle et la fixait comme s'il ne l'avait jamais vue.

— « Merci », l'imita-t-il. Tu remercies cette cinglée ? Pour quelle raison ? T'avoir tabassée ? Avoir tenté de te tuer ? Avoir assassiné ma sœur ? Bon sang ! D'abord Michael, maintenant toi. Je ne reconnais plus personne !

À son habitude, il tourna les talons et disparut. Elle l'entendit traverser le salon de son pas lourd, puis gravir l'escalier. Avant que ne résonne le claquement de porte familier.

— Hé ! lui cria-t-elle alors. J'essayais juste d'être polie !

2.

— Alors, c'était quoi, cette histoire avec Monica ? lança Eve en conduisant Claire à la fac. Tu devrais te méfier d'elle, tu sais. Je veux dire, plus que tu ne le fais déjà.

— Elle avait l'air sincère. Tu imagines ce que ça a dû lui coûter de reconnaître ses torts ?

Eve lui coula un regard en biais, un de ces regards que son maquillage (teint blanc, œil charbonneux et lèvres pourpres) rendait particulièrement transperçants.

— Dans la bouche de Monica, l'amitié signifie une seule chose : ce qu'elle veut, quand elle veut. Et j'ai du mal à te voir comme une de ses Monickettes écervelées.

— Mais non ! Je n'ai jamais dit que je comptais devenir son amie…

Se calant sur le siège baquet de la vieille Cadillac noire d'Eve, Claire croisa les bras avec une moue revêche.

— Elle n'est pas mon amie, d'accord ? Toi, en revanche, si.

— Donc, quand Monica viendra s'installer à ta table avec sa bande, tu te lèveras ? Je n'y crois pas une seconde. Tu es trop gentille. Sans l'avoir voulu, tu finiras par passer du temps avec elle et par sympathiser. Tu m'expliqueras que Monica n'est pas méchante mais incomprise et, avant de l'avoir vu venir, vous consacrerez des après-midi entiers à vous faire les ongles et à feuilleter des magazines en gloussant.

— Ça n'arrivera jamais ! répliqua Claire.

— Je t'en prie ! Tout le monde trouve grâce à tes yeux. Même moi. Et tu aimes Shane, alors que c'est un véritable idiot, du moins en ce moment, ajouta-t-elle en plissant les yeux. À propos de Shane d'ailleurs, je te préviens, s'il ne lâche pas l'affaire, je vais lui régler son compte. Enfin, lui régler son compte, puis détaler au plus vite.

Claire faillit éclater de rire en imaginant la scène. Au mieux, Eve réussirait à surprendre Shane, pourtant Claire se représentait parfaitement l'expression d'étonnement teinté de déception sur le visage de ce dernier : « Qu'est-ce que j'ai fait pour mériter ça ? »

— Je ne suis pas populaire, Eve. Monica n'est pas mon amie et je ne traînerai jamais avec elle de la vie. Point.

— Tu me le jures ?

— Je le jure, répondit Claire en levant la main.

— Mouais, lâcha Eve sans conviction.

— Puisque tu es mon amie, tu m'offres un Mocha ?

— Profiteuse !

— Tu as un boulot, pas moi…

Au milieu de l'après-midi, à la surprise générale, la pluie arriva – une averse froide de début d'automne, qui tombait en rideau. Comme elle n'avait pas, à l'instar de quatre-vingt-dix pour cent des autres étudiants, pensé à prendre un parapluie, Claire dut traverser la cour jusqu'au labo de chimie. Pataugeant dans les flaques, elle longeait des bancs vides et des tableaux aux affiches détrempées. Elle adorait la chimie ; elle détestait la pluie. Elle détestait surtout être trempée jusqu'aux os, ce qui, quand on vivait dans ce coin du Texas, n'était pas censé arriver. Elle n'avait pas de place dans son sac à dos pour une chose aussi futile qu'un imperméable. Bien sûr, elle ne voulait pas abîmer ses livres, mais le tissu de son sac était censé les protéger…

— Tu as l'air gelée, lança une voix dans son dos avant que le bruit de la pluie s'atténue, remplacé par le *ploc ploc* sourd des gouttes atterrissant sur la toile fine d'un parapluie.

En relevant la tête et en chassant l'eau de ses yeux, Claire découvrit qu'elle se trouvait sous un parapluie de golf, assez grand pour en accueillir quatre ou cinq comme elle… ou une avec le type juste à côté, qui était carrément *impressionnant*. Et mignon, dans le genre joueur de foot bien bâti. En comparaison Shane paraîtrait petit. De proportions harmonieuses – sa taille (au moins un mètre quatre-vingt-dix) et son poids semblaient parfaitement équilibrés –, son sauveur avait une peau chocolat et de sublimes yeux marron. Surtout, il avait l'air… très sympa.

— Je m'appelle Jerome. Enchanté.

— Enchantée, répondit-elle, n'en revenant toujours pas que quelqu'un (et, visiblement, pas n'importe qui) partage son parapluie avec elle. Merci de m'abriter. Je… je m'appelle Claire.

Après avoir fait passer son sac dégoulinant d'eau sur son autre épaule, elle lui tendit sa main droite, qu'il serra. La sienne mesurait trois fois celle de Claire ; et elle était sans doute assez large pour contenir un ballon de foot. Il portait un tee-shirt de l'équipe d'athlétisme de la fac.

— Où vas-tu, Claire ?

— Au labo de chimie, rétorqua-t-elle en indiquant le bâtiment à plusieurs mètres devant eux, de l'autre côté de la cour (la distance à parcourir devait correspondre, plus ou moins, à la longueur d'un terrain de sport). C'est très gentil, mais tu n'es pas obligé de…

— Aucun souci, la coupa-t-il avec un sourire qui dessinait des fossettes sur ses joues. À ce qu'on en dit, le bâtiment des sciences est très sympa, surtout à cette période de l'année. Et puis les amies de mes amies sont mes amies.

— Je ne…

Jerome adressa un signe de tête au groupe de filles blotties sous l'auvent du bâtiment des sciences humaines. De jolies filles. Au centre, Monica Morrell, qui souffla un baiser enjôleur.

— Ah… cette amie, reprit Claire.

Elle revit son jugement sur Jerome à la baisse. Autrement dit, elle le déboulonna carrément.

— Écoute, ajouta-t-elle, je te remercie pour le geste, mais je ne suis pas en sucre, je ne vais pas fondre.

Elle s'élança d'un pas vif ; en deux enjambées, Jerome la rattrapa et l'abrita à nouveau. Claire le fusilla du regard.

— Je suis prêt à jouer à ce petit jeu toute la journée, lança-t-il, un sourcil dressé.

— À ta guise. Mais je n'ai pas besoin des faveurs de Monica.

— Détends-toi, c'est un parapluie, pas une Ferrari, remarqua-t-il. Et je ne te le prête même pas. À ta place, je considérerais à peine ça comme un service.

Dents serrées, tête baissée, elle pressa le pas. Jerome s'arrêta au pied des escaliers du bâtiment et elle courut se réfugier sous l'avant-toit en béton, où s'agglutinaient déjà beaucoup d'étudiants. Lorsqu'elle jeta un coup d'œil par-dessus son épaule, Jerome lui fit un signe de la main en souriant ; un bracelet en bronze, ou en cuivre, attira le regard de Claire. Il avait la Protection d'un vampire – ce qui signifiait qu'il avait sans doute vu le jour à Morganville.

« On n'est pas amies, ce n'est pas ma faute », gémit Claire pour se défendre des attaques imaginaires d'Eve. Puis, après avoir éternué deux ou trois fois, elle se traîna, dégoulinante, jusqu'au labo.

La pluie ne cessa pas de la journée ni de la nuit ; le lendemain, toutefois, le ciel était dégagé, même si le soleil brillait d'un éclat argenté un peu pâlot. Ce qui se révéla très agréable. Claire s'était déjà douchée lorsque Eve la rejoignit dans la salle de bains : elle avait plus mauvaise mine que la plupart des vampires. Elle grommela quelque chose d'inaudible avant de disparaître dans la douche. Claire finit de se préparer à la hâte puis descendit. Elle trouva Michael occupé à vider le filtre de la cafetière. Étonnamment, depuis qu'il était devenu vampire, il se montrait plus matinal. Peut-être voulait-il tout simplement profiter de ce moment de la journée, à présent qu'il ne devenait pas invisible à l'aube.

— Je viens de croiser Eve et je te conseille de faire un café bien corsé.

Michael lui adressa un petit sourire en coin totalement irrésistible. Heureusement qu'il n'abusait pas de son charme.

— À ce point-là ? rétorqua-t-il.

Avant de répondre, Claire sortit un bol, la boîte de Rice Krispies et le lait, caché derrière les bouteilles de bière – Shane les obtenait par un biais pas tout à fait légal.

— Tu as vu ce film où les zombies mangent la cervelle des gens ?

— *La Nuit des morts vivants* ?

— Ils prendraient leurs jambes à leur cou s'ils tombaient sur Eve.

Michael ajouta une cuillérée de café dans le filtre. L'observant à la dérobée, Claire trouva qu'il avait l'air en forme. En forme et sûr de lui. Il portait une jolie chemise bleue et un jean pas trop miteux ; surtout, il avait des chaussures aux pieds. D'accord, des baskets, mais ça comptait.

— Tu sors, conclut-elle en les fixant.

— J'ai un boulot. Chez JT Music, sur la Troisième, de dix heures à la fermeture. Je serai essentiellement là pour vendre des guitares et faire des démos, mais JT m'a dit qu'il me laisserait donner quelques cours particuliers si je voulais.

Un job tout ce qu'il y avait de plus… normal. Et qui semblait réjouir Michael. Claire se mordilla la lèvre le temps de mettre de l'ordre dans le maelström de questions qui se bousculaient dans sa cervelle.

— Et… le soleil ? demanda-t-elle. (Il s'agissait du premier obstacle, non ?)

— On m'a fourni une voiture, expliqua-t-il. Entièrement imperméable aux rayons du soleil. Elle est dans le garage… et il y a un parking sous la boutique de JT. Comme dans la plupart des endroits de la ville d'ailleurs.

— Qui ça, on ?

Devant l'expression légèrement consternée de Michael (du genre : « je te croyais maligne, Claire »), elle enchaîna :

— La ville ? Amelie ?

Au lieu de répondre, il fit coulisser le compartiment contenant le filtre à café, puis alluma la machine, qui se mit à ronronner. Peu de temps après, les premières gouttes de liquide marron tombèrent dans le pot.

— Apparemment, ça se passe toujours comme ça pour les nouveaux vampires.

— Mais il n'y en a pas eu depuis cinquante ans, si ?

Il haussa les épaules ; à l'évidence, les questions de Claire le mettaient mal à l'aise. C'était plus fort qu'elle cependant :

— Tu sais pourquoi… pourquoi il n'y en a pas eu depuis aussi longtemps ?

— Je ne suis pas sûr d'être en position de fourrer mon nez dans les affaires des vampires.

Elle comprenait son point de vue, tout comme elle comprenait que la mise en garde valait aussi pour elle.

— Michael… c'est aussi eux qui t'ont décroché ce boulot ?

— Non, je connais JT. Je me suis débrouillé tout seul. Ils m'ont proposé…

Il s'interrompit, réalisant soudain qu'il en avait trop dit. Claire devina la suite :

— Ils t'ont proposé un job au sein de leur communauté, je me trompe ? Ou…

Quand même pas, si ?

— Ou ils t'ont offert un poste de Protecteur ?

— Pas directement, rétorqua-t-il sans quitter des yeux la cafetière. Il faut d'abord gravir les échelons.

Michael pourrait posséder la vie d'humains. Et prélever une partie de leurs revenus, façon parrain de la mafia. Claire s'efforça de dissimuler que cette idée la rendait malade. Avait-il vraiment envisagé cette possibilité ? Comme s'il lisait dans ses pensées, Michael posa aussitôt un regard perçant sur elle.

— Je n'ai pas accepté, Claire. J'ai trouvé du boulot chez JT.

Il s'approcha d'un mouvement vif qui la prit au dépourvu ; inspirant profondément, il lui tendit la main en signe de paix.

— Désolé. J'oublie parfois… J'ai du mal à me déplacer normalement maintenant que je peux aller beaucoup plus vite. Mais je ne te ferai jamais aucun mal, Claire. Tu le sais…

— D'après Shane…

Une lueur féroce s'alluma dans les prunelles de Michael, irréelle et effrayante ; il la chassa d'un clignement de paupières. Il fournissait de réels efforts pour contrôler sa voix :

— Shane se trompe. Je ne suis pas en train de changer, Claire. Je reste ton ami et je veillerai sur toi. Sur vous tous. Y compris Shane.

Elle conserva le silence. En dépit de l'affection qu'elle lui portait – une affection qui confinait à de l'amour –, il lui semblait différent aujourd'hui. Il dégageait un mélange de complexité, d'agitation et d'étrangeté. Avait-il… faim ? Il la dévisageait, ou plutôt il fixait la peau fine de son cou, non ? Par un réflexe involontaire mais irrésistible, elle y posa la main ; les joues pâles de Michael rosirent aussitôt et il détourna le regard.

— Je ne ferais jamais une chose pareille, reprit-il d'une voix méconnaissable, presque effrayée. Je ne pourrais pas, Claire. Tu dois me croire. Mais… c'est difficile. Très difficile.

En entendant le chagrin qui perçait dans ses intonations, elle voulut lui faire confiance. Elle le serra dans ses bras – il était si grand que le sommet du crâne de Claire lui effleurait à peine le menton. Son étreinte était puissante, rassurante, et elle se répéta qu'il n'avait la peau glaciale que parce qu'il faisait froid dans la cuisine. C'étaient des salades, elle le savait, mais ça l'aidait.

— Je ne te ferai pas de mal, murmura-t-il. Mais la tentation existe, j'avoue. J'ai passé ma vie à haïr les vampires et maintenant… maintenant regarde-moi !

— Tu n'avais pas le choix.

Elle sentit le soupir de Michael résonner dans son propre corps.

— Non, Claire. Shane a raison… j'avais le choix. Mais c'est celui que j'ai fait, et je dois vivre avec.

Il la lâcha dès qu'elle esquissa un mouvement. Un silence gêné s'installa. Pour se donner une contenance, Claire sortit les quatre mugs dépareillés dont ils se servaient chaque matin. Celui de Michael, en porcelaine grossière, était si énorme qu'on l'aurait cru sous stéroïdes. Celui d'Eve consistait en une petite chose délicate, noire, avec un dessin de vampire qui bâillait, celui de Shane affichait un visage souriant avec un trou sanglant en plein front. Claire, elle, avait récupéré une tasse représentant Dingo et Mickey.

— Comment vont les cours ? lui demanda Michael, orientant la conversation sur un sujet neutre.

Il ne tenait pas à parler de ses sentiments, ce qui ne surprenait pas Claire. Il s'était toujours montré très réservé – trop selon elle.

— Je m'ennuie un peu, soupira-t-elle en remplissant les mugs.

Ils s'étaient attablés pour siroter leur café lorsque la porte de la cuisine s'ouvrit à la volée, dévoilant Shane – en vieux pantalon de pyjama et tee-shirt délavé. Évitant le regard de Michael, il se servit une pleine tasse de café, puis ressortit en silence. Le visage fermé, ce dernier l'observa sans broncher. Claire éprouva le besoin de s'excuser.

— Il est juste…

— Je sais, l'interrompit Michael. Crois-moi, je connais Shane comme si je l'avais fait. Ce qui ne m'oblige pas à l'apprécier en permanence.

« Je dois vraiment arrêter de jouer les Casques bleus… » Claire savait pourtant qu'elle continuerait. Il fallait bien que quelqu'un se charge d'arrondir les angles. Voilà pourquoi, après avoir terminé son café, elle rejoignit Shane.

Sa porte était entrouverte. Claire poussa prudemment le battant et s'arrêta net sur le seuil, oubliant aussitôt le laïus qu'elle avait soigneusement préparé : Shane était en train de s'habiller. Cette vision court-circuita le fil des pensées de Claire, lui interdisant toute réflexion rationnelle. Shane se tenait de dos ; il avait déjà enfilé un jean, mais pas encore de tee-shirt. Elle était comme hypnotisée par les muscles parfaitement dessinés de son dos, par sa peau veloutée, par ses cheveux ébouriffés dans lesquels elle aurait rêvé de passer la main…

Le bruit que sa fit sa braguette lorsqu'il la remonta ramena Claire à la réalité. Elle ressortit aussitôt dans le couloir et tira la porte avant de frapper.

— Quoi ?

Le ton n'avait rien d'engageant.

— C'est moi, répondit-elle. Je peux entrer ?

L'entendant émettre un son entre le grognement et le soupir, elle ouvrit ; il était en train d'enfiler un tee-shirt gris foncé parfaitement ajusté, qui lui seyait à merveille. Enfin, évidemment, elle le préférait torse nu, mais elle devait impérativement chasser cette pensée de son esprit – cette vision l'avait réchauffée de l'intérieur.

— Il est nouveau, ce tee-shirt ? demanda-t-elle afin d'évacuer les images très suggestives qui ne cessaient de se bousculer dans sa tête.

Comme il répondait par un nouveau bougonnement, elle ajouta :

— Il te va bien.

La considérant avec ironie, Shane remarqua :

— On parle fringues maintenant ? Attends alors, il faut que je sorte mon exemplaire de *La Mode pour les nuls*.

— Je… OK, oublie. À propos de Michael…

— Je t'arrête tout de suite, dit-il en venant déposer un baiser sur son front. Je sais, tu veux que j'arrête de l'étriper, mais c'est plus fort que moi. Laisse-moi un peu de temps, d'accord ? J'ai besoin de régler certains trucs.

Claire releva la tête et, cette fois, les lèvres de Shane trouvèrent les siennes. Il ne comptait sans doute pas lui donner davantage qu'un petit baiser tendre mais rapide, pourtant il s'attarda et l'embrassa avec plus d'intensité et de fougue. Shane avait des lèvres aussi douces que la soie, qui contrastaient étonnamment avec les lignes vives de son corps, pressé contre celui de Claire. De ses mains puissantes, il l'attira contre lui et étouffa un gémissement si intense et empli de désir qu'elle se sentit faiblir. Il arracha sa bouche à la sienne avant de se laisser aller contre elle, le souffle court.

— Bonjour, toi… murmura-t-il. Mince, impossible de rester en pétard quand tu fais ça !

— Quand je fais quoi ? demanda-t-elle innocemment.

Pourtant, elle ne se sentait pas innocente ; pas plus qu'elle ne se sentait comme une fille de « seize ans presque dix-sept » dans ses bras. Shane lui donnait toujours le sentiment d'être plus mature. Prête à tout. Heureusement qu'il semblait mieux contrôler ses hormones qu'elle.

— On n'a pas vraiment le temps d'en discuter, répliqua-t-il. À moins que… ça te dirait de passer la journée à m'embrasser au lieu d'aller en cours ?

— Non, répondit-elle avant de lui pincer le bras.

— Aïe, fit-il d'un ton qui laissait entendre qu'il n'avait rien senti. Eve t'accompagne ?

— Quand elle sera sortie de sa phase zombie, oui. Il lui faudra au moins deux tasses de café, je pense.

— Tu es sûre de ne pas vouloir un garde du corps ?

Shane ne plaisantait pas ; il n'avait pas de meilleure occupation – Claire se demandait s'il pourrait jamais retrouver un travail après les exactions commises par son père. Il avait sans doute intérêt à faire profil bas pendant un temps. Moins il croiserait la route des vampires, ou de leurs partisans, mieux il se porterait. Beaucoup continuaient à considérer qu'il avait secondé son père dans sa croisade sanglante et qu'il méritait d'être puni. Même si le maire l'avait officiellement disculpé, Shane restait suspect aux yeux de ceux-là. Et un accident était si vite arrivé…

— Je n'ai pas besoin de garde du corps, déclara Claire. Personne ne veut me nuire. Même Monica cherche à devenir mon amie.

Cette dernière déclaration lui valut un regard noir de Shane – regard qui s'accordait mal avec ses lèvres rougies, et désirables.

— Ah ouais, justement, pourquoi ?

— Aucune idée, répondit-elle en baissant les yeux et en haussant les épaules.

Plaçant un doigt sous son menton, il lui releva le visage.

— On en est déjà au stade de notre relation où on commence à se mentir ? Généralement, ça n'arrive qu'après la lune de miel idyllique. Et les parties de jambes en l'air.

Elle lui tira la langue et, à sa grande surprise, Shane se pencha pour la lécher.

— Beurk !

— Il ne fallait pas la tirer, rétorqua-t-il en souriant. Si tu as l'intention de traîner dans ma chambre en jouant les tentatrices, je vais imposer une contrepartie. À chaque minute écoulée, tu retires un vêtement.

— Pervers !

— Je suis un mec de dix-huit ans, riposta-t-il, un doigt pointé vers son torse. Qu'y a-t-il de surprenant à ça ?

— Tu es vraiment…

— Au fait, tu aurais une minijupe plissée et des chaussettes qui montent aux genoux ? Parce que les écolières me font…

En poussant un petit cri, elle se déroba quand Shane tenta de l'attraper.

— Oh, non… lâcha-t-elle après avoir jeté un œil à sa montre. Il faut que je file. Ça va aller ?

Le sourire s'évanouit sur les lèvres de Shane, ne laissant qu'un soupçon de tendresse dans son regard sombre et mystérieux.

— Ouais, ça va aller. Surveille tes arrières, Claire.

— Toi aussi.

Entendant qu'il la suivait, elle se retourna au moment de franchir le seuil ; il la plaqua contre le mur et l'embrassa si passionnément qu'elle en eut des papillons dans le ventre et que ses jambes menacèrent de se dérober. Une fois qu'il eut écarté ses lèvres de quelques millimètres pour lui permettre de reprendre son souffle, elle lâcha :

— C'est ta façon de me dire au revoir ?

— De te demander de rentrer vite, plutôt, dit-il en reculant. Sérieux, Claire, fais gaffe. Je m'inquiète.

— Je sais.

Elle avait toujours les jambes chancelantes et des étoiles qui dansaient devant les yeux.

— À propos, ajouta-t-elle, c'était notre meilleur baiser.

— Tu tiens les comptes ? s'étonna-t-il en haussant les sourcils.

— Oui, et tu viens de relever le niveau de plusieurs degrés.

Le quittant à contrecœur, elle descendit voir si Eve était toujours d'humeur à manger de la cervelle ou si elle se montrait enfin disposée à la déposer à la fac.

3.

La matinée se déroula sans encombre, et Claire passa ses pauses à la cafétéria de la fac, où Eve officiait en tant que barista. Celle-ci était douée : calme, efficace, en apparence insensible au ton excédé de certains étudiants malveillants. Claire avait fini par conclure que l'impolitesse allait souvent de pair avec le fait de jouir de la protection d'un vampire, comme s'il s'agissait d'une question de classe – Eve avait choisi de ne pas se placer sous l'autorité d'un Protecteur et de ceux qui l'avaient malmenée. Même si, bien sûr, les gens n'avaient pas besoin d'avoir des relations parmi les buveurs de sang pour se conduire comme des malpropres.

Ce jour-là, Eve travaillait avec une autre fille, que Claire ne connaissait pas : celle-ci avait de longs cheveux châtains, qui chatoyaient et ondulaient chaque fois qu'elle bougeait la tête. Elle s'occupait de prendre les commandes et d'encaisser les clients. Ainsi que l'indiquait son badge, elle s'appelait AMY et affichait un air doux et jovial. Eve et elle discutaient comme deux amies, ce qui était bon signe ; Eve en avait besoin. À l'heure du déjeuner, Claire tua le temps en feuilletant son manuel de littérature anglaise – rasoir – et en lisant un livre emprunté à la bibliothèque sur la théorie des cordes – pas rasoir du tout. Elle raffolait de cette idée selon laquelle la tension produite par des cordelettes vibrantes serait la base de tout. Ça rendait le monde plus… excitant. Il était en mouvement permanent.

Le petit bip émis par sa montre lui rappela qu'elle serait en retard en cours si elle ne se dépêchait pas. Elle emballa ses affaires à la hâte, fit signe à Amy et Eve, puis sortit au pas de course dans la cour chauffée par le soleil. Éblouie, elle percuta de plein fouet Monica sur les marches. Par réflexe, en la voyant vaciller, elle la retint, puis réalisa seulement ce qu'elle était en train de faire. Il n'y avait pas si longtemps, Monica l'avait poussée dans un escalier en espérant que Claire se romprait le cou.

— Hé ! Regarde où tu mets les pieds, sale… commença Monica avant de s'interrompre. Oh, c'est toi ? Salut ! Jolie chemise !

Déconcertée, Claire baissa les yeux sur celle-ci, on ne peut plus quelconque. Elle ne possédait pas beaucoup de vêtements méritant ce qualificatif – et ceux qu'elle préférait ne devaient pas correspondre aux standards de Monica.

— Tu vas en cours ? poursuivit cette dernière sur le même ton enjoué. Dommage, je t'aurais bien payé un Mocha.

— Je… euh… ouais, j'ai cours, rétorqua Claire en se décalant sur le côté pour pouvoir s'esquiver.

Faisant un pas dans la même direction, Monica la bloqua. Si elle affichait un sourire amical, on ne pouvait pas dire qu'il réchauffait ses grands yeux.

— Je vais être en retard, insista Claire.

— Une dernière chose, ajouta Monica en baissant la voix.

C'était sans doute une des premières fois que Claire la voyait seule, sans ses deux lieutenants, Gina et Jennifer, ni sa cour d'étudiants branchés.

— J'organise une soirée vendredi soir, compléta-t-elle. Tu peux venir ? Elle aura lieu chez mes parents, voici l'adresse.

Avant qu'elle ait le temps de réagir, Monica lui glissait un morceau de papier dans la paume.

— Ça reste entre nous, d'ac ? conclut-elle. Je n'invite que le gratin. Et c'est une soirée habillée.

Sur ces mots, Monica s'éloigna, gravissant les marches avec légèreté. Aussitôt rejointe par un groupe de filles, elle gagna la cafétéria en riant.

Le gratin ? Claire jeta un coup d'œil rapide au morceau de papier, puis, après avoir hésité à le jeter, le fourra dans sa poche. Elle tenait peut-être une occasion en or de convaincre Monica qu'elle ne serait jamais son amie ni rien d'approchant. Elle fonça vers sa salle de cours, en gardant les yeux grands ouverts, cette fois. Lorsqu'elle eut repéré les types qu'elle cherchait, elle quitta l'allée bétonnée et traversa la pelouse.

Des geeks. Qui passaient l'essentiel de leurs journées à lancer des dés et à déplacer des pions sur des plateaux de jeu compliqués. Claire les voyait depuis des semaines et elle n'avait jamais aperçu une fille avec eux. Si bien que lorsqu'elle s'éclaircit la gorge, ils la fixèrent comme si elle était une extraterrestre fraîchement débarquée d'une des planètes de leur jeu.

— Salut, dit-elle en leur tendant le bout de papier. Je m'appelle Monica, j'organise une soirée vendredi soir. Si ça vous tente, vous êtes les bienvenus. Vous pouvez ramener vos copains.

L'un d'entre eux se risqua à lui prendre le papier des mains. Un autre le lui arracha aussitôt et, après l'avoir lu, lança :

— Waouh, tu es sérieuse ?

— Sérieuse.

— On peut vraiment en parler à nos potes ?

— N'hésitez pas, dit Claire avant de tourner les talons.

— Claire Danvers ?

Occupée à noter la date sur son cahier, pour la dernière fois de la journée, elle redressa la tête de surprise. Habituellement, ce prof ne faisait pas l'appel. Il semblait même ne pas se soucier du nombre d'élèves présents – parfois proche de zéro – qui, ce jour-là, frisait la douzaine. En même temps, il se contentait de faire défiler des diapositives et de les lire, point par point (celles-ci étant par ailleurs mises à disposition des étudiants via le site Internet de la fac). Bref, pas étonnant que beaucoup sèchent.

Elle leva la main d'un air interrogateur – ça ne pouvait tout de même pas être lié au tour qu'elle avait joué à Monica, si ? Pas déjà… Et puis qui s'en formaliserait à part Monica ?

Le professeur chenu, ridé, fatigué et blasé l'observa une seconde, le regard vide, avant de lâcher :

— Vous êtes attendue à l'administration, bureau 317. Immédiatement.

— Mais…

Claire aurait voulu en savoir plus, mais il avait déjà reporté son attention sur la diapositive et repris sa litanie monocorde. Elle fourra ses livres dans son sac, puis quitta la salle sans remords.

Jusqu'à présent, elle n'avait rendu que trois visites à l'administration. Le bâtiment, aussi fonctionnel et crasseux que tous ceux du campus, abritait des employés las et bourrus, installés à des bureaux où s'entassaient des piles vertigineuses de dossiers. Évitant le bureau de la scolarité au rez-de-chaussée, elle emprunta directement l'escalier. Le premier et le deuxième étage, plus calmes, résonnaient néanmoins de l'écho des conversations, du cliquetis des claviers et du ronronnement des imprimantes. Au troisième, en revanche, régnait un silence de mort. Claire s'engagea dans le couloir et le silence s'épaissit. Elle ne percevait aucun son extérieur, alors même que, dans la rue en contrebas, elle voyait des étudiants en pleine discussion et des voitures en mouvement. Le bureau 317 se trouvait à l'extrémité du couloir. Toutes les portes en bois ciré étaient closes.

Elle frappa et il lui sembla entendre une invitation à entrer. Elle tourna donc la poignée et pénétra dans une pièce… noire. L'obscurité totale et veloutée la déboussola aussitôt : la poignée lui échappa et la porte se referma. La cherchant à tâtons, Claire ne rencontra qu'un mur lisse.

Un éclair dans son dos attira son attention : l'allumette qui venait d'être embrasée servit à allumer la mèche d'une bougie. À la lueur de celle-ci, Claire découvrit le teint de porcelaine d'Amelie. La doyenne des vampires restait semblable à elle-même : froide, régalienne et pâle. Ses cheveux blond platine étaient coiffés en un chignon si élaboré qu'il avait dû requérir l'aide de plusieurs domestiques. Vêtue d'un tailleur en soie blanche, elle affichait une peau parfaitement lisse. Claire n'aurait pas su dire si elle portait du maquillage ou pas. Son regard paraissait presque irréel dans la pénombre… lumineux et sublime.

— Je te présente mes excuses pour la petite mise en scène, débuta-t-elle avec un sourire aimable et poli.

La mère de Claire raffolait de *Fenêtre sur cour*, le film de Hitchcock, et la jeune fille réalisa soudain que si Grace Kelly s'était transformée en vampire, elle aurait eu exactement la même allure, la même perfection glaciale.

— Ne te fatigue pas à chercher la porte. Elle ne réapparaîtra que lorsque je l'aurai décidé.

Les battements de cœur de Claire se précipitèrent – ce qu'Amelie devait sentir, même si elle s'abstint de tout commentaire. Après avoir éteint l'allumette en l'agitant, Amelie la déposa dans une coupelle d'argent à côté de la bougie, sur la table. Les yeux de Claire s'habituaient progressivement à la pénombre ; elle se tenait dans une pièce exiguë, sorte de bibliothèque pleine de livres. Pleine à craquer, même : chaque rayonnage accueillait une double rangée d'ouvrages, des piles s'amoncelaient au sommet des étagères et dans les coins, comme autant de pyramides menaçant de s'écrouler. Un parfum de papier vieilli flottait dans l'atmosphère. Il n'y avait pas un seul pan de mur libre, à l'exception de celui où s'était trouvée la porte par laquelle Claire était entrée.

— Bonjour, réussit-elle à articuler.

Elle n'avait pas revu Amelie depuis qu'elle avait signé le contrat la plaçant sous sa tutelle, puis déposé celui-ci dans la boîte aux lettres, selon les indications du vampire. Elle s'était attendue à une visite plus tôt, mais…

— Euh, reprit-elle, j'ignore comment je dois vous appeler.

Arquant ses sourcils au tracé parfait, Amelie répondit :

— J'ai conscience que les manières se sont perdues, mais je suis persuadée que ton vocabulaire contient au moins une formule de politesse idoine.

— Ma… madame, bredouilla Claire.

— Cela me convient, acquiesça Amelie en allumant une seconde bougie.

La lumière vacilla avant de se stabiliser et de projeter une lueur chaude et accueillante. Claire repéra une seconde porte dissimulée dans les ténèbres, petite et munie d'une poignée ouvragée à l'ancienne. Une immense clé était enfoncée dans l'imposante serrure.

Amelie et elle étaient seules dans la pièce.

— Je t'ai convoquée pour discuter de tes études, déclara-t-elle en s'installant dans le fauteuil derrière la table.

Comme il n'y en avait pas de son côté, Claire resta debout, mal à l'aise. Elle posa son sac à dos et croisa les mains.

— Bien sûr, madame. Mes notes posent-elles problème ?

À sa connaissance, un A de moyenne satisfaisait même les plus exigeants. Amelie évacua la question d'un geste de la main.

— Je n'ai pas parlé de cours, mais d'études. Je me doute que l'université de Morganville te paraît bien en deçà de tes compétences. À ce qu'on raconte, ton intelligence est exceptionnelle.

Ne sachant que répondre, Claire demeura muette. Si seulement elle avait un siège… Si seulement elle songeait à quelque chose d'aimable à dire, quelque chose qui lui permettrait de retourner en cours et de ne plus jamais, jamais revoir Amelie. Parce que celle-ci avait beau afficher une façade policée et bienveillante, quelque chose en elle lui glaçait les sangs. Son côté inhumain, peut-être.

— Je souhaiterais que tu secondes un de mes amis dans ses recherches. Ce travail compterait pour ta moyenne, bien sûr.

Elle promena son regard autour d'elle, l'esquisse d'un sourire aux lèvres.

— Voici sa bibliothèque, ajouta-t-elle. La mienne est bien plus ordonnée.

Claire avait la gorge serrée.

— Un… euh… un ami vampire ?

— Est-ce un problème ? rétorqua Amelie en entrelaçant ses doigts laiteux.

La flamme de la bougie se reflétait dans ses pupilles.

— N… non, madame.

Oui ! Bien sûr que ça posait problème ! Claire n'osait imaginer la réaction de Shane lorsqu'il l'apprendrait.

— J'ai la conviction que tu le trouveras passionnant, Claire. En vérité, il est l'un des esprits les plus brillants qu'il m'ait été donné de croiser au cours de ma longue existence. Il a accumulé tant de connaissances au fil des ans qu'il ne pourrait jamais toutes les transmettre. Cependant, il a beaucoup de choses à enseigner. Je cherchais la bonne personne, celle qui serait en mesure d'assimiler rapidement les découvertes qu'il a faites et de l'assister dans ses travaux présents.

— Ah… souffla Claire d'une voix presque inaudible.

Il s'agissait donc d'un vieux vampire… Ses expériences en la matière n'étaient pas des plus heureuses. À l'image d'Amelie, ces vampires-là se révélaient froids, singuliers et souvent cruels. Comme Oliver. Oh, non, elle ne parlait pas d'Oliver, si ?

— Qui ?… hasarda Claire.

Amelie baissa les yeux brièvement, avant de soutenir le regard de son interlocutrice en souriant.

— Tu ne l'as jamais rencontré. Pas officiellement, en tout cas. Il se nomme Myrnin ; il est l'un de mes plus anciens amis et alliés. Comprends bien, Claire, que tes actions, depuis ton arrivée à Morganville, notamment l'accord que tu as conclu avec moi, t'ont permis de gagner ma confiance. Et ce n'est pas un honneur que j'accorde à n'importe qui.

La flatterie. Claire l'identifia aussitôt ; de même, le ton plus chaleureux d'Amelie obéissait sans doute à un calcul. Malgré tout, la peur de Claire se dissipa en partie.

— Myrnin, répéta-t-elle.

— Un nom ancien, convint Amelie en réponse à la question contenue dans les intonations de Claire. Ancien et aujourd'hui oublié. Alors qu'il était un grand érudit en son temps, reconnu et admiré. Ses travaux ne méritent pas de tomber dans l'oubli.

Claire était trop nerveuse pour comprendre ce qui se cachait derrière les propos mystérieux d'Amelie. Elle tentait de ravaler la boule qui s'était formée dans sa gorge, avait atteint la taille d'une pomme empoisonnée et continuait à croître. Elle pouvait seulement acquiescer.

Le sourire d'Amelie avait quelque chose d'artificiel, comme une expression qu'elle avait répétée devant son miroir et non apprise dans son enfance. Son visage n'était sans doute pas habitué à manifester ce genre d'émotion… D'ailleurs, le sourire disparut presque aussi vite qu'il était apparu.

— Si tu es prête…

— Tout de suite ?

Malgré elle, Claire jeta un regard désespéré au mur vide dans son dos. Aucune porte, autrement dit pas d'issue. Elle n'avait pas réellement le choix. De toute façon, Amelie n'attendait pas de réponse. La reine des Glaces, qui n'avait décidément rien à envier à Grace Kelly, avait déjà rejoint la petite porte. Après avoir tourné la clé dans la serrure, elle la retira et la tendit à Claire.

— Garde-la. Et laisse tes affaires de cours ici, je te prie. Je ne voudrais pas que tu les oublies. Tu ressortiras par la porte par laquelle tu es entrée.

Claire referma les doigts sur le métal rugueux, froid et lourd. Puis elle empocha la clé avant de poser son sac à dos en équilibre contre une bibliothèque. Pendant ce temps-là, Amelie lança d'une voix douce :

— Myrnin ? Myrnin, je t'ai amené la jeune fille dont je t'ai parlé. Elle s'appelle Claire.

Celle-ci connaissait cette voix, la voix qu'on adoptait avec les vieux ou les malades, avec ceux qui n'avaient plus toute leur tête. Ceux qui n'en avaient plus pour longtemps. Étrangement toutefois, dans le cas d'Amelie, ces accents-là étaient teintés d'une affection sincère. Les vampires pouvaient-ils aimer ? Et pourquoi pas après tout ? Si Michael éprouvait des sentiments, Amelie devait en être capable, non ?

D'un geste impérieux, elle signifia à Claire de la suivre ; la jeune fille promena un regard inquiet autour d'elle. La grande pièce contenait l'ensemble le plus hétéroclite de camelote et de matériel qu'elle ait jamais vu. Un ordinateur portable dernier cri avec une danseuse du ventre en fond d'écran. Un boulier. Un kit de petit chimiste semblant tout droit sorti d'un vieux Sherlock Holmes. Des livres, par dizaines, entassés au petit bonheur la chance, constituant autant d'obstacles, quand ils n'étaient pas empilés sur des tables, comme des tours de Pise. Des lampes – certaines électriques, d'autres à huile. Des bougies. Des bouteilles et des bocaux, des ombres et des recoins, ainsi…

Ainsi qu'un homme.

Claire cligna des paupières : elle s'était tellement attendue à un vieillard malade qu'elle continua à fouiller la pièce du regard. Le seul homme présent, cependant, lisait un livre, confortablement installé dans un fauteuil. Il prit le temps de terminer son paragraphe avant de refermer l'ouvrage et de relever les yeux vers Amelie.

Il était jeune, ou du moins en avait l'apparence. Des cheveux bouclés, châtains, aux épaules, de grands yeux sombres de chiot, une peau veloutée, presque dorée. Il avait dû être transformé vers vingt-cinq ans – de petites rides d'expression lui plissaient les yeux. En bref, il était très, très… séduisant. Et il n'avait pas l'air malade. Pas le moins du monde.

— Parfait, je t'attendais, dit-il.

Il avait un léger accent que Claire ne parvint pas à identifier. Trop fluide pour être irlandais ou écossais… Gallois alors ?

— Claire, je suppose ? reprit-il. Eh bien avance, je ne vais pas te mordre.

Son sourire, contrairement à celui hiératique d'Amelie, exprimait la chaleur, la sincérité et la joie. Claire fit quelques pas dans sa direction. Elle ne comprenait pas pourquoi Amelie se crispait : Myrnin ne semblait représenter aucun danger. Il lui inspirait même plus de confiance que tous les vampires qu'elle avait croisés jusqu'à présent, à l'exception peut-être de Sam, le grand-père de Michael… et Michael, naturellement, dorénavant le vampire le plus jeune de Morganville.

— Bonjour, lança-t-elle.

Le sourire de Myrnin s'élargit encore.

— Mais elle parle ! Formidable ! Il me faut quelqu'un qui a du cran. Dis-moi, jeune Claire, aimes-tu les sciences ?

— Oui, monsieur. Je les adore.

Une étincelle s'alluma dans les prunelles sombres du vampire, légèrement teintée d'ironie.

— C'est qu'on est très polie… Et la philosophie ?

— Je… aucune idée. Nous n'étudions pas cette matière au lycée et je viens d'arriver à l'université.

— Sans philosophie, les sciences sont une absurdité, déclara-t-il. Et l'alchimie ? Y connais-tu quoi que ce soit ?

Elle secoua la tête ; elle avait déjà entendu ce mot, mais ne s'agissait-il pas d'une technique permettant de transformer le plomb en or ? Une sorte de science pour charlatans ? Myrnin ne cacha pas sa profonde déception, faisant aussitôt regretter à Claire de ne pas avoir menti, de ne pas avoir dit qu'elle avait décroché un A en alchimie.

— Ne joue pas les difficiles, Myrnin, le réprimanda Amelie. Je te l'ai expliqué, cette époque ne tient pas ce domaine en estime. Tu ne trouveras jamais une personne possédant la maîtrise des sciences occultes ; il faut que tu apprennes à te contenter de ce qui existe. Cette jeune fille est douée, manifestement. Elle devrait être capable de comprendre ce que tu as à lui enseigner si tu fais preuve de patience.

Myrnin dodelina de la tête sans conviction avant de poser son livre. Il se leva… de toute sa hauteur. Il était immense, dégingandé, et ses longs membres rappelaient ceux d'un phasme. Sa tenue bigarrée formait un ensemble des plus étrange : polo à rayures verticales sous une sorte de redingote, vieux jean troué aux genoux et tongs. Ses orteils dénudés attirèrent le regard de Claire : ils avaient presque quelque chose d'indécent dans ce contexte. Même s'il avait de jolis pieds.

Il tendit la main à Claire, en se courbant. Elle la prit et la serra doucement. La surprise se peignit sur les traits de Myrnin. Il secoua son bras si vivement qu'elle en eut mal dans l'épaule.

— Voilà donc comment on se salue de nos jours ? Par une poignée de main ? s'étonna-t-il. Même une aussi charmante jeune femme ? Je savais que c'était l'usage au sein de la gent masculine, mais cela me semble un geste si violent pour…

— Oui, s'empressa de répondre Claire. Tout le monde se salue ainsi.

Bon sang, il n'avait quand même pas l'intention de lui faire un baisemain, si ? Il croisa les bras avant de la toiser.

— Bien, rapidement. Quelle est le symbole du rubidium ?

— Euh… Rb.

— Son numéro atomique ?

Claire s'empressa de faire apparaître, dans son esprit, la table périodique des éléments. Petite, elle s'était plongée dedans comme d'autres dans la résolution d'un puzzle, et elle en connaissait le moindre détail.

— Trente-sept.

— Quel groupe ?

À présent, elle voyait la case sur le tableau, avec autant de précision que s'il était imprimé sur une feuille et qu'elle avait celle-ci sous les yeux.

— Le premier, répondit-elle avec assurance. Celui des métaux alcalins. Période : cinq.

— Et quels dangers peut représenter cet élément, Claire ?

— Il s'enflamme spontanément au contact de l'air et réagit violemment à l'eau.

— Sous quelle forme se présente-t-il ?

— Solide jusqu'à quarante degrés. C'est son point de fusion.

Elle attendait la question suivante, mais Myrnin se contenta de l'observer, la tête inclinée.

— Comment m'en suis-je tirée ? demanda-t-elle.

— Correctement. Tu as bien mémorisé les informations. Mais la mémoire et les sciences sont deux choses différentes. Tout comme les sciences et le savoir.

Il rejoignit en quelques enjambées une pile chancelante d'ouvrages et, après en avoir jeté quelques-uns par terre, finit par trouver un exemplaire usé qu'il feuilleta sans égard pour le papier vieilli.

— Ah, voici ! Tiens. Qu'est-ce ?

Les yeux plissés, Claire examina l'illustration sombre. On aurait dit une petite voile carrée gonflée par le vent. Elle se renfrogna, puis secoua la tête. Myrnin referma le livre avec un claquement sec qui la fit sursauter.

— Elle a trop de lacunes, déclara-t-il à Amelie.

Il se mit à arpenter la pièce avant d'être distrait par une cornue remplie d'un liquide verdâtre et de jouer avec.

— Je n'ai pas le temps de dorloter des enfants, Amelie. Amène-moi quelqu'un qui comprend au moins les bases de ce que j'essaie…

— Je te l'ai déjà dit, personne ne serait capable de reconnaître ce symbole. Et, dois-je te le rappeler, ce domaine d'activité n'a jamais attiré les êtres les plus fiables. Donne sa chance à Claire. Elle apprend vite.

Imprimant à sa voix un ton plus glacial, elle conclut :

— Ne me force pas à te l'ordonner, Myrnin.

Il s'immobilisa, mais ne redressa pas la tête.

— Je ne veux pas de nouvel élève, riposta-t-il avec amertume.

— C'est pourtant une nécessité.

— Lui as-tu expliqué les risques ?

— Je t'en laisse le soin. Elle est à toi, Myrnin. Mais ne commets pas d'erreur ; je te considère responsable de ses résultats. Et de sa sûreté.

Claire entendit un cliquetis métallique et, lorsqu'elle se retourna... Amelie s'était éclipsée. Elle se retrouvait seule. Myrnin la fixait de ses grands yeux foncés à présent ; la lueur amusée avait déserté son regard sérieux.

— Il semblerait que nous n'ayons le choix ni l'un ni l'autre, remarqua-t-il. Arrangeons-nous donc pour tirer le meilleur parti de la situation.

Explorant plusieurs piles de livres il en tira un aussi usé et fragile que le précédent, mais bien moins épais. Il le remit à Claire ; son titre était en anglais – *Métaux dans les hiéroglyphes.*

— Le symbole que je t'ai montré est celui du cuivre. Apprends le reste d'ici ta prochaine visite, demain. Je veux aussi que tu aies lu *Les Dernières Volontés* de Basil Valentine. Je dois avoir un exemplaire par ici...

Il se lança dans des recherches frénétiques et poussa un cri de victoire lorsqu'il l'eut déniché.

— Sois particulièrement attentive aux symboles alchimiques, dit-il en remettant l'ouvrage à Claire. Tu devras les recopier tant que tu ne les connaîtras pas par cœur.

— Mais...

— Prends-les ! Prends-les et va-t'en ! Dehors ! Je suis occupé !

Myrnin s'élança vers la porte par laquelle Amelie s'était éclipsée, renversant plusieurs tas de livres dans sa précipitation. Il mesurait au moins trente centimètres de plus que l'encadrement – on aurait dit un humain dans une maison de Hobbit. Planté devant le battant, il se mit à taper du pied avec impatience (sa tong claquait successivement sur sa peau et sur le sol).

— Es-tu sourde ? s'emporta-t-il. Dehors ! Je n'ai pas de temps… Reviens demain.

— Mais… j'ignore comment rentrer chez moi. Ou comment revenir ici.

Il la dévisagea une seconde avant d'éclater de rire.

— Quelqu'un devra donc t'escorter ! Tu ne t'imagines pas que je vais reconfigurer tout le système pour toi !

« Reconfigurer le système » ? Claire s'immobilisa sur le seuil de la pièce.

— Quel système ? Celui… des portes ?

Les implications de cette théorie étaient étourdissantes. Si Myrnin maîtrisait ces passages, s'il contrôlait ces ouvertures qui apparaissaient et disparaissaient à peu près n'importe où dans Morganville… La curiosité de Claire était aiguisée. Elle devait découvrir le fonctionnement de ce réseau.

— Oui, j'en suis responsable, entre autres choses… mais ce n'est vraiment pas la question. Nous en discuterons plus tard, Claire. Pars maintenant.

Il la chassa d'une grande poussée et referma la porte sur son dos. Un claquement sonore retentit lorsqu'il abattit sa main sur le battant.

— Et verrouille-la ! hurla-t-il.

Entre la pénombre et les tremblements de nervosité, Claire eut du mal à trouver le trou de la serrure. Elle sut qu'elle avait réussi quand elle entendit le *clic* sans appel du pêne s'engageant dans la gâche.

— Emporte la clé ! ajouta Myrnin.

— Mais…

— Tu es responsable de moi dorénavant, Claire. Tu dois me protéger, reprit-il d'une voix plus basse, comme s'il était fatigué. Me protéger de tout le monde.

Puis il se mit à pleurer.

— Myrnin ? appela Claire en se penchant vers la porte. Ça va ? Voulez-vous que je vienne…

Le battant et le chambranle vibrèrent sous la force du coup qu'il y porta. Effrayée, Claire recula. Et les sanglots continuèrent. Des sanglots de petit garçon perdu. Après avoir hésité quelques secondes, elle se retourna et découvrit Amelie. Elle se tenait à côté du bureau et la faible lueur de la bougie révélait que son habituelle expression de marbre était teintée de tristesse.

— L'esprit de Myrnin n'est plus ce qu'il a été. Il a ses moments de lucidité, néanmoins. Tu dois à tout prix en tirer profit et apprendre ce qu'il a à t'enseigner. Son savoir ne peut pas être perdu, Claire. Il est impératif de le préserver. Certains de ses travaux en cours…

Amelie secoua la tête avant de conclure :

— … doivent être menés à bien.

Le cœur de Claire battait la chamade, son corps était parcouru de frissons.

— Il perd la tête, c'est un vampire, et vous voulez que je devienne son élève ?

— Non. Je l'exige. Et tu te soumettras à mes ordres, Claire, ainsi que le stipule le contrat que tu as signé de ton propre chef. Ses travaux sont précieux. Je ne te ferais pas courir de risques sans raison.

« Lui as-tu expliqué les risques ? » avait demandé Myrnin.

— Quels sont ces risques ? interrogea-t-elle.

Pour toute réponse, Amelie pointa l'étagère contre laquelle était appuyé le sac à dos. Claire le hissa sur son épaule ; lorsqu'elle redressa la tête, une porte était apparue sur le pan de mur vide. Une porte en bois massif à la poignée en laiton lisse. Comme toutes celles de l'université.

— Ouvre-la, lui intima Amelie.

— Mais…

— Ouvre cette porte, Claire.

Elle s'exécuta et fut aussitôt frappée par la lumière vive des néons et l'odeur figée de l'air conditionné. Amelie souffla la bougie ; dans le noir, Claire ne la voyait plus.

— Trouve-toi demain, à seize heures, à la cafétéria. Sam passera te prendre. Je te conseille de faire les lectures dont Myrnin t'a chargée. Et Claire… ne parle à personne de tes activités ici. Personne.

Ce ne fut qu'une fois qu'Amelie eut refermé la porte que Claire, seule dans le couloir, réalisa que sa dernière question était restée sans réponse. Elle rouvrit la porte, mais celle-ci donnait désormais sur un débarras encombré de vieux meubles cassés. Une ombre glissa dans un coin. Claire remarqua une fenêtre masquée par un store déglingué, mais aucune trace d'Amelie. Pas un seul livre. Et pas de Myrnin.

— Il est malade, lança Claire à voix haute, s'adressant à l'ombre qui bruissait derrière un bureau bancal.

Ce qui expliquait la façon dont Amelie lui parlait. Il était vieux, et souffrant. Peut-être même mourant.

Les vampires pouvaient donc tomber malades. Pouvaient-ils mourir ? Elle s'interrogeait là-dessus pour la première fois. Après avoir refermé la porte avec précaution, elle ajusta les bretelles de son sac à dos, puis baissa les yeux sur les deux ouvrages anciens dans ses mains. *Les Dernières Volontés.* Elle espérait que ce titre ne présageait en rien son avenir.

Eve monopolisa la conversation tout le long du trajet : un copain d'Amy, Chad, les avait aidées à ranger – un « petit amour » – et lui avait proposé un rancard ; quant à leur patron, un vrai peigne-cul, il avait consenti à lui donner une augmentation de vingt cents de l'heure.

— À mon avis, c'est seulement pour sanctionner ma persévérance, parce que je n'ai pas démissionné au bout de quinze jours, expliqua Eve, qui en dépit de son ton blasé paraissait enchantée. Bien sûr, ça ne fait que deux dollars de plus par semaine, mais…

— Mais c'est déjà ça, acquiesça Claire. Félicitations, Eve. Tu le mérites amplement, tu es vraiment douée. Je parie que tu pourrais diriger la cafétéria si tu voulais.

— Moi ? Manager ? s'esclaffa Eve, en riant si fort qu'elle émit des grognements. Comme si c'était mon rêve de régner sur la cafétéria… Tu n'es pas sérieuse ?

— Si, bien sûr que si. Tu es sympa, les gens t'apprécient. Et tu sais ce que tu fais. Tu t'en sortirais très bien.

Eve lui coula un regard en biais. Un regard presque noir.

— Tu es sérieuse !

— Oui.

— Je ne suis pas sûre d'être prête pour ce genre de boulot. Il ne faut pas porter une cravate ?

— Tu en as une.

— Avec une Grande Faucheuse dessus, oui. Hé ! Mais attends ! Ça pourrait être mon style de management ! Déconnez pas les asticots, sinon je vous zigouille… Voilà ce qu'on devrait leur apprendre dans les écoles de commerce.

— C'est probablement le cas ici, soupira Claire.

— Et toi ? Tu as passé une bonne journée ? Je te trouve, je ne sais pas, pensive.

— Ouais, je… j'ai plein de boulot.

En vérité, elle n'avait jamais été soumise à une telle pression de réussite. Elle avait déjà feuilleté le livre sur les hiéroglyphes ; il était plutôt simple. Et intéressant. L'autre ouvrage, *Les Dernières Volontés,* présentait beaucoup plus de difficultés en revanche. Il contenait des tonnes de symboles qu'elle ne comprenait pas. Elle devrait passer la nuit à bûcher si elle voulait réussir à retenir au moins les bases.

— Eve… est-ce que quelqu'un a déjà rompu un contrat à Morganville ? Et survécu à cette rupture de contrat ?

— Un contrat ?

Cette fois, Eve lui jeta un regard interrogateur avant d'ajouter :

— Tu veux dire un contrat avec un vampire ? Bien sûr. Les humains ont tout essayé, à un moment ou un autre. Mais sans grand succès, malheureusement.

— Qu'est-il arrivé ?

— Autrefois, les vampires les pendaient. De nos jours, je crois qu'ils se contentent de les laisser croupir en prison. À moins qu'ils ne les mangent ! Enfin, heureusement, ça ne nous concerne pas, ni toi ni moi. Vivre libres ou mourir ! lança Eve en tournant sa paume vers elle. Tope là !

Claire s'exécuta sans grand enthousiasme. Elle se rappelait encore la sensation du stylo dans sa main au moment où elle avait tracé sa signature sur le papier épais. Au moment où elle avait renoncé à son indépendance. Et elle fut envahie par la honte.

— Pourquoi ? demanda Eve.

— Hein ?

— Pourquoi me poses-tu cette question ?

Eve s'engagea dans West Lot Street ; les fenêtres de la maison étaient éclairées.

— Allez, Claire, insista-t-elle. Tu connais quelqu'un dans cette situation ?

— Euh… un type de la fac. Je l'ai seulement entendu dire… Bref, ça m'a intriguée.

— Eh bien arrête de t'occuper des affaires des autres. C'est son problème, pas le tien. Tu es prête pour le sprint du soir ? Tu fonces, hein ? Vas-y !

Au moment de conclure sa phrase, Eve pila ; Claire sortit, ouvrit le portillon blanc et courut jusqu'aux marches du perron, son trousseau de clés à la main. Après avoir coupé le moteur, Eve la rejoignit de son pas retentissant.

Soudain, Claire n'entendit plus un bruit. Effrayée, elle fit volte-face, s'attendant à découvrir un vampire prêt à bondir ; Eve s'était simplement attardée pour relever le courrier dans la boîte aux lettres. Elle en prit connaissance au moment de gravir les marches, puis franchit le seuil à la suite de Claire, avant de claquer la porte d'un mouvement de hanches tout en poussant le verrou avec son coude (et une aisance désarmante).

— Facture d'électricité, d'eau, d'Internet… Et une lettre pour toi, ajouta Eve en lui tendant une petite enveloppe rembourrée. Sans mention d'expéditeur.

Qui pouvait bien lui envoyer quoi que ce soit ? À part ses parents, bien sûr. Son ancienne meilleure amie, Elizabeth, lui avait bien adressé une carte postale, une fois. Mais rien depuis. Claire ne reconnut pas l'écriture élégante. Pendant qu'elle s'interrogeait, Eve entra dans le salon en prévenant les garçons de leur retour d'un bonsoir tonitruant.

— Pas trop tôt ! répondit Michael. Va me préparer à dîner, femme !

— J'ai un scoop, Michael, tu es censé avoir grossi les rangs des créatures maléfiques, pas ceux des beaufs !

Claire déchira l'enveloppe et une petite boîte à bijoux glissa dans sa main. Une jolie boîte en velours rouge décorée d'un petit blason en or. La peau de sa nuque se couvrit de chair de poule. Tout mais pas ça…

Ses soupçons furent confirmés lorsqu'elle découvrit, en soulevant le couvercle, un jonc en or niché dans l'écrin rouge sang. Il était joli, pile à la taille de ses poignets fins, et comportait le symbole de la Fondatrice, inscrit dans un petit cartouche. Oh, non… Claire observa le bracelet en se mordillant la lèvre un long moment, avant de refermer la boîte et de la ranger dans l'enveloppe. Elle rejoignit Eve et Michael dans la cuisine – Eve sortait des casseroles, tandis qu'il explorait le contenu du frigo.

— Des spaghettis, ça te va ? demanda-t-elle.

— Très bien, répondit Claire, qui aurait aimé savoir si son visage trahissait ses émotions.

Heureusement, Eve était trop occupée à regarder Michael, et réciproquement, pour lui prêter attention. C'était compter sans Shane, avec lequel elle se retrouva nez à nez en voulant quitter la cuisine. Le paquet lui parut soudain très lourd et, par réflexe, elle recula d'un pas. Elle lut aussitôt dans son regard qu'elle l'avait blessé.

— Salut, fit-il. Ça va ?

Elle hocha la tête, préférant le silence au mensonge. Shane s'approcha et lui caressa la joue de sa main tiède ; c'était si doux qu'elle se laissa aller contre son torse. Elle se sentait minuscule près de lui, et choyée. Si bien que, l'espace d'une seconde, le paquet dans sa main n'eut plus aucune importance.

— Tu travailles trop dur, reprit-il. Tu es toute pâle. Tout va bien à la fac ?

— Très bien, oui.

Ce n'était même pas un mensonge : elle avait des sujets d'inquiétude bien plus importants que la fac, à présent.

— Je dois juste avoir un peu de sommeil en retard, compléta-t-elle.

— Plus que quelques jours avant le week-end, dit-il en déposant un baiser sur le sommet de son crâne, puis en se penchant pour lui murmurer à l'oreille : Rendez-vous dans ma chambre. J'ai besoin de te parler.

Elle cligna des yeux sans comprendre, mais Shane s'éloignait déjà. Elle jeta un coup d'œil par-dessus son épaule : Eve et Michael discutaient joyeusement – ils n'avaient rien remarqué. Claire fourra l'enveloppe dans son sac à dos, prit le temps de refermer celui-ci, puis suivit Shane à l'étage.

Il ne faisait jamais son lit, pourtant il fit l'effort de tirer les draps et le couvre-lit. Sa chambre contenait deux posters sans intérêt. Ni photos ni objets personnels. Il n'y passait pas beaucoup de temps, sauf pour dormir. La plupart de ses affaires étaient entassées dans sa penderie.

Après avoir placé son sac à dos contre le mur, Claire s'assit à côté de lui, sur le lit.

— Qu'y a-t-il ? lui demanda-t-elle.

Si elle s'était imaginé qu'il comptait tuer le temps jusqu'au dîner en l'embrassant passionnément, elle allait être déçue. Il ne plaça pas même un bras autour de ses épaules.

— Je pense à partir, déclara-t-il.

— Partir ? Mais Eve est en train de préparer le repas…

— Partir de Morganville, dit-il en soutenant son regard.

— Non ! Tu ne peux pas ! s'exclama-t-elle, saisie par la panique.

— Je l'ai déjà fait. Écoute, je… je ne suis pas revenu ici parce que cet endroit me manquait. J'ai obéi aux ordres de mon père, mais je ne lui dois plus rien, je n'accomplirai plus ses basses besognes…

Son regard se fit implorant : il avait besoin que Claire le comprenne.

— J'ai envie d'une vie, Claire. Et ta place n'est pas ici, tu ne peux pas rester. Ils te tueront. Pire, ils feront de toi l'une des leurs, une mort vivante. Je ne parle pas seulement des vampires : aucun habitant de Morganville n'a de pouls. Aucun.

— Shane…

Il l'embrassa, et ses lèvres étaient tièdes, douces et avides.

— Je t'en prie, murmura-t-il. Nous devons quitter cette ville, la situation va dégénérer. Je le sens.

Bon sang, qu'est-ce qui lui prenait ? Pourquoi maintenant ?

— Impossible, dit-elle. Je… il y a la fac, et… je ne peux pas, Shane. Je ne peux pas partir.

Sa signature au bas d'une feuille de papier. Son âme sur un plateau d'argent. Voilà le prix qu'elle avait dû payer pour garantir la sécurité de ses amis, mais elle n'avait plus le choix, si ? En échange, elle devait seconder Myrnin.

— S'il te plaît, Claire… murmura-t-il d'une voix à peine audible, effleurant ses lèvres des siennes.

Il aurait pu lui faire faire n'importe quoi, ou presque, lorsqu'il employait ce ton, mais cette fois…

— Qu'est-il arrivé ? insista-t-elle.

— Quoi ?

— C'est à cause de Michael ? A-t-il…

Elle ignorait elle-même ce qu'elle voulait insinuer, simplement elle sentait que quelque chose avait perturbé Shane. Il l'observa un long moment avant de se lever et de s'approcher de la fenêtre, observant l'arrière-cour, dont ils ne se servaient jamais.

— Mon père m'a appelé, finit-il par lâcher. Il m'a annoncé qu'il revenait et qu'il fallait que je me tienne prêt à tuer des vampires. Si je reste, je n'aurai pas le choix, je devrai éliminer Michael. Je ne veux pas être là, Claire. Je ne peux pas.

Il ne voulait pas se retrouver confronté au même choix ; il s'était détourné pour que Claire ne puisse pas voir la souffrance sur ses traits, mais elle l'entendait dans sa voix.

— Tu penses vraiment qu'il va revenir ?

— Ouais. À un moment ou à un autre. Peut-être pas ce mois-ci, ni cette année, mais… un jour. Et la prochaine fois, il aura les moyens de déclencher une véritable guerre.

Shane réprima un frisson et les muscles de son dos se contractèrent ; Claire distinguait leur contour sous le tee-shirt gris.

— Je dois t'emmener loin d'ici avant qu'il ne t'arrive du mal.

Claire le rejoignit et l'enlaça. Elle le serra de toutes ses forces, la tête blottie contre son omoplate, et soupira :

— Je me fais plus de souci pour toi que pour moi. Les ennuis et toi…

— Ouais, lâcha-t-il avec un sourire dans la voix. On est comme les deux doigts de la main.

4.

Les spaghettis étaient délicieux – à force d'insister, Claire avait fini par convaincre Shane de descendre dîner. Il s'était assis en face de Michael, mais ils n'avaient pas échangé un mot ou un regard. Néanmoins, le repas se déroulait dans une atmosphère courtoise. Claire commençait tout juste à se détendre lorsque Shane lâcha, de but en blanc :

— Tu as mis beaucoup d'ail, Eve ? Tu sais que j'adore ça.

— Tu empestes tellement que le quartier entier le sait, riposta-t-elle en le foudroyant du regard avant de se tourner vers Michael et de se radoucir. Ça va ? Il n'y en a pas trop ?

Les vampires n'en raffolaient pas, bien entendu. Et c'était d'ailleurs une des raisons pour lesquelles Shane en assaisonnait tout ce qu'il mangeait.

— Aucun problème, répondit Michael, qui picorait seulement son dîner et était un peu pâlot. Monica est passée aujourd'hui, elle te cherchait, Claire.

Shane et Eve grognèrent à l'unisson. Pour la première fois depuis longtemps, ses trois colocataires se rangeaient au même avis.

— Quoi ? demanda-t-elle en voyant les regards braqués sur elle. Je vous jure, ce n'est pas... Je ne lui lèche pas les bottes ! Elle est... folle, d'accord ? On n'est pas amies, ni rien.

— Elle va sans doute essayer de te tendre un nouveau piège, décréta Eve en se resservant de spaghettis. Comme lors de cette soirée à la fraternité. À propos, elle organise une fiesta vendredi, tu es au courant ? Super sélecte. Elle a même invité des gens qui ne sont pas de Morganville. Ça doit être son anniversaire, à moins que son père ne lui ait filé du fric. On devrait se taper l'incruste !

— Bonne idée, intervint Shane.

Coulant un rapide coup d'œil à Michael, il ajouta :

— Et toi ? Ça contrevient au code de conduite des vampires ou pas ?

— Va te faire foutre, Shane.

— Les garçons, surveillez votre langage, lança Eve d'un ton faussement guindé. Il y a une mineure à table.

Claire leva les yeux au ciel.

— Ce n'est pas comme si je ne l'avais jamais entendu. Ou dit.

— Tu ne devrais pas utiliser ce genre d'expression, reprit Michael.

Il avait un air si grave qu'Eve faillit s'étouffer avec ses pâtes. Shane lui tapa dans le dos, hilare lui aussi. Michael s'esclaffa à son tour. Après les avoir fusillés du regard, Claire finit par s'abandonner à la crise de rire généralisée. L'atmosphère s'était enfin détendue.

— Alors, c'est d'accord pour vendredi soir ? insista Eve en s'essuyant les yeux et en s'efforçant de reprendre son souffle entre deux éclats de rire. Ça nous fera du bien !

— OK, acquiesça Michael en avalant une énorme bouchée de spaghettis. D'autant que, si je vous accompagne, elle ne pourra pas nous claquer la porte au nez. Les vampires jouissent du statut de VIP. Autant que ça serve à quelque chose !

Shane posa les yeux sur son ami et, l'espace d'une seconde, Claire retrouva leur vieille complicité d'autrefois, celle qu'elle regrettait tant. Ce sentiment se dissipa bien vite pourtant ; un mur les séparait à nouveau.

— Si on peut gâcher la soirée de Monica, on devrait tous y aller, conclut Shane.

Ils terminèrent le repas dans un silence gêné. Claire, obnubilée par la boîte en velours rouge dans sa chambre, s'ingéniait à affecter un air innocent. Elle ne devait pas tromper grand monde. À plusieurs reprises, elle surprit le regard intense de Michael : il pouvait aussi bien s'interroger sur sa mine coupable que sur son absence d'enthousiasme à débarquer à l'improviste chez Monica. Elle engloutit son dîner trop vite, puis débarrassa la table et fila dans sa chambre en marmonnant qu'elle avait des devoirs. Après tout, ils étaient habitués à la voir bûcher. C'était au tour de Shane de faire la vaisselle, ce qui l'occuperait un bon moment…

La boîte se trouvait à l'endroit où elle l'avait posée, sur sa commode. Claire se laissa glisser à terre ; assise en tailleur, elle la soupesa.

— Tu hésites à le porter.

La voix d'Amelie la fit sursauter. Confortablement installée dans le vieux fauteuil en velours qui occupait un coin de la pièce, la doyenne des vampires avait les mains élégamment croisées dans son giron. Elle évoquait davantage une figure peinte qu'un être humain en chair et en os, semblant plus que jamais taillée dans un matériau froid, comme le marbre. Claire se releva aussitôt – on ne restait pas assise par terre en présence d'Amelie. Celle-ci la remercia pour sa prévenance d'un mouvement de tête gracieux.

— Je m'excuse de t'avoir surprise, Claire, mais je devais te parler seule à seule.

— Comment êtes-vous entrée ? Je croyais que les vampires…

— … ne pouvaient pas franchir le seuil de la maison Glass ? Je te rappelle que Michael fait partie des nôtres à présent. Et même lorsque vous étiez tous humains, je continuais à posséder ces murs. Je les ai érigés, ne l'oublie pas. Cette maison, comme toutes celles que j'ai construites, me connaît. Je n'ai donc pas besoin d'autorisation pour entrer. Cela te gêne-t-il ?

Les yeux d'Amelie scintillaient dans le noir.

— Que voulez-vous ? lança Claire au lieu de répondre à la question.

Amelie pointa un de ses longs doigts fins sur la boîte dans la main de Claire.

— Je veux que tu mettes ce bracelet.

— Mais…

— Il s'agit d'un ordre, Claire.

Elle réprima un tremblement : Amelie n'avait pas haussé le ton mais sa voix s'était durcie. Elle sortit le bijou de l'écrin ; il était lourd et tiède dans sa paume. Elle l'observa avec méfiance. Le bracelet n'avait pas de fermoir et était, de toute évidence, trop étroit pour qu'elle puisse l'enfiler.

— Je ne comprends pas comment…

En un éclair, Amelie se retrouva à son côté. Tout en refermant ses doigts glacés sur le bras de Claire, elle lui prit le jonc des mains.

— Il a été fait sur mesure. Ne bouge pas ! Contrairement à la plupart des autres enfants, tu ne pourras pas retirer le tien. Tu as signé un contrat qui me donne ce droit-là, tu le comprends, n'est-ce pas ?

— Mais… non, je ne veux pas…

Trop tard. Le bracelet sembla traverser la peau et les os de Claire avant de se fixer autour de son poignet. Elle tenta de se libérer, mais Amelie avait une poigne de fer. Avec un sourire, celle-ci immobilisa Claire une seconde supplémentaire afin de lui faire comprendre qui commandait. Lorsqu'elle l'eut lâchée, Claire tritura le bracelet dans tous les sens à la recherche d'un fermoir. Il n'en avait pas et était trop étroit pour qu'elle le fasse passer par sa main.

— Voilà comment on procédait autrefois. Ce bracelet te sauvera la vie, Claire. Crois-moi, il s'agit d'une faveur que j'ai rarement accordée dans ma vie. Tu devrais me témoigner de la gratitude.

De la gratitude ? Claire se sentait comme un chien en laisse, et elle détestait ça. Elle fusilla Amelie du regard, ce qui ne fit qu'approfondir le sourire du vampire. Claire ne pouvait pas dire qu'il était plus éclatant pour autant – l'expression de celle-ci n'avait rien de rassurant.

— Tu me remercieras sans doute plus tard, reprit-elle en arquant les sourcils. Très bien, je vais te quitter à présent. Il me semble que tu as de quoi t'occuper.

— Comment voulez-vous que je le cache à mes amis ? bafouilla Claire tandis qu'Amelie se dirigeait vers la porte.

— Aucune nécessité de le faire, répondit-elle en ouvrant la porte sans la toucher. N'oublie pas, tu dois être prête pour ton rendez-vous avec Myrnin, demain.

Elle referma derrière elle. Claire se jeta sur la poignée, mais celle-ci était bloquée. Le temps de la déverrouiller, elle trouva le couloir vide. Amelie avait disparu. Claire resta plantée là un moment, guettant les bruits de vaisselle en bas et les éclats de rire pour se retenir de pleurer.

Après s'être frotté les yeux et avoir pris une profonde inspiration, elle rentra dans sa chambre et se mit au travail.

La journée du lendemain fila dans un tourbillon de cours, d'interros écrites ou orales, et Claire vit arriver avec soulagement la pause de l'après-midi. Elle se sentait ridicule avec son tee-shirt à manches longues, mais c'était le seul vêtement qui lui permettait de dissimuler le bracelet. Jusqu'à présent, tout allait bien : Eve n'avait rien remarqué, et ni Shane ni Michael n'étaient levés quand elles avaient quitté la maison. De désespoir, la veille, Claire avait tout essayé pour retirer le jonc, s'armant de ciseaux puis d'une vieille pince rouillée dénichée au sous-sol, mais elle n'avait réussi qu'à casser les lames des ciseaux. Elle n'y arriverait pas seule, et elle ne pouvait demander l'aide de personne.

À la cafétéria, Claire fut accueillie par une Eve épuisée, toute rouge sous son emplâtre de fond de teint blanc et seule derrière le comptoir.

— Où est Amy ? lui demanda Claire en lui tendant trois dollars pour un Mocha. Je croyais qu'elle travaillait toute la semaine ?

— Sans blague ? Moi aussi, figure-toi. J'ai appelé mon patron, mais il est malade, comme Kim. Bref, j'officie en solo aujourd'hui. Tous les litres de café que j'ai ingurgités ne suffisent pas.

Eve souffla pour soulever une mèche de cheveux sur son front mouillé de sueur avant de se diriger vers le percolateur.

— Tu as déjà rêvé que tu courais dans tous les sens alors que les autres restaient parfaitement immobiles ?

— Non, dans mes cauchemars, je me retrouve généralement nue dans un amphi.

— En échange de cet aveu, je t'offre le sirop de caramel, lança Eve avec un large sourire. Va t'asseoir, je n'ai pas besoin que tu rôdes autour du comptoir comme tous ces vautours !

Claire s'installa à une petite table en attendant qu'Eve l'appelle. Une fois qu'elle eut récupéré son Mocha, elle ouvrit en bâillant *Les Dernières Volontés*. Elle avait consacré l'essentiel de sa nuit à retenir les symboles, ce qui s'était révélé épineux. Elle avait réussi à mémoriser tous les hiéroglyphes, mais ceux-là étaient beaucoup moins simples et elle avait le sentiment que Myrnin ne ferait preuve d'aucune indulgence.

Une ombre tomba sur la page qu'elle lisait et, en relevant la tête, Claire découvrit les inspecteurs Travis Lowe et Joe Hess. Elle les connaissait bien, ils lui avaient prêté main-forte quand le père de Shane écumait la ville à la recherche de vampires à trucider. Ils ne portaient pas de bracelets – ce qui signifiait qu'ils n'étaient pas protégés –, mais jouissaient apparemment d'un statut à part. Elle ignorait comment ils l'avaient obtenu, sans doute grâce à des actes de bravoure.

— Bonjour, Claire, lança Joe en tirant une chaise.

Travis l'imita. Ils ne se ressemblaient pas du tout, physiquement : Joe, grand et maigre, avait un visage tout en longueur, alors que Travis, guetté par la calvitie, était plus joufflu. En revanche, Claire distinguait la même expression dans leur regard. Une expression de lassitude.

— Comment vas-tu ? ajouta Joe.

— Bien, répondit-elle en résistant à une envie subite de jouer avec son bracelet.

Après que son regard eut navigué de l'un à l'autre, sentant l'inquiétude la gagner, elle reprit :

— Que se passe-t-il ? Quelque chose ne va pas ?

— Ouais, rétorqua Travis. On pourrait dire ça. Écoute, Claire, il… je suis désolé d'avoir à te l'apprendre, mais les éboueurs ont découvert le cadavre d'une jeune fille derrière chez vous, ce matin.

Un cadavre ? Claire sentit qu'une boule se formait dans sa gorge.

— Vous connaissez son identité ?

— Il s'agit d'Amy Callum, répondit Joe. Une fille du quartier, ses parents habitent à quelques pâtés de maisons de la vôtre. Ils sont effondrés… Elle travaillait ici, ajouta-t-il en dirigeant son regard vers le bar.

Cette Amy-là ? De la cafétéria ? Oh, non…

— Je l'avais rencontrée, lâcha Claire d'une petite voix. Elle bossait ici avec Eve, qui l'attendait aujourd'hui, d'ailleurs. D'après Eve…

Celle-ci continuait à s'affairer, servant et encaissant les clients avec bonne humeur.

— Vous êtes certains que c'était chez nous ? insista-t-elle.

— Claire…

Les deux inspecteurs échangèrent un regard, puis Joe conclut :

— Son cadavre se trouvait dans l'une de vos poubelles. Nous en sommes sûrs.

Claire avait la tête qui tournait. Elle avait sorti les ordures deux jours plus tôt, jeté les sacs dans les bennes. Amy était vivante alors. Maintenant…

— As-tu remarqué quoi que ce soit hier soir ? poursuivit Joe.

— Non, j'étais… il faisait noir quand je suis rentrée. Et j'ai passé la nuit à travailler.

— Tu n'as rien entendu ? Du bruit dans l'arrière-cour, près des poubelles ?

— Non, j'avais mes écouteurs. Désolée.

Shane s'était posté devant la fenêtre, elle s'en souvenait. Il avait peut-être vu quelqu'un… Sauf qu'il l'aurait dit, non ? Il ne cacherait jamais un truc pareil… Une idée lui traversa soudain l'esprit et elle plongea les yeux dans ceux, placides et impartiaux, de Joe.

— Était-ce…

Il y avait trop de monde dans la cafétéria ; au lieu de finir sa phrase, elle mima des crocs. Il secoua la tête.

— Le même mode opératoire que pour la dernière victime, expliqua Travis. On ne peut pas exclure nos amis les vampires, mais ça ne ressemble pas à leur style. Tu sais à qui nous avons pensé en revanche ?

— Jason… articula Claire d'une voix blanche. Le frère d'Eve. Il est toujours en liberté.

— On ne l'a pas encore pris sur le fait, mais ça ne tardera pas. Il est trop fou pour mener une vie normale.

Travis dévisagea Claire avant d'ajouter :

— Tu ne l'as pas vu, hein ?

— Non.

— Bien.

Comme sur un signal, les deux inspecteurs se levèrent en même temps.

— On ferait mieux d'aller prévenir Eve. Si jamais tu entends parler de quoi que ce soit, tu nous joins par téléphone, d'accord ? Et ne sors pas seule. Même si tu es protégée.

Travis lança un regard appuyé à son poignet, et elle piqua un fard comme s'il avait deviné la couleur de sa petite culotte.

— Si tu dois sortir, fais-toi accompagner d'un de tes amis, ajouta Joe. Idem pour Eve. Nous garderons un œil sur vous, mais la prudence sera votre meilleure alliée.

Les inspecteurs s'éloignèrent ; ils échangèrent un signe de tête cordial avec un jeune homme qui venait dans la direction de Claire. L'espace d'une seconde, elle crut qu'il s'agissait de Michael – même démarche, même silhouette –, avant de remarquer les reflets roux dans ses cheveux. Sam. Sam Glass, le grand-père de son colocataire. Claire avait oublié ce qu'Amelie lui avait dit : Sam l'escorterait jusqu'à Myrnin. La jeune fille l'appréciait ; calme, gentil, il n'avait rien d'un vampire, à l'exception du teint pâle et de la lueur étrange dans ses yeux. Exactement comme Michael, à la réflexion. Ça tombait d'ailleurs sous le sens : en plus d'être les deux plus jeunes vampires de Morganville, ils appartenaient à la même famille. Peut-être que plus les vampires vieillissaient, plus ils perdaient de leur humanité.

— Salut, Claire !

À entendre Sam, on aurait cru qu'ils s'étaient séparés moins de cinq minutes plus tôt, alors qu'elle ne l'avait pas vu depuis une semaine au moins. Les vampires devaient aussi avoir un rapport différent à la temporalité.

— Que voulaient-ils ? ajouta-t-il.

Dans son tee-shirt aux couleurs de la fac et son jean, il était très séduisant. Et il avait un joli sourire absent. Elle n'était pas son genre, cependant. À ce que Claire en savait, Sam se consumait toujours d'amour pour Amelie, aussi inconcevable cela soit-il.

Voyant que Sam attendait une réponse, elle lâcha :

— Ils ont trouvé le cadavre d'une fille dans nos poubelles. Une certaine Amy Callum.

Le visage mobile et jovial de Sam se figea en une expression grave.

— Bon sang, je les connais, des gens adorables. Je passerai les voir.

Il s'assit et reprit, en baissant la voix :

— Elle n'a pas été tuée par un vampire, je peux te l'assurer. À l'heure qu'il est, je serais au courant, si quelqu'un avait franchi la ligne.

— C'est ce que les inspecteurs m'ont dit, confirma Claire. Apparemment, elle a été tuée par l'un des nôtres.

Réalisant, avec horreur, que Sam n'était plus vraiment dans le même camp qu'elle, elle s'empressa d'ajouter, les joues en feu :

— Enfin… euh… je veux dire… un humain.

Sam lui sourit, mais son regard se teinta de tristesse.

— Ce n'est rien, Claire. Je me suis fait à l'idée que, dans cette ville, il y avait deux camps.

Il baissa les yeux vers ses mains, posées à plat sur la table, puis reprit :

— Je suis censé t'accompagner à ton rendez-vous.

Elle referma aussitôt ses livres et, tout en les fourrant dans son sac à dos, s'excusa :

— Bien sûr, Sam. Désolée, je n'avais pas réalisé l'heure qu'il était.

— Nous ne sommes pas pressés, dit-il en évitant toujours son regard. Claire… Es-tu sûre de savoir ce que tu fais ?

— Pardon ?

En un éclair, il lui saisit le poignet – celui où se trouvait le bracelet, caché sous la manche. Elle sentit le métal lui cisailler la peau.

— Aïe, murmura-t-elle.

— Tu as très bien compris de quoi je voulais parler, rétorqua-t-il en la libérant.

— Je n'avais pas le choix. Je devais signer ce contrat si je voulais protéger mes amis.

Au lieu de répondre, Sam l'observa avec intensité ; Claire ne soutint pas son regard. Elle aurait préféré qu'il ne soit pas au courant de l'accord passé avec Amelie. Et s'il décidait d'en parler avec Michael ? Et Michael avec Shane ? Celui-ci finirait bien par l'apprendre, tôt ou tard. Elle préférait tard, malgré tout.

— Je comprends, rétorqua Sam. Je parlais de ta mission. Avec Myrnin. C'est… dangereux.

— Je sais. Il est mal en point, mais il ne me touchera pas. Amelie…

— Amelie ne se soucie pas des individus, cracha-t-il avec une amertume qui prit Claire au dépourvu. Elle se sert de toi comme elle se sert de tous les humains. Ça n'a rien de personnel, mais elle se fiche de ton bien.

— Pourquoi ? Que me caches-tu, Sam ?

Il la dévisagea un long moment, le temps de décider s'il allait lui apporter ou non une réponse honnête.

— Myrnin a eu cinq apprentis au cours des deux dernières années. Deux d'entre eux étaient des vampires, dit-il en se levant.

— Cinq ? demanda Claire, déroutée. Que leur est-il arrivé ?

— Bonne question. Il te suffit de la poser à la bonne personne, répondit-il avant de s'éloigner.

Soufflée, Claire lui emboîta le pas.

Au comptoir, les deux inspecteurs étaient en train d'annoncer la nouvelle à Eve. Claire sut à quel moment précis son amie apprenait que sa collègue était morte. Même à distance, elle eut de la peine en voyant la souffrance se peindre sur ses traits, rapidement remplacée par un masque impassible. À Morganville, on s'habituait à perdre des proches.

Bon sang, cette ville craignait vraiment, parfois.

Sam avait une voiture, une berline bordeaux aux vitres teintées. Elle était garée dans le parking souterrain de la fac, sur un emplacement indiquant : « Réservé aux donateurs. » Un autocollant dans un coin du pare-brise reprenait le logo.

— Ça signifie que tu donnes de l'argent à la fac ? l'interrogea Claire.

Sam lui ouvrit la portière côté passager – galanterie à laquelle elle n'était guère habituée – avant de répondre :

— Pas exactement. Amelie remet cet autocollant à tous les vampires qui doivent, pour une raison ou une autre, se rendre sur le campus.

Une fois qu'il eut mis le contact, Claire insista :

— Et tu as des raisons ?

— Je donne des cours du soir, expliqua-t-il en souriant.

On aurait dit un gamin de douze ans quand il faisait cette tête. Claire n'avait jamais vu cet air béat sur aucun vampire à part lui. Pourtant, les sangsues auraient sans doute plus de succès avec la population locale s'ils se déridaient.

— C'est une forme de bénévolat, ajouta-t-il.

Les vitres étaient si sombres que Claire avait l'impression qu'il faisait nuit dehors.

— Tu vois quelque chose ? demanda-t-elle.

— Comme en plein jour.

Elle boucla sa ceinture et s'abandonna contre le dossier. Bien que court – rien n'était loin à Morganville –, le trajet lui laissa le temps de remarquer certaines choses dans la voiture de Sam. Elle était propre. Presque immaculée. Et elle sentait le neuf, ainsi que le détergent.

— Comment ça va en cours ?

Il comptait lui faire le plan de l'adulte qui prétend s'intéresser ? Personne n'attendait jamais une réponse exacte à cette question. Elle se contenta donc de rétorquer :

— Bien. Le niveau n'est pas très élevé.

Sam lui jeta un regard, du moins elle en eut l'impression – difficile à dire dans la pénombre.

— Peut-être que tu pourrais en tirer meilleur parti, tu sais ?

Elle haussa les épaules.

— J'ai toujours eu de l'avance. C'est mieux qu'au lycée, mais j'avais espéré que le challenge serait plus élevé.

— Comme avec Myrnin ? lança Sam d'un ton sec. Le défi est de taille, je te l'accorde. Claire...

— Amelie ne m'a pas laissé le choix.

— Mais ça ne te déplaît pas tant que ça, si ?

Non, elle devait l'avouer. Si, par certains côtés, Myrnin était effrayant, il avait cette étincelle que Claire partageait et cherchait sans arrêt à alimenter.

— Il a peut-être simplement besoin de quelqu'un avec qui parler, hasarda-t-elle.

Sam poussa un grognement évasif et légèrement amusé avant d'arrêter la voiture.

— Je ne peux pas traîner, expliqua-t-il. L'entrée est au bout de l'impasse ; je t'attendrai là-bas, à l'ombre.

Il ouvrit sa portière et... disparut. Celle-ci se referma toute seule. Claire détacha aussitôt sa ceinture et sortit : nulle trace de Sam dans la rue baignée de soleil. La voiture était garée à l'angle d'une impasse. Il fallut une seconde à Claire pour reconnaître la maison qui se dressait devant elle. Une grande baraque victorienne délabrée, copie presque parfaite de la maison de Michael ; celle-ci appartenait à une vieille dame du nom de Katherine Day, où elle vivait avec sa petite-fille.

Mme Day se prélassait sur sa balancelle, devant sa porte, en brassant l'air chaud avec un éventail en papier. Claire lui adressa un signe de la main auquel elle répondit.

— Tu viens me voir, jeune fille ? l'interpella-t-elle. Rejoins-moi, j'ai de la limonade !

— Peut-être plus tard ! lança Claire. Je dois me rendre…

Elle réalisa soudain, avec un sursaut d'horreur, où Sam lui avait donné rendez-vous. Au bout de l'impasse. À l'endroit où tout le monde lui avait défendu d'aller – y compris Mme Day. Parce qu'un vampire maléfique, qui avait déjà essayé d'attirer Claire dans sa toile, s'y terrait. La vieille dame se hissa sur ses pieds, c'était un tout petit bout de femme ridé et tanné – il valait mieux avoir le cuir épais pour vieillir à Morganville.

— Tout va bien, ma petite ?

— Oui, je vous remercie. Je… je reviendrai, répondit Claire en se dirigeant vers la palissade au bout de l'impasse.

Dans son dos, Mme Day s'écria :

— À quoi joues-tu ? Tu as perdu la tête, ou quoi ?

Probablement… Le passage qui s'ouvrait dans la palissade était étroit, bordé de part et d'autre de hautes planches, et semblait rétrécir au fur et à mesure, comme dans un entonnoir. Cette fois, cependant, elle ne se sentit pas inexorablement attirée par les lieux et n'entendit aucune voix. Mais Sam n'était nulle part en vue.

— Par ici, lui lança une voix au moment où le passage formait un petit coude.

Il se tenait légèrement en retrait, dans l'ombre, à côté d'une cabane, à laquelle on accédait par une volée de marches. Une cabane totalement décrépite. Claire se demanda s'il était normal qu'elle penche autant.

— Myrnin, lâcha-t-elle. C'est lui, la mygale.

Sam pesa ces mots avant d'acquiescer.

— Beaucoup savent qu'il vaut mieux éviter de s'aventurer ici, répondit-il. Il ne s'attaque qu'aux humains non protégés, toutefois. Il fait la différence. Il ne tentera rien contre toi.

Sam ouvrit la porte, qui semblait prête à céder à la première intempérie, et pénétra dans la cabane. Une odeur de renfermé chatouilla les narines de Claire. Une odeur de produits chimiques, de papier jauni et de vêtements sales. Elle prit une profonde inspiration, puis s'engouffra dans le repaire de Myrnin.

5.

Myrnin était bien luné.

— Claire !

Elle avait descendu l'escalier – la seule chose que contenait la cabane à proprement parler – pour rejoindre le laboratoire, et le vampire traversa la pièce à la vitesse de l'éclair, s'arrêtant à quelques millimètres d'elle. Si près qu'elle recula et heurta le large torse de Sam, qui l'aida à regagner son équilibre. L'enthousiasme dévorait les yeux écarquillés de Myrnin.

— Je t'attendais ! En retard, tu es très en retard, tu sais. Viens, viens, viens, nous n'avons pas de temps à perdre. Tu as apporté les livres ? Bien. Et *Les Dernières Volontés* alors ? T'es-tu familiarisée avec les symboles ? Tiens, prends ça.

Il déposa un morceau de craie dans sa paume. Se déplaçant une nouvelle fois avec la rapidité d'une sauterelle, il poussa vers elle un vieux tableau noir monté sur roulettes. Il dut dégager certaines piles de livres du passage, ce qu'il fit sans se soucier le moins du monde de la pagaille qu'il semait dans son sillage. Sam murmura à l'oreille de Claire, si bas qu'elle l'entendit à peine :

— Sois prudente. Il peut se montrer dangereux lorsqu'il est dans cet état.

Sans blague… Hochant légèrement la tête, Claire se força à sourire quand Myrnin se tourna vers elle avec son regard d'illuminé. Elle aurait voulu savoir ce qui suivait la phase d'hystérie, mais n'osa pas poser la question.

— Je vais attendre à côté, signala Sam.

Sans lui accorder un regard, Myrnin le congédia d'un geste de la main.

— Oui, oui, très bien. Commençons par ce hiéroglyphe-ci. Sais-tu quel élément il représente ?

— L'électrum, répondit Claire en l'inscrivant au tableau (une sorte de bol avec un grand bâton au milieu). Ça va ?

— Excellent ! Maintenant, un plus ardu. *Chesbet*.

Le saphir. Ce symbole présentait une plus grande difficulté, en effet. Avant de se lancer, Claire prit le temps de se concentrer. Un cercle au-dessus d'une ligne double, à côté d'une jambe, puis d'une chose qui ressemblait à une voiture sans roues, au-dessus de deux cercles distincts.

— Non, non, non, s'écria Myrnin en effaçant la voiture avec une éponge. Ton trait est trop moderne. Regarde.

Il dessina le symbole à son tour ; il évoquait toujours une voiture aux yeux de Claire. Elle le recopia, deux fois, avant d'obtenir son approbation. Il y avait beaucoup de symboles, et il l'interrogea peu ou prou sur la totalité d'entre eux, de plus en plus excité au fil du temps. À force de tenir la craie, elle avait mal au bras, ce qui ne s'arrangea pas quand il la força à recopier cent fois le hiéroglyphe du plomb.

— On devrait se servir d'un ordinateur, suggéra-t-elle en le traçant pour la quatre-vingt-neuvième fois. Et d'une palette graphique.

— Sornettes ! Estime-toi heureuse que je ne te les fasse pas graver avec un stylet dans une tablette de cire, comme autrefois. Ah, les enfants d'aujourd'hui, ricana-t-il. Tous pourris gâtés ! Tous attirés par le dernier joujou technologique !

— Les ordinateurs sont plus puissants que l'esprit humain.

— Je peux résoudre des opérations sur ce boulier plus vite que toi sur ta satanée machine, railla-t-il.

— Prouvez-le !

— Pardon ?

— Prouvez-le, répéta-t-elle d'un ton radouci, même si Myrnin semblait non pas fâché mais intrigué.

Il la considéra un long moment en silence avant de lui adresser le sourire le plus large qu'elle ait jamais vu sur les lèvres d'un vampire.

— Un concours… dit-il. L'ordinateur contre le boulier.

Elle commençait à douter que ce soit une bonne idée, à présent – même si c'était la sienne.

— Euh… et j'y gagnerais quoi ?

Ou, plus important encore : que perdrait-elle ? L'art de la négociation était très en vogue à Morganville. Et il valait mieux se montrer prudent lorsque l'on passait un accord.

— Ta liberté, répondit Myrnin, le visage éclairé par la candeur. Je dirai à Amelie que tu ne convenais pas. Elle te laissera reprendre le cours habituel de ta vie.

Ça valait le coup. Presque trop.

— Et si je perds ? ajouta-t-elle, la gorge serrée.

— Alors je te mangerai, répondit-il avec la même sincérité.

— Vous… vous ne pouvez pas, s'écria-t-elle en découvrant son bracelet, qui refléta la lumière.

— Ne sois pas ridicule. Bien sûr que je le peux. Je peux faire tout ce que je veux, mon enfant. Sans moi, il n'y a pas d'avenir. Personne, surtout pas Amelie, ne me refuse une petite gâterie de temps à autre. Tu n'es pas assez épaisse pour mériter le nom d'en-cas, de toute façon.

Elle recula d'un pas. Un grand pas. Ce sourire de dingue… Elle jeta un coup d'œil vers la pièce où patientait Sam. Pas étonnant qu'Amelie lui ait demandé de rester. Myrnin poussa un soupir dramatique.

— Les humains ne sont vraiment plus ce qu'ils étaient. Il y a mille ans, tu aurais troqué ta vie de mortelle pour une miette de pain rassis. Aujourd'hui, tu refuses de parier, même contre ta liberté. Quand êtes-vous devenus si… ennuyeux ? Alors ? Pas de pari ? Sûre ?

Elle secoua la tête. Une déception profonde se peignit sur les traits de Myrnin.

— Très bien, dit-il. Dans ce cas, tu rédigeras d'ici demain un essai sur l'histoire de l'alchimie. Je n'exige pas, naturellement, quelque chose de fouillé, mais je m'attends à ce que tu aies intégré les bases que je m'évertue à t'inculquer.

— Vous m'apprenez l'alchimie ?

Décontenancé par sa question, il promena son regard autour de lui avant de répondre :

— Mon laboratoire ne parle donc pas de lui-même ?

— Mais l'alchimie… c'est n'importe quoi. Enfin, je veux dire, ça ressemble à de la magie, pas à de la science.

— Les apports de l'alchimie sont malheureusement tombés dans l'oubli, et, oui, la magie est une excellente métaphore pour les choses qui échappent totalement à l'entendement humain. Quant à la science…

Un grognement d'agacement lui échappa ; ses yeux avaient retrouvé leur éclat fiévreux.

— La science est une méthode, non une religion, reprit-il. Pourtant, elle peut mener à la même étroitesse d'esprit. Nous ne voulons pas de ça ici, Claire. Être ouvert, toujours. Remettre tout en question et n'accepter aucun fait sans l'avoir, de soi-même, démontré. Entendu ?

Elle opina avec hésitation, davantage par crainte de s'opposer à lui que par conviction. Myrnin lui donna une grande tape dans le dos.

— Bonne petite, conclut-il avec un sourire. Et maintenant : que sais-tu de l'expérience de Schrödinger ? Celle avec un chat ?

Myrnin conserva une attitude normale jusqu'à la toute fin de leur séance, où il fut gagné par la fatigue. Même si elle avait du mal à l'admettre, elle prenait du bon temps dans ce laboratoire ; le vampire mettait de la passion dans tous ses actes, même pour s'amuser à lui faire peur. On aurait dit un gamin qui ne tenait pas en place, prompt à éclater de rire ou à relever les erreurs commises par Claire. Il aimait se moquer dans ce cas-là, considérant qu'elle apprendrait mieux si elle comprenait d'elle-même.

Lorsqu'elle vit qu'il était près de vingt heures, elle sursauta : elle aurait dû être rentrée depuis longtemps. Elle était occupée à recopier les tables de symboles incompréhensibles d'un livre si rare que Myrnin n'en avait pas d'autre exemplaire. Comme il semblait absorbé dans sa tâche, elle attira son attention en bâillant et en s'étirant.

— Je dois y aller.

L'œil vissé au viseur d'un vieux microscope rouillé, il riposta :

— Déjà ?

— Il est tard, je suis attendue chez moi.

Myrnin se redressa, l'expression assombrie.

— Tu me donnes des ordres, à présent ? Qui est le maître ? Qui est l'élève ?

— Je… désolée, mais je ne peux pas passer la nuit ici !

Myrnin fondit sur elle ; il était devenu méconnaissable. Disparues l'énergie enthousiaste, la bonne humeur et la colère mordante. Le trouble et l'inquiétude les avaient remplacées.

— Chez toi… Chez toi, c'est là où ton cœur se trouve ! Pourquoi ne laisserais-tu pas le tien ici ? J'en prendrais grand soin.

— M… mon… cœur ?

Elle lâcha son stylo et recula, plaçant entre eux deux une grande paillasse de laboratoire encombrée de matériel. Myrnin serra les mâchoires et fit jaillir ses crocs. Le souvenir d'un documentaire animalier surgit dans l'esprit de Claire. Le cobra royal. Oh, mon Dieu ! Et s'il crachait du venin ? Ses yeux lançaient des éclairs, alimentés par quelque chose qui ressemblait à… de la peur.

— Ne prends pas la fuite, dit-il avec lassitude. Je déteste avoir à courir. Maintenant, explique-moi la raison de ta présence ici ! Pourquoi t'échines-tu à me suivre ? Enfin, qui es-tu ?

— C'est Claire, Myrnin. Je suis votre apprentie. Amelie m'a envoyée ici, vous vous souvenez ?

Mauvaise réponse. Myrnin se figea et la lueur dans ses prunelles s'intensifia, prenant un éclat de démence. Un éclat très effrayant. Ses mouvements, beaucoup plus fluides, à présent, évoquaient les ondulations d'un reptile.

— Mon apprentie… Tu m'appartiens, donc. Je peux disposer de toi selon mon bon vouloir.

Un cobra royal.

— Sam ! s'écria Claire en se ruant vers l'escalier.

Elle ne réussit pas à gravir plus de deux marches. Myrnin bondit par-dessus la paillasse, faisant voler en éclats plusieurs récipients en verre ; Claire sentit ses mains glaciales, à la force surhumaine, se refermer sur ses chevilles et la tirer en arrière. La seule prise qu'elle trouva, un empilement de livres, ne résista pas longtemps. Sa tête heurta le plancher si violemment qu'elle vit des étoiles danser devant ses yeux. Quand elle les eut chassées de quelques clignements de paupières, elle réalisa que Myrnin la tenait par les épaules et avait approché son visage à quelques centimètres du sien.

— Non, Myrnin, je vous en prie ! Je suis votre amie ! Je ne vous ferai aucun mal !

Elle ignorait pourquoi elle prononçait ces mots, mais elle avait été bien inspirée. Il écarquilla les yeux, si largement que ses iris furent entièrement entourés de blanc, puis des larmes noyèrent l'étincelle de folie. Il lui tapota la joue avec tendresse et perplexité ; ses crocs disparurent.

— Chère enfant, pourquoi es-tu ici ? Amelie te force à venir ? Elle ne devrait pas. Tu es bien trop jeune et bonne. Dis-lui que tu ne reviendras pas. Je ne veux pas te blesser, mais je finirai par le faire.

Il désigna sa tête avant de poursuivre :

— Elle ne me répond plus. La chair est une traîtresse.

Il se mit à se frapper le front et les larmes qui embuaient ses yeux coulèrent sur ses joues.

— Je dois transmettre mon savoir à quelqu'un, mais pas à toi. Pas à toi, Claire. Trop jeune. Trop petite. Tu réveilles la bête.

Il s'éloigna, grogna de désapprobation quand il découvrit les débris de verre et ramassa les livres éparpillés. Comme si Claire n'existait plus. Elle en profita pour se relever, fiévreuse. Sam se tenait à quelques pas d'elle. Il n'avait fait aucun bruit en approchant ; surtout, il n'avait esquissé aucun geste pour s'interposer. Les traits tendus, le regard fuyant.

— Il est malade, dit Claire.

— Malade, oui, je suis malade, rétorqua Myrnin.

Il s'était pris la tête à deux mains, comme si elle était douloureuse.

— Nous sommes tous malades. Tous maudits.

— Que veut-il dire ? demanda Claire en se tournant vers Sam.

— Rien. Ne l'écoute pas, répondit-il.

Myrnin releva la tête, la mâchoire contractée. Toujours agité, il semblait avoir recouvré la raison. En grande partie, du moins.

— Ils s'y refusent, mais je vais te dire la vérité, moi. Nous mourrons. Il y a soixante-dix ans…

Sam écarta Claire du passage : pour la première fois, il lui parut effrayant.

— Silence, Myrnin !

— Non, soupira-t-il. L'heure est venue de parler. On m'a forcé à me taire trop longtemps, ajouta-t-il, les yeux rougis et pleins de larmes. Comprends-tu, petite fille ? Mon espèce est menacée d'extinction. Mon espèce se meurt et j'ignore comment y remédier.

Claire ouvrit la bouche, mais elle ne trouva rien à répliquer. Sam pivota vers elle, vibrant de colère.

— Ne l'écoute pas, il ne sait pas ce qu'il raconte. Nous devrions partir avant qu'il ne se rappelle ce qu'il s'apprêtait à faire. Ou qu'il oublie ce dont il doit se souvenir.

Elle jeta un dernier coup d'œil à Myrnin : ne réussissant pas à rassembler deux morceaux d'une éprouvette, il les lâcha d'un geste désespéré. Il avait les épaules secouées de sanglots silencieux.

— On ne pourrait pas… Quelqu'un devrait l'aider, non ?

— Personne n'en est capable, riposta Sam avec colère. Il n'y a pas de remède. Et je vais faire tout ce qui est en mon pouvoir pour que tu ne remettes plus jamais les pieds ici.

6.

Claire ne décrocha pas un mot pendant la première moitié du trajet – Sam n'était pas plus enclin à briser le silence. Tant de questions la taraudaient qu'elle finit néanmoins par céder.

— Il disait la vérité, non ? Une sorte d'épidémie menace les vampires. Amelie a voulu me faire croire qu'elle ne créait pas de nouveaux vampires par choix, mais c'est un mensonge. Vous ne pouvez pas. Seule elle a été épargnée.

À la lueur du tableau de bord, Claire vit le visage de Sam se crisper. Cette voiture lui rappelait un vaisseau spatial : les vitres teintées ne laissaient même pas passer la lumière des étoiles, ils étaient comme isolés dans leur petit coin d'univers. Sam avait allumé la radio, qui diffusait de la musique classique, un air doux et joyeux.

— Inutile de te demander de garder ça pour toi, si ?

— Sans doute, en effet, reconnut-elle à regret. Et je ne pourrai pas m'empêcher d'enquêter.

Sam secoua la tête.

— Tu as des penchants suicidaires, tu sais ?

— Shane me le répète sans arrêt.

En dépit du malaise, Sam ne put retenir un sourire.

— Très bien, finit-il par concéder. Amelie est malade, elle aussi. Elle a de plus en plus de mal à créer de nouveaux vampires ; elle doutait même de réussir avec Michael. Tu n'imagines pas combien j'ai eu peur que ça ne la tue. Tu veux la vérité, Claire ? Nous sommes tous malades. Myrnin cherche l'origine du mal, et son remède, depuis soixante-dix ans à présent, mais il est trop tard. Son esprit bat de plus en plus la campagne et les chances que quelqu'un puisse l'aider sont trop minces. Je refuse de laisser Amelie te sacrifier de la sorte, Claire. Myrnin a déjà eu cinq assistants, je te l'ai dit.

Claire n'en revenait pas : les vampires étaient mourants. Cette idée lui donna une telle poussée d'adrénaline que ses mains se mirent à trembler. Elle éprouvait la violence d'un sentiment qui ressemblait… à de la satisfaction. Et qui fut presque aussitôt suivi d'un autre, la culpabilité. Qu'adviendrait-il de Sam ? Et de Michael ? En même temps, ne serait-il pas formidable d'être débarrassé d'Oliver et des vampires aussi effrayants que lui ?

— Qu'arrivera-t-il s'il ne trouve pas de remède ? demanda Claire. Combien de temps…

Elle avait beau se contrôler de son mieux, elle savait que Sam pouvait entendre les battements précipités de son cœur.

— Claire, il faut que tu oublies tout ça. Je suis sérieux. Morganville recèle beaucoup de secrets, mais celui-là pourrait bien te tuer. N'en parle à personne, tu m'entends ? Ni à tes amis ni à Amelie. Tu m'entends ?

L'intensité qu'il mettait à canaliser son désespoir le rendait plus terrifiant que celui de Myrnin. Elle acquiesça, ce qui n'empêcha pas les questions, comme les hypothèses, de tourbillonner dans son esprit. Sam la déposa devant chez elle et attendit qu'elle soit rentrée avant de redémarrer : c'était une nuit sans lune et beaucoup de vampires en profitaient pour sortir chasser. Personne ne s'en prendrait à elle – normalement –, mais Sam n'était pas d'humeur à courir de risque.

Après avoir verrouillé la porte, Claire s'adossa contre le battant en bois, le temps de rassembler ses idées. Elle savait que ses amis allaient la bombarder de questions – Où était-elle passée ? Elle avait perdu la boule ou quoi ? Rentrer seule, de nuit, comme ça ? –, et elle savait aussi qu'elle ne pouvait pas y répondre, sans aller à l'encontre de l'autorité d'Amelie ou de Sam.

Les vampires agonisaient... Elle n'en revenait pas : ils semblaient si forts, si effrayants. Elle l'avait vu de ses propres yeux, pourtant. La déchéance de Myrnin, la terreur de Sam. Même Amelie, la perfection incarnée, était condamnée. Claire ne s'expliquait pas pourquoi, alors qu'elle aurait dû se réjouir de cette nouvelle, elle avait la nausée lorsqu'elle se représentait Amelie en train de perdre la tête, comme Myrnin.

Après avoir pris plusieurs inspirations profondes, Claire chassa ces réflexions de son esprit et se dirigea d'un pas déterminé vers le salon. Elle ne réussit pas à l'atteindre, cependant, tant le couloir était encombré d'affaires. Il ne lui fallut pas longtemps pour les reconnaître.

— Oh, non, murmura-t-elle.

Shane avait entreposé là tout ce qu'il possédait ; Claire se fraya un chemin entre les boîtes et les valises entassées. Il y avait même, posées au sommet d'un tas, la PlayStation et les manettes de jeu.

— Ouhouh ! Y a quelqu'un ? lança Claire en contournant la barricade. Où êtes-vous ?

— Claire ?

La silhouette de Michael apparut à l'extrémité du couloir.

— Où tu étais, bon sang ? reprit-il.

— Je… j'ai été retenue à la fac. C'est quoi, ce bazar ?

— Shane déménage, répondit Michael, dont la colère dissimulait à peine la détresse. Je suis content que tu sois rentrée, j'étais sur le point de sortir te chercher.

Claire remarqua soudain un brouhaha de voix au premier étage ; celle aiguë et stridente d'Eve, celle plus grave de Shane. Au bout d'une minute environ, Shane dévala l'escalier, un carton dans les bras. Il était pâle, mais il affichait une expression déterminée et, même s'il marqua une légère hésitation en découvrant Claire, il ne rebroussa pas chemin.

— Non mais sérieux, abruti, tu fabriques quoi, là ?

Après l'avoir apostrophé depuis l'étage, Eve fonça droit sur Shane et lui barra le passage.

— Hé, idiot, je te parle !

— Tu veux rester vivre ici, libre à toi, rétorqua Shane avec fermeté. Moi, je me casse. J'en ai ma claque !

— En pleine nuit ? Tu es tombé sur la tête, ou quoi ?

Réussissant à contourner Eve, il se retrouva nez à nez avec Claire, qui ne desserra pas les dents. Au bout de quelques secondes de silence, il finit par lâcher :

— Désolé, je n'ai pas le choix. Je te l'avais dit.

— C'est à cause de ton père ? lui demanda-t-elle. Du préjudice que Michael pourrait subir ?

— Préjudice ? La vache, Claire, tu fais comme si rien n'avait changé ! Michael a choisi un autre camp, il est passé à l'ennemi. Et moi, j'en ai assez de ces conneries. Si j'y suis obligé, j'enfreindrai quelques lois au risque de finir au trou. Ça vaut toujours mieux que de vivre ici, que de le voir en permanence, que…

Shane s'interrompit au milieu de sa phrase et ferma les paupières avant de poursuivre :

— Tu ne comprends pas. Tu ne peux pas comprendre, Claire. Tu n'as pas grandi ici.

— Mais moi si ! intervint Eve en s'approchant. Et je ne gobe pas non plus ce baratin de parano. Michael n'a pas posé le plus petit doigt sur personne ! Pas même sur toi, gros naze. Alors, lâche-lui la grappe !

— C'est bien mon intention, Eve. Pourquoi je pars, à ton avis ?

— Et nous ? insista Claire sans s'écarter.

— Tu veux m'accompagner ?

Elle secoua lentement la tête et vit la douleur se peindre sur les traits de Shane, avant qu'il ne se referme à nouveau.

— Alors la discussion est close. Et puis, désolé de te l'apprendre, Claire, mais il n'y a pas de « nous ». On s'est bien amusés, je te l'accorde. Enfin, tu te rends bien compte que tu n'es pas vraiment mon genre et…

Michael fondit sur Shane et fit valser le carton à l'autre bout de la pièce, où celui-ci répandit son contenu.

— Je t'interdis, articula-t-il en plaquant Shane contre le mur le plus proche. Je t'interdis de lui manquer de respect. Conduis-toi comme un trouduc avec moi. Avec Eve à la rigueur, elle sait se défendre. Mais ne t'en prends pas à Claire. Ma patience a des limites, Shane.

Il marqua une pause le temps d'inspirer profondément ; il n'avait pas épuisé toute sa colère, cependant.

— Tu veux partir, je ne te retiendrai pas, mais tu ferais bien de te regarder dans un miroir, mon pote. Ouais, tu as perdu ta sœur. Et ta mère. Ouais, ton père est une raclure de bidet. Ouais, ta vie a été dure. Mais rien ne t'oblige à endosser éternellement le rôle de la victime. On n'arrête pas de passer l'éponge, et toi, tu n'arrêtes pas de recommencer. Ça suffit, maintenant. J'en ai ras la casquette de t'entendre pleurnicher et nous expliquer que tu es plus malheureux que nous.

Shane devint livide. Puis rouge vif. Avant de coller son poing dans la figure de Michael. Un coup violent qui fit tressaillir Claire, mais pas Michael. Il ne frémit même pas, se contentant de ne pas quitter Shane des yeux.

— Tu ne vaux pas mieux que ton père. Tu veux essayer de me planter un pieu dans le cœur maintenant ? De me décapiter ? De m'enterrer dans le jardin ? Ça te dirait, *mon ami* ?

— Oui ! s'époumona-t-il, le regard animé d'un éclat si inquiétant que Claire en fut pétrifiée.

Michael libéra Shane et alla ramasser deux des objets qui s'étaient échappés du carton de son colocataire. Un pieu. Et un couteau de chasse à la lame aiguisée.

— Tu n'es pas venu les mains vides… dit-il en lançant les armes à Shane, qui les rattrapa au vol. Vas-y.

En hurlant, Eve se jeta devant Michael, qui la repoussa doucement mais fermement.

— Vas-y ! insista-t-il. On finira par en arriver là, autant régler ça tout de suite. Tu veux déménager pour pouvoir me tuer la conscience tranquille. Pourquoi attendre ? Vas-y, mec, je ne t'opposerai pas de résistance.

Shane jouait avec le couteau dans sa main droite, et la lumière se reflétait sur la lame à chaque mouvement. Claire était congelée, incapable de trouver quoi que ce soit à dire ou faire. Comment ? Comment la situation avait-elle pu dégénérer à ce point ? Quel…

Shane s'élança vers Michael, et celui-ci demeura parfaitement immobile. Ses prunelles n'avaient rien de celles, glaçantes, des vampires. Non, son regard était humain… et empreint de peur.

La scène se figea soudain, et Michael lâcha :

— Je sais que tu as l'impression d'avoir été trahi, Shane. Ce n'est pas le cas. Je n'ai pas pensé à toi ; j'ai pensé à moi. Je l'ai fait pour ne plus être prisonnier de cette maison. Je mourais à petit feu, ici. Comme enterré vivant.

Les traits de Shane se déformèrent aussitôt, on aurait dit qu'il venait de recevoir un coup de couteau en plein ventre.

— Tu aurais peut-être mieux fait de rester mort, riposta-t-il en brandissant le pieu.

— Shane, non !

Eve tenta de s'interposer, mais Michael l'en empêcha ; elle reporta sa colère sur lui.

— Purée, ça suffit maintenant ! Tu ne comptes pas sérieusement mourir, si ?

— Non, en effet. Shane le sait.

Ce dernier s'immobilisa, le bras tremblant. Claire avait beau scruter son visage, ses yeux, elle ne parvenait pas à lire dans ses pensées. Ou dans son cœur. Il avait revêtu un masque qu'elle ne reconnaissait pas.

— Tu étais mon ami, déclara Shane, soudain perdu. Mon meilleur ami. Ça craint carrément, non ?

Michael ne répondit pas. Il fit un pas pour prendre le couteau et le pieu des mains de Shane avant de le serrer dans ses bras. Cette fois, celui-ci ne se déroba pas.

— Trouduc, soupira Michael en lui tapant dans le dos.

— Ouais, grommela-t-il en se frottant les yeux. Je te rappelle que c'est toi qui as commencé.

Son regard tomba alors sur Claire et il ajouta :

— Où étais-tu passée ?

Mince. Elle avait espéré que la crise leur aurait fait oublier son retard. Naturellement, Shane voulait détourner l'attention, et elle constituait la cible idéale.

— C'est vrai ça, appuya Eve. Tu avais oublié le numéro de téléphone ? On t'imaginait déjà morte dans un fossé…

— Je vais bien.

— Amy ne peut pas dire la même chose. Elle a été assassinée et jetée dans notre poubelle, alors excuse-moi si je me ronge les sangs quand je n'ai pas de tes nouvelles à la nuit tombée.

Eve croisa les bras et reprit, l'air encore plus revêche :

— J'avais commencé à te chercher avant que Shane décide de nous faire son petit numéro.

Bon sang… Son après-midi dans l'antre de Myrnin avait été si riche en émotions que Claire en avait oublié la mort d'Amy. La colère d'Eve était légitime ; il s'agissait moins de colère que de peur. Claire n'osait pas soutenir le regard de Shane. En désespoir de cause, elle se tourna vers Michael.

— Je suis désolée. J'ai été… je me trouvais au labo de chimie… et j'aurais dû appeler, bien sûr.

— Tu es rentrée à pied ? De nuit ?

Une autre question à laquelle elle ne pouvait pas répondre. Elle se contenta de hausser les épaules.

— Tu sais comment on appelle les piétons, à Morganville ? Des banques de sang mobiles, rétorqua Michael d'un ton glacial, et furibond. Tu nous as causé une de ces frousses, Claire ! Ça ne te ressemble pas… Qu'est-il arrivé ?

Shane se rapprocha d'elle, et elle se sentit envahie par le soulagement de savoir que lui, au moins, n'était pas fâché. Mais dès qu'il l'eut rejoint, il tira sur l'encolure de son tee-shirt pour examiner son cou : son geste la prit tellement de court qu'elle ne résista pas. Il remonta ensuite sa manche droite jusqu'au coude et lui retourna le bras afin de l'ausculter. Lorsqu'il agrippa son poignet gauche, elle fut parcourue d'une décharge électrique. Le bracelet ! Elle se libéra d'un mouvement sec et repoussa Shane.

— Hé ! s'écria-t-elle. Je vais bien, d'accord. Je vais bien ! Personne ne m'a mordue.

— Prouve-le, répliqua Shane. Allez, Claire, prouve-le-moi.

L'air inquiet et déterminé qu'il affichait lui brisa le cœur.

— Je ne vois pas pourquoi j'aurais quoi que ce soit à te prouver. Je ne t'appartiens pas plus qu'à un vampire ! J'ai dit que j'allais bien ! Tu ne peux pas me faire confiance pour une fois ?

Elle s'était laissé emporter par ses émotions et, si elle avait pu, elle aurait retiré ses dernières paroles… mais il était trop tard et Shane les reçut en pleine face. Lui qui avait déjà tant souffert. Pourquoi lui infligeait-elle cette nouvelle torture ? Pourquoi ?

Michael s'interposa, la cachant à la vue de Shane et d'Eve.

— Je m'en charge, dit-il en saisissant son poignet gauche et en soulevant sa manche.

Il fixa le jonc en or une seconde qui parut durer une éternité avant de tourner son bras dans un sens puis dans l'autre. Enfin, il recouvrit le bracelet infamant et conclut :

— C'est bon. Elle dit la vérité, ajouta-t-il en plongeant ses yeux au fond de ceux de Claire. Je le saurais si un vampire l'avait mordue, je le sentirais.

Shane ouvrit la bouche pour parler, mais, après avoir observé Claire une seconde, il se ravisa et s'engagea dans l'escalier. Eve l'apostropha :

— Hé, tu pourrais pas ranger une partie de ton bordel si tu restes ?

— Plus tard, aboya Shane sans un regard en arrière.

— Je ferais mieux d'aller lui parler, dit Claire.

Michael la retint par le bras.

— Non. D'abord, tu vas me parler à moi.

Il la bouscula vers la cuisine. Dans leur dos, Eve lança :

— Super, encore un dîner dans la bonne ambiance. Je m'en fous, le dernier hot dog est pour moi !

Michael ne voulait prendre aucun risque : il tira la porte de la cuisine, puis s'enferma avec Claire dans le cellier. La pièce, à peine assez grande pour eux deux, embaumait les vieilles épices et le vinaigre. La voix de Michael se mua en un sifflement féroce.

— Tu peux m'expliquer, Claire ?

— Je n'avais pas le choix.

Elle avait beau grelotter de la tête aux pieds, elle refusait de se laisser intimider par Michael. Elle était épuisée et tout le monde cherchait à l'impressionner ces derniers jours. Qui disait petite ne disait pas forcément faible.

— Il n'y avait pas d'autre solution. Amelie…

— Tu aurais dû m'en parler. Nous en parler.

— Parce que toi, tu as toujours été honnête, peut-être ? Tu nous as prévenus que tu étais un fantôme ? Tu nous as consultés avant d'être transformé en vampire ? riposta-t-elle. Bien. Tu n'es pas le seul à pouvoir faire des choix, Michael. C'est ma décision, je l'assume. Et elle garantit votre sûreté.

— Selon qui ? rétorqua-t-il sèchement. Amelie ? Tu te fies aux vampires, maintenant ?

Sans se dérober aux grands yeux bleus de son colocataire, elle répondit :

— Je me fie bien à toi.

— Idiote, dit-il en se retenant de sourire.

— Andouille.

Elle accompagna son insulte d'une bourrade et il ne réagit pas. Il fit même semblant de perdre l'équilibre.

— Elle ne m'a pas laissé le choix, Michael. Frank Collins est parti, mais il a causé beaucoup de dégâts. Shane n'avait plus la confiance de personne, et tu sais très bien ce que ça signifie…

— Ouais, je sais. Écoute, ne t'inquiète pas pour lui, je le protégerai. Je t'ai dit…

— Et si ça ne suffisait pas ? Ne le prends pas mal, mais tu es un jeune vampire de quelques semaines. Tu ne peux pas promettre…

En lui posant un doigt sur les lèvres, Michael la réduisit aussitôt au silence.

— Chut, murmura-t-il en éteignant la lumière.

Claire entendit la porte de la cuisine, puis les chaussures d'Eve claquer sur le carrelage.

— Allô ? Il y a quelqu'un ? Super. J'ai un coloc qui boude comme une gamine de quatre ans et deux autres qui se sont volatilisés. Si tu m'entends, Michael Glass, c'est ton tour de préparer le dîner.

Claire étouffa un éclat de rire, et Michael la bâillonna d'une main avant de l'entraîner vers le mur du fond, en veillant à ne rien renverser au passage. La trappe racla le sol en s'ouvrant et Claire se baissa pour se faufiler à travers la petite ouverture. De l'autre côté, le noir était si complet qu'elle fut envahie par une vague de panique. Michael la força à avancer et elle fendit d'un pas hésitant les ténèbres épaisses qui se refermaient sur elle. Elle entendit la porte se refermer avec un tout petit *clic*, puis un flot de lumière inonda le sol.

— Tiens, lui dit Michael en lui tendant la lampe de poche. Elle finira peut-être par venir nous chercher ici, mais on a un peu de temps devant nous.

Claire connaissait cette cachette depuis le jour de son installation chez Michael : il n'y avait qu'une issue. En la découvrant, elle avait aussitôt songé que ça devait être très pratique pour entreposer des cercueils, mais elle l'avait toujours vue vide. Et à sa connaissance, Michael dormait dans un vrai lit.

— Ça me travaille depuis un moment. À quoi sert cette pièce ?

— Autrefois, on y remisait les fruits et les légumes. Cette maison a été construite avant l'invention du réfrigérateur et les livraisons de glace manquaient de régularité.

— Alors… ça n'a jamais servi aux vampires ?

En soupirant, Michael étira ses longues jambes et s'adossa au mur. Il était vraiment canon : pas étonnant qu'Eve soit prête à fermer les yeux sur son absence de pouls.

— Je ne crois pas. Les vampires n'ont jamais eu besoin de se cacher à Morganville. Contrairement aux humains.

Enfin, ils n'étaient pas là pour discuter de ça, songea-t-elle. En croisant les bras, elle sentit le bracelet lui cisailler le poignet.

— Fais-moi la leçon si ça te chante, Michael, mais c'est trop tard. J'ai déjà signé. Et j'ai déjà reçu le cadeau de bienvenue…

Cette pensée lui donna envie de pleurer.

— Qu'est-ce qu'elle t'a demandé en échange ?

Sa question ne fit qu'accentuer la pression des larmes dans les yeux et le nez de Claire. Elle ne pouvait pas lui répondre : Amelie et Sam avaient été on ne peut plus clairs à ce sujet.

— Des devoirs en plus. D'étudier certains trucs.

— Quels trucs ? Claire…

— Rien, des expériences scientifiques. Ça fait sans doute partie du cursus de toute façon, simplement… ça me prend beaucoup de temps et je ne sais pas comment je vais…

Le cacher à Shane. Elle n'avait pas le choix, si ? Il avait déjà eu du mal à digérer la nouvelle nature de Michael ; que dirait-il s'il apprenait qu'elle s'était vendue à Amelie ?

— Je ne sais pas comment je vais réussir à tout gérer.

Et soudain, à son corps défendant, elle se mit à pleurer. Elle s'attendait à ce que Michael la console, comme Shane, mais il n'en fit rien. Sans bouger de l'endroit où il s'était assis, il l'observa jusqu'à ce qu'elle ait épuisé ses larmes. Lorsqu'elle s'essuya les joues, il lui demanda :

— Tu as fini ?

Elle acquiesça, la gorge nouée.

— Tu réclames le droit de faire des choix, mais tu n'en assumes pas les conséquences. Tu ne peux pas avoir que les bénéfices, Claire. On récolte ce que l'on sème, et je te conseille de régler ça sans tarder.

D'un ton radouci, il ajouta :

— Écoute, je ne suis pas une crevure, je comprends que tu aies les miquettes. Mais tu as décidé de jouer. Tu n'es plus la petite chose fragile qu'on avait prise sous notre aile. C'est toi qui cherches à nous protéger. Ce qui te rend moins populaire. Assume, Claire.

— Quoi ?

Elle n'aurait jamais imaginé que la conversation prendrait ce tour. Que Michael la défierait ainsi, froidement, sans même tenter de la réconforter.

— Ce contrat n'est pas le dernier choix auquel tu seras confrontée, Claire. Ce sont tes décisions à partir de maintenant qui te diront si tu as bien fait ou pas.

Il se releva ; à la lueur de la lampe torche, il avait la beauté irréelle d'un ange.

— Et finis les mensonges. Tu devrais être plus maligne que ça…

— Je… quoi ?

— Tu as dit qu'Amelie te donnait des devoirs. Je sais tout de suite quand tu mens, Claire. Non, je n'ai pas l'intention de te tirer les vers du nez ; je vois bien que tu es terrorisée. Mais souviens-toi : ce sont des choses que les vampires sentent, d'accord ?

Il ouvrit la trappe et sortit le premier. Claire en resta bouche bée quelques secondes. Quand elle sortit à son tour, Michael avait déjà quitté la cuisine. Elle le trouva installé sur le canapé, Eve nichée contre son torse. Ils regardaient un programme à la télé ; Claire grommela une excuse en récupérant son sac à dos, puis se dirigea vers l'escalier. À mi-parcours, elle s'arrêta pour observer deux des êtres qui lui étaient les plus chers et qui se prélassaient dans cet instant de complicité heureuse.

Michael était un vampire, ce qui signifiait qu'il était mourant. Comme Myrnin. Il finirait par souffrir, par perdre la tête et par blesser des gens. Peut-être même Eve.

Sentant des larmes lui piquer les yeux, Claire eut soudain du mal à respirer. Lorsqu'il s'était agi d'un problème abstrait, d'une équation simple – Morganville moins les vampires égale sécurité –, ça allait encore. À présent, la réalité de la situation la rattrapait : il s'agissait de personnes qu'elle connaissait, qu'elle appréciait pour certaines, voire qu'elle aimait. Elle ne verserait aucune larme sur Oliver, mais comment rester indifférente au sort de Michael ? ou de Sam ? ou même d'Amelie ?

Shane s'était enfermé dans sa chambre. Elle frappa. Après un long silence, il finit par lancer :

— Si je t'ignore assez longtemps, tu me laisseras tranquille ?

— Non.

— Entre, alors.

Il était affalé sur son lit, les yeux tournés vers le plafond et les mains croisées sous sa nuque. Il ne lui accorda pas un seul regard.

— Ça va fonctionner comme ça dorénavant ? Je veux dire, chaque fois que je ferai un truc débile, genre rentrer un peu tard, tu te mettras en pétard et tu monteras bouder, puis moi je viendrai m'excuser pour tout arranger entre nous ?

Shane la considéra avec étonnement.

— Je crois que ça me convient, ouais.

Claire repensa à l'attitude de Michael, qui l'avait traitée comme une adulte. Après s'être assise sur le lit à côté de Shane, elle fixa le sol quelques secondes, le temps de rassembler son courage, puis remonta la manche de son tee-shirt afin de révéler son bracelet. Shane ne fit pas le moindre bruit ; il se redressa lentement, sans quitter des yeux le jonc d'or frappé aux armes de la Fondatrice.

— Il faut qu'on parle… commença Claire.

Elle n'avait jamais eu aussi peur de sa vie, mais elle savait que c'était le bon choix. L'alternative était simple : dire la vérité ou mentir. Et elle avait fait assez de mensonges, Michael avait raison sur ce point. Shane aurait très bien pu s'enfuir ou la mettre à la porte. Il aurait même pu la frapper. Au lieu de quoi, il lui prit la main en courbant la tête.

— Je t'écoute…

Eve se montra beaucoup moins compréhensive.

— Tu as perdu la tête, ou quoi ?

Elle ramassa le premier objet qui lui tombait sous la main – une manette de la PlayStation, que Shane lui retira aussitôt. Claire ne put s'empêcher de songer qu'il aurait été moins rapide à la désarmer si elle s'était saisie… d'un livre.

— Essayons de discuter entre adultes responsables, intervint Michael.

Ils s'étaient réunis dans le salon, même si les deux garçons gardaient leurs distances. À près de vingt-trois heures, Claire commençait à ressentir les effets de cette longue et éprouvante journée. Elle ne put retenir un bâillement, ce qui lui attira un regard exaspéré d'Eve.

— Oh, pardon, on t'empêche d'aller te coucher ? Michael, explique-moi comment on est censés discuter entre adultes alors qu'elle n'en est pas une ! Tu es une gamine, Claire. Une petite écervelée tout juste sortie des langes de sa mère et qui s'est installée ici il y a à peine deux mois. Tu ne sais absolument pas ce que tu fabriques !

— Peut-être, convint-elle.

Sa voix ne frémissait presque pas (ce qui la surprit agréablement) ; elle n'aimait pas savoir Eve en colère. Elle n'aimait pas le conflit tout court.

— Le truc, reprit-elle, c'est que le mal est fait. J'ai pris cette décision. On pourrait en parler pendant des heures, ça n'y changerait rien. Je tenais cependant à vous mettre au courant. Je ne voulais pas…

Ses yeux croisèrent brièvement ceux de Michael.

— … vous mentir.

— Et pourquoi ça ? Tout le monde passe son temps à raconter des salades. Michael nous a caché qu'il était un fantôme, et je ne compte même plus les bobards de Shane. Alors pourquoi pas toi aussi, hein ?

— Hé, Sarah Bernhardt, mets-la un peu en veilleuse, tu veux ? grommela Shane.

— Comme si tu ne piquais pas une crise chaque fois qu'on te tape sur les nerfs !

Claire jeta un regard désespéré à Michael, qui avait du mal à retenir un sourire. Il fit quelques pas dans la direction d'Eve, et Shane recula d'autant.

— Eve, dit-il en ignorant la réaction de son colocataire. Sois un peu charitable avec Claire. Elle a eu l'honnêteté de t'en parler, au moins.

— En dernier, ouais ! répliqua-t-elle en fusillant les deux garçons, les mains sur les hanches.

— Je suis son mec, s'excusa Shane en brandissant les paumes.

— Et moi son proprio, ajouta Michael.

— N'importe quoi… soupira Eve. Bon, la prochaine fois que tu vends ton âme au diable, j'exige d'être la première informée ! Tu as oublié la solidarité féminine, Claire ?

— Euh… d'accord.

— Andouille, lâcha Eve, acceptant sa défaite. Je n'en reviens pas. Je me suis battue bec et ongles pour sortir de ce système pourri de Protection et toi tu plonges dedans tête la première. Je préférerais te savoir… en sûreté.

— Ouais, je sais. Mais je t'assure, Eve, je ne voyais pas d'autre issue. Et j'ai signé avec Amelie, c'est rassurant, non ?

Ses trois colocataires échangèrent un regard.

— Tu ne veux toujours pas nous parler de la mission qu'elle t'a confiée et qui t'oblige à travailler aussi tard ? insista Shane.

— Non. Je… je ne peux vraiment pas.

— Alors, ça n'a rien de rassurant, remarqua-t-il.

Aucun d'entre eux n'avait de solution à lui offrir et ils discutèrent jusqu'à ce que Claire s'endorme, la tête sur les genoux de Shane. Il était trois heures du matin lorsqu'elle se réveilla : ce dernier, qui n'avait pas bougé, dormait profondément en position assise, et elle était recouverte d'une couverture. En bâillant et en grognant à cause de ses courbatures, Claire se leva.

— Shane… Réveille-toi… Il faut que tu ailles dans ton lit.

Il souleva une paupière et lança, d'une voix pleine de sommeil :

— Tu m'accompagnes ?

Il ne plaisantait qu'à moitié. Elle se souvint de la nuit qu'elle avait passée blottie contre lui. La nuit où elle avait eu si peur. Il avait été prudent cette fois-là, mais elle n'était pas certaine qu'il saurait aussi bien se contrôler à trois heures du matin, alors qu'il n'était pas bien réveillé.

— Je ne peux pas, dit-elle à contrecœur. Je t'assure que j'aimerais bien, mais…

Avec un sourire, il s'allongea sur le canapé, ménageant un petit espace entre son corps tiède et le dossier.

— Reste, Claire. Je te promets de ne pas enlever un seul vêtement. Enfin, peut-être mes chaussures… Ça compte comme un vêtement ?

Elle retira les siennes et l'enjamba pour se glisser dans le petit espace qu'il lui avait réservé. Elle laissa échapper un soupir de contentement en sentant son torse contre ses omoplates. Après avoir tiré la couverture sur eux deux, il lui écarta quelques mèches de cheveux de la nuque et embrassa sa peau douce.

— Tu serais parti, chuchota-t-elle.

Il s'immobilisa aussitôt. Claire eut même l'impression qu'il s'arrêtait de respirer.

— Tu serais parti sans t'assurer que j'allais bien.

— Non. Je comptais te chercher.

— Après avoir fait tes valises.

— Claire, j'ignorais que tu n'étais pas rentrée avant qu'Eve monte me hurler dessus. Je t'aurais cherchée.

En lui jetant un coup d'œil par-dessus son épaule, elle lut le désespoir sur son visage.

— Je t'en prie, tu dois me croire.

Alors que sa raison lui ordonnait le contraire, elle décida de lui faire confiance. Elle se sentait en sûreté, protégée contre le reste du monde extérieur par la chaleur qui émanait de son corps. Il l'enlaça par la taille et elle eut l'impression que rien de mal ne pouvait lui arriver.

— Je serai toujours là pour toi.

Il ne pourrait sans doute pas tenir sa promesse, mais, au cœur de la nuit, elle avait une valeur infinie aux yeux de Claire.

— Hé…

— Quoi ? répondit-elle.

— Je peux t'embrasser ?

— Oui.

Claire se réveilla en sursaut, le cœur battant à toute allure ; elle avait un très, très mauvais pressentiment. Alors qu'elle se tirait doucement des brumes du sommeil, une odeur de brûlé la ramena brutalement à la réalité. La maison avait déjà failli brûler une fois…

Non, il n'y avait pas d'incendie, mais quelque chose clochait, elle en avait la certitude. L'atmosphère générale était différente. Et l'odeur de fumée était un signal que la maison lui envoyait. Un signal qui disait : « Lève-toi, feignasse ! »

Toujours allongé à côté d'elle sur le canapé, Shane était réveillé, lui aussi. Il se redressa brusquement à son tour, comme s'il avait perçu la même chose.

— Qu'est-ce qui se passe ? Shane ?

— Il y a un problème.

Claire eut l'impression qu'un courant électrique la parcourait de la tête aux pieds. Ils s'immobilisèrent en entendant, soudain, retentir le hurlement strident d'une sirène. Juste devant la maison. Des bruits de pas dans l'escalier annoncèrent l'arrivée d'Eve, dans sa chemise de nuit en satin et son peignoir de bain noir. Sans son masque gothique, Eve paraissait beaucoup plus vulnérable, surtout qu'elle ne cachait pas sa peur.

— Qu'y a-t-il ? lança-t-elle.

— Aucune idée, lui répondit Shane. Quelque chose de grave. Tu ne sens rien ?

Ce jour aurait mérité d'être marqué d'une pierre blanche : il n'était pas encore six heures du matin et ils étaient tous trois debout. Eve se précipita pour ouvrir les rideaux de la fenêtre donnant sur le devant de la maison. Une voiture de police était arrêtée au milieu de la rue, sirène hurlante, et ses phares avant projetaient un cercle lumineux sur une berline marron, dont la portière côté conducteur était ouverte. Un corps gisait sur la chaussée, juste à côté. Les vitres du véhicule étaient teintées : il appartenait donc à un vampire.

En poussant un cri, Eve fit volte-face et regarda ses colocataires avec de grands yeux terrifiés.

— Où est Michael ?

Par un réflexe idiot, Claire se retourna, comme si elle espérait le trouver tranquillement installé sur le canapé. Ils reportèrent tous trois leur attention sur la rue, la voiture et le cadavre.

— Impossible, murmura Claire.

Shane se dirigeait déjà vers la porte, alors qu'Eve restait pétrifiée. En l'enlaçant, Claire sentit qu'elle tremblait. Elle vit Shane courir jusqu'à la barrière ; le flic, qui venait de jaillir de son véhicule, lui sauta dessus et le plaqua sur le capot. Shane hurlait quelque chose.

— Je dois y aller, Eve, dit-elle. Attends-moi ici.

Cette dernière dodelina de la tête d'un air absent. Claire s'en voulait de la laisser seule, mais Shane finirait par se faire arrêter s'il ne se calmait pas, et qui sait ce qu'il risquait de lui arriver en prison ? Elle venait de franchir le seuil lorsqu'une seconde voiture de police s'engagea dans West Lot Street : son gyrophare et sa sirène ne servirent qu'à ajouter au chaos ambiant. La voiture pila à quelques centimètres de la première et un officier de policier rejoignit son collègue, qui maintenait toujours Shane la tête collée sur le capot. Si Claire ne connaissait pas ce dernier, elle identifia sans difficulté le nouvel arrivant : Richard Morrell, le grand frère de Monica – qui n'était pas un mauvais bougre, même s'il partageait le même patrimoine génétique que cette cinglée. Il prit la suite de son collègue, qui recula.

— Shane ! Bon sang, Shane, calme-toi. Il s'agit d'une scène de crime ; on ne peut pas t'autoriser à te balader comme ça, tu comprends ? Calme-toi !

Pendant que Richard s'ingéniait à maîtriser Shane, le second policier s'approcha du cadavre et s'agenouilla. Claire s'avança de quelques pas quand l'officier éclaira le visage de la victime avec une lampe torche. Une chevelure rousse apparut dans le rond de lumière. Il ne s'agissait pas de Michael, mais de Sam. Un pieu planté dans le cœur, il était livide et ne bougeait plus.

— Richard ! lui cria le flic. C'est Sam Glass ! Il m'a l'air mort.

— Sam... souffla Claire. Non...

Il avait toujours été gentil avec elle. Et quelqu'un l'avait traîné hors de sa voiture pour lui enfoncer un bout de bois en pleine poitrine.

— Merde ! lâcha Richard. Shane, pose ton cul par terre. Illico ! Ne me force pas à te passer les menottes !

Il souleva Shane par le col de son tee-shirt et le fit asseoir sur le rebord du trottoir, en lui jetant un regard assassin, puis se dirigea vers le cadavre de Sam.

— Sainte Marie, mère de... Prends-le par les pieds !

— Quoi ? s'exclama l'autre flic en se renfrognant. On doit attendre la police scientifique...

— Il est encore en vie, abruti. Prends ses pieds, Brad ! S'il grille, on aura un macchabée sur les bras !

Les premiers rayons de soleil, qui se faufilaient à l'horizon, caressaient les contours immobiles de Sam. Et Claire vit que de la fumée s'en dégageait.

— Qu'est-ce que tu fabriques ? s'emporta Richard. Aide-moi !

Après une seconde d'hésitation, Brad souleva Sam par les pieds, tandis que Richard le prenait par les aisselles, et ils le fourrèrent sur la banquette arrière de la berline marron aux vitres teintées avant de claquer la portière. Brad voulut monter derrière le volant, pourtant Richard le devança.

— J'y vais. La blessure est encore récente, mais il a une chance de s'en sortir si je l'amène à Amelie sans tarder.

Brad s'écarta, et Richard fit rugir le moteur. Le policier considéra Shane d'un œil noir.

— Tu vas me donner du fil à retordre, gamin ?

Claire espérait bien que non : l'officier Brad Fenton mesurait deux fois la taille de Richard Morrell, avait le double de son âge et ressemblait à un pitt-bull. En brandissant les paumes, Shane répondit :

— Non, monsieur.

— Vous avez vu ce qui s'était passé ? demanda-t-il, s'adressant aussi bien à Claire qu'à Shane.

— Non, repartit-elle. Je dormais. On dormait tous.

— Dans la même chambre ? grogna le flic avant de scruter sa tête ébouriffée et ses vêtements froissés. Je ne vous aurais pas prise pour ce genre de fille.

Elle mit plusieurs secondes à comprendre ce qu'il impliquait par là, et une bouffée de honte lui brûla aussitôt les joues.

— Non, ce n'est pas ce que je voulais dire… Eve dormait dans son lit, et moi sur le canapé, avec Shane.

— Ouais, confirma ce dernier, on pionçait tous. On a été réveillés par la sirène.

Ce qui n'était pas l'exacte vérité, si ? Ils avaient ouvert l'œil et ensuite, seulement, ils avaient entendu la sirène. Mais il s'agissait sans doute d'un détail, et Claire ne rectifia pas. Toujours renfrogné, le flic demanda, en tapotant sa radio :

— Cette maison est censée avoir quatre occupants ? Où se trouvent les deux autres ?

— Eve est à l'intérieur. Quant à Michael… Aucune idée.

— Je peux aller voir dans sa chambre, proposa Shane, avant d'être cloué sur place par un nouveau regard noir du policier.

— Repose ton derrière sur ce trottoir et tais-toi. Toi, la petite, comment t'appelles-tu ?

— Claire Danvers.

— Claire, va voir si Michael Glass est là. Sinon, vérifie s'il a pris sa voiture.

Elle le fixa avec des yeux écarquillés.

— Vous ne pensez quand même pas que…

— Je ne pense rien tant que je n'ai pas de faits. Une fois que je saurai qui est là, et qui est absent, je pourrai commencer mon travail.

Le flic reporta son attention sur Shane, qui esquissait un mouvement.

— Je t'ai déjà dit de ne pas bouger tes fesses, Collins.

— Je n'ai rien à voir là-dedans !

— Si je devais établir la liste des citoyens les plus susceptibles de planter un pieu dans le cœur d'un vampire, tu arriverais en tête, alors non, tu n'es pas encore tiré d'affaire. Assis !

De mauvais cœur, Shane s'exécuta. Priant en silence pour qu'il ne fasse rien d'imprudent, Claire se précipita à l'intérieur. Eve s'habillait dans sa chambre – tee-shirt noir avec Elmer Fudd en paillettes, jean noir et Doc Martens.

— Ce n'était pas…

— Je sais, j'ai vu, dit Eve d'une voix mouillée, comme si elle avait pleuré ou était sur le point de le faire. Il s'agissait de Sam, non ? Il est vivant ? Ou…

— Aucune idée. D'après Richard, il a des chances de s'en sortir.

Claire jeta un coup d'œil à la porte close de Michael, puis reprit :

— Tu as été voir…

— Non, l'interrompit-elle avant d'inspirer profondément. Allons-y ensemble.

La porte n'était pas verrouillée, et il régnait une obscurité totale dans la chambre. Claire alluma : le lit de Michael était vide, fait avec soin. Il n'y avait rien d'anormal dans la pièce. Eve ouvrit les placards, vérifia sous le lit et dans la salle de bains.

— Il n'est pas là, conclut-elle hors d'haleine. Allons voir dans le garage.

Celui-ci n'était pas rattaché à la maison ; elles sortirent par la porte de la cuisine et traversèrent l'allée défoncée. Elles ouvrirent chacune un battant : la voiture de Michael n'était pas là.

— Il est peut-être au boulot ?

— Le magasin n'ouvre pas avant dix heures, rétorqua Eve. Pourquoi y serait-il déjà ?

— Faire l'inventaire ?

— Tu crois qu'ils convoqueraient un vampire à six heures du mat pour un inventaire ?

Après avoir claqué la porte du garage, Eve y décocha un coup de pied, histoire d'enfoncer le clou.

— Où est-il encore fourré ? ajouta-t-elle. Et pourquoi je n'ai pas un portable qui marche, bordel ? Ni toi ?

Claire avait perdu le sien, et celui d'Eve avait été détruit ; elles échangèrent un regard désespéré, puis, sans un mot, rejoignirent Shane, toujours assis sur son coin de trottoir. Si quelqu'un pouvait réussir à avoir l'air rebelle dans cette posture, c'était bien lui.

— File-moi ton téléphone, exigea Eve en tendant la main.

Shane se renfrogna.

— Magne-toi, andouille ! Michael n'est pas là et sa voiture non plus.

— Michael a une voiture ? Depuis quand ?

— Depuis que les vampires lui en ont donné une. Il ne te l'a pas dit ?

Shane secoua la tête, un muscle de sa mâchoire frémit.

— Il me raconte que dalle, Eve. Pas depuis…

— Pas depuis que tu le traites comme Dark Vador ? Tu m'étonnes…

Sans un mot, il lui remit son portable. Ensuite, il tourna les yeux vers l'endroit de la chaussée où s'était trouvé le corps de Sam ; Claire se demanda s'il pensait à la croisade de son père, au vieux principe qui voulait qu'un bon vampire soit un vampire mort. Au fond de lui, partageait-il encore cet avis ?

Eve composa un numéro ; pendant quelques secondes insoutenables, rien ne se produisit puis, soudain, Claire vit le soulagement dissoudre la tension sur le visage de celle-ci.

— Michael ! Où es-tu, bordel ?... Où ça ?... Ah, d'accord. Il faut que je te dise... Tu es au courant... Ouais, d'accord... On se parle plus tard.

Eve raccrocha, rendit l'appareil à Shane, qui haussa les sourcils dans un mouvement interrogateur.

— Il va bien, dit-elle, le regard assombri.

— Et ?

— Et rien. Il va bien, point final.

— Foutaises, lâcha-t-il en la tirant par la manche pour la forcer à s'installer à côté de lui, sur le trottoir. Crache le morceau, Eve. Tout de suite.

Claire s'assit avec eux ; le trottoir était dur et froid, mais, ainsi, ils étaient cachés par la voiture de police, ce qui signifiait que Brad Fenton ne pouvait pas les voir. Celui-ci était justement en pleine discussion avec les occupants d'un véhicule aux vitres teintées – sans doute des vampires –, qui venait de s'arrêter.

— Michael était au centre-ville, au Conseil des Anciens. Ils sont venus le chercher ce matin, avant l'aube.

— Qui ?

— Oliver, Amelie et le maire. Amelie vient d'apprendre pour Sam, mais Michael n'a rien.

Eve n'eut pas besoin d'ajouter « jusqu'à présent » : son inquiétude était sensible. Elle inclina la tête vers Shane et baissa la voix :

— Tu n'as rien à voir avec ce qui est arrivé à Sam, hein ?

— Tu es sérieuse, Eve ?

— Je te pose la question, parce que…

— Je sais très bien pourquoi tu me la poses, murmura-t-il avec colère. Évidemment que non ! Si je voulais m'en prendre à un vampire, je ne choisirais pas Sam. Je planterais un pieu dans le cœur de quelqu'un comme Oliver plutôt. À ce propos, moi, je commencerais par enquêter de son côté à lui.

— Les vampires ne s'entretuent pas.

— Il s'est quand même débarrassé de Brandon, intervint Claire. Je crois Oliver capable de n'importe quoi. Et il adorerait qu'Amelie se retrouve encore plus isolée. Elle m'a confié un jour qu'elle gardait ses distances avec Sam pour le protéger. Apparemment, elle avait raison.

— Peu importe de toute façon. Oliver sortira blanchi de cette affaire et un pauvre pigeon brûlera à la place, vous le savez aussi bien que moi. Or, comme par hasard, c'est arrivé devant chez nous, alors que tout le monde a encore à l'esprit les actions de mon père. Vous ne trouvez pas que ça ressemble à un coup monté ?

Shane n'avait pas tort. Michael n'était pas présent lorsque Sam avait été attaqué et il était le seul d'entre eux que les vampires accepteraient d'écouter. Brad Fenton s'approcha et les toisa quelques secondes avant de leur dire :

— Vous allez être interrogés. Tous les trois. Montez.

— Je n'irai nulle part, répondit Shane.

Le policier soupira en s'adossant à sa voiture.

— Mon garçon, tu as du caractère, et c'est une chose que j'apprécie. Mais il faut que tu comprennes : tu grimpes soit dans ma voiture, soit dans la leur, ajouta-t-il en indiquant la berline noire appartenant aux vampires. Et je peux te garantir que, dans le second cas, l'issue te sera moins favorable. Pigé ?

Shane acquiesça, se leva et tendit la main à Eve. Claire, elle, n'esquissa pas le moindre mouvement. Elle releva la manche de son bras gauche et brandit sous le nez de l'officier son bracelet, qui scintillait dans la lumière matinale.

— C'est… lâcha-t-il, les yeux écarquillés.

— Je veux voir ma Protectrice. S'il vous plaît.

Il s'éloigna pour parler dans sa radio. À son retour, désignant Eve et Shane d'un mouvement de tête, il dit :

— Vous, vous m'accompagnez au poste. Montez à l'arrière. Toi, ma petite… ajouta-t-il en indiquant l'autre véhicule. Ils te mèneront à Amelie.

Claire échangea un regard avec Shane et Eve. Ça ne se déroulait pas du tout selon ses plans : elle voulait qu'ils restent groupés. Comment pourrait-elle les protéger s'ils se séparaient ?

— Viens avec nous, lui dit Shane.

Claire se laissa facilement convaincre. Après tout, son bracelet ne la lavait pas de tout soupçon, et Amelie pouvait très bien lui faire du mal. Ou carrément la liquider.

— D'accord, répondit-elle.

Elle lut le soulagement sur les traits de Shane juste avant qu'il baisse la tête pour monter dans la voiture, suivi d'Eve. Le flic claqua la portière derrière elle, empêchant Claire de les rejoindre.

— Hé ! s'écria Shane en tambourinant à la vitre.

Eve et lui cherchèrent tous deux à sortir, mais les portières étaient verrouillées. Brad agrippa Claire par le bras et la traîna jusqu'à la berline, où il la fit entrer de force sans qu'elle ait le temps de protester. Elle entendit aussitôt le *clic* discret du verrouillage centralisé des portes. Demeurant parfaitement immobile, elle attendit que ses yeux s'habituent à la pénombre. Un des passagers alluma le plafonnier. Pas de bol… Deux des vampires qu'elle appréciait le moins. Une femme, pâle comme la neige, aux cheveux blond platine et aux yeux argentés : Gretchen. Son collègue, Hans, un homme anguleux, aux cheveux gris coupés court, qui restait constamment de marbre.

— J'aurais préféré qu'on récupère le garçon, décréta Gretchen.

Elle avait une voix de tête et un fort accent étranger, très probablement allemand. Ou plutôt une langue plus ancienne que l'allemand encore.

— Il a été tellement grossier lors de notre dernier entretien… Et puis, même s'il est innocent, son père a bien mérité une petite punition.

— Amelie nous a demandé de l'amener, elle, rétorqua Hans en enclenchant la boîte de vitesses. Ceinture, derrière, ajouta-t-il en regardant Claire dans le rétroviseur.

Qu'est-ce que ça pouvait bien lui faire ? Elle obtempéra, malgré tout. Comme la veille dans la voiture de Sam, elle ne voyait absolument rien derrière les vitres teintées, à l'exception d'un point gris délavé à l'est.

— Où m'emmenez-vous ? s'enquit-elle.

Gretchen éclata de rire, et Claire aperçut ses crocs – celle-ci n'avait pourtant pas besoin de les montrer pour être effrayante.

— Au Conseil des Anciens. Tu t'en souviens, non ? Tu t'étais tellement amusée la dernière fois.

7.

À Morganville, il y avait la ville délabrée et poussiéreuse – la plupart des visiteurs ne voyaient rien d'autre –, et il y avait la place de la Fondatrice, petit carré de verdure semblant tout droit importé d'Europe, où les gens dotés d'un pouls n'étaient pas les bienvenus. Claire s'y était rendue une fois, et elle n'en gardait pas un bon souvenir. Peu lui importaient les adorables cafés et autres boutiques sous les arcades, une seule image s'était imprimée au fer rouge dans sa mémoire : celle de Shane, prisonnier d'une cage placée au centre de la place. Où il avait bien failli brûler vif, payant pour un crime qu'il n'avait même pas commis.

Claire s'attendait à ce que les vampires se garent au même endroit que lors de sa précédente visite, mais elle aurait dû réfléchir un peu : les sangsues ne pouvaient pas laisser la voiture à l'extérieur de la place et rejoindre ensuite celle-ci en plein jour. Si certains des vampires les plus âgés supportaient les rayons du soleil, ils ne s'y exposaient pas de leur plein gré. Morganville avait été conçue pour le confort des vampires, non des humains, et Hans se gara dans un parking souterrain, rempli de belles voitures aux vitres teintées. Un peu comme dans un centre commercial de Beverly Hills.

Un des hommes armés qui gardaient le parking fondit sur eux pendant que Gretchen tirait Claire hors de la voiture, mais Hans lui fit aussitôt tourner les talons en brandissant son insigne.

— Ne traînons pas, dit-il à Claire. Ta Protectrice attend.

Gretchen gloussa, et son petit rire n'avait rien de plaisant. Claire faillit s'emmêler les pieds lorsque celle-ci l'entraîna, en lui agrippant le bras d'une poigne d'acier. Et elle était déjà hors d'haleine quand elle atteignit la double volée de marches, où les vampires s'engagèrent au petit trot. Au sommet de l'escalier se trouvait une sorte d'issue de secours qui s'ouvrait avec un code. Claire ne se risqua pas à jeter un seul coup d'œil quand Hans tapa les chiffres sur le clavier : elle ne connaissait que trop bien la paranoïa des sangsues.

Myrnin se chargeait-il aussi de la sécurité de la ville ? Amelie comptait-elle également instruire Claire dans ce domaine ? Cela pourrait se révéler drôlement pratique… Peut-être que si elle réussissait à convaincre Myrnin de lui expliquer… Elle avait beau tout faire pour éviter de penser à la situation présente, dès que le verrou de la porte s'ouvrit, la peur déferla sur elle comme une lame de fond glaciale et violente.

— On se fait du mouron, ma petite ? demanda Gretchen en posant sur elle ses yeux semblables à des miroirs. Pour toi ou pour tes amis ?

— Pour Sam, répondit Claire.

Gretchen se départit aussitôt de son sourire cruel et, l'espace d'une seconde, elle parut réellement déstabilisée.

— Est-il toujours vivant ? ajouta Claire.

— Vivant ? riposta Gretchen, qui avait retrouvé son masque ironique. Il a encore des chances d'être sauvé, si c'est le sens de ta question. Ton ami Shane devra retenter sa chance.

— Shane n'a rien fait !

Cette fois, le sourire de Gretchen se teinta carrément de sadisme.

— Peut-être pas. Pas encore. Mais sois patiente, il y viendra. C'est dans sa nature, tout comme tuer est dans la nôtre.

Claire économisa son souffle, car ils avançaient de nouveau, à grandes enjambées, sur une épaisse moquette marron. La première fois qu'elle avait pénétré dans le bâtiment du Conseil des Anciens, elle avait pensé qu'il s'agissait d'un funérarium ; l'atmosphère feutrée et élégante continuait à lui donner la même impression. En revanche, si elle sentait, comme lors de sa précédente visite, une odeur de roses, elle ne voyait pas une seule fleur, aujourd'hui.

Gretchen la conduisit à travers un couloir jusqu'à une lourde porte à double battant, menant au grand hall d'entrée. Quatre vampires y montaient la garde ; Gretchen et Hans durent produire leurs insignes et laisser leurs armes. Claire fut fouillée par des mains expertes et glaciales qui lui tirèrent des frissons.

Elle fut ensuite introduite dans une grande pièce circulaire, haute de plafond, où étaient suspendus d'immenses lustres évoquant des cascades de glace, et aux murs décorés de tableaux sombres. L'odeur de roses n'était pas le fruit de l'imagination de Claire. Au centre se trouvait une imposante table ronde, entourée de chaises et décorée, en son milieu, d'un vase rempli de roses rouges.

Il n'y avait personne autour de la table, mais un petit groupe se tenait à l'autre bout de la pièce, les yeux baissés. Certains se retournèrent, et le regard de Claire fut aimanté par Oliver. Elle ne l'avait pas revu depuis qu'il avait menacé de la tuer, pour forcer Shane à sortir de sa cachette et, en le voyant se redresser de toute sa hauteur, elle revécut la scène dans un flash, sentant à nouveau l'étau glacé des doigts qu'il avait refermés sur son cou. Et elle éprouvait à nouveau la même terreur.

Oliver poussa un petit grognement rauque, si sonore que Claire l'entendit. Ses yeux évoquaient ceux d'un loup : il n'avait vraiment rien d'humain.

— Vous nous avez amené un suspect, à ce que je vois, lança-t-il en fondant sur eux.

Gretchen échangea un regard avec Hans avant de se placer devant Claire.

— Stop !

Oliver s'immobilisa, sans doute sous l'effet de la surprise.

— Elle a demandé à venir voir sa Protectrice. Nous n'avons aucune preuve de sa culpabilité.

— Elle vit dans cette maison, non ? C'est une preuve bien suffisante ! Tu me surprends, Gretchen. Depuis quand te ranges-tu du côté des humains ?

Elle fut secouée d'un rire forcé, puis ajouta quelques mots dans une langue inconnue de Claire. Oliver cracha une réponse dans la même langue et Hans posa une de ses immenses mains sur l'épaule de Claire.

— Elle est sous notre responsabilité, et sous la protection d'Amelie. Ça n'a rien de personnel, Oliver. Écarte-toi.

Les deux mains brandies, celui-ci obtempéra en souriant. Hans poussa Claire devant lui, et elle sentit le regard d'Oliver se planter sur sa nuque comme des lames acérées.

Le cercle de personnes se dispersa à l'approche de Hans. Il s'agissait principalement de vampires – Claire le déduisit à la pâleur de leur peau et à leurs mouvements rapides, onduleux. À sa connaissance, la pièce contenait deux humains en plus d'elle : le maire Morrell, qui se tenait à la périphérie du groupe, visiblement mal à l'aise, et son fils, Richard. L'uniforme de celui-ci était humide par endroits, et Claire mit quelques secondes à comprendre que c'étaient des taches de sang. Le sang de Sam.

Le blessé se trouvait justement sur la moquette, la tête nichée dans le giron d'Amelie ; elle caressait tendrement les mèches cuivrées du vampire, si livide qu'il semblait mort. Le pieu était toujours planté dans son cœur.

Amelie rouvrit les yeux lorsque Hans annonça son arrivée et ne parut pas reconnaître immédiatement Claire. Une expression de lassitude infinie passa sur son visage quand ce fut le cas. Elle baissa les yeux vers Sam, lui effleurant les joues du bout des doigts.

— Assiste-moi, Claire, dit-elle comme si elle poursuivait une conversation en cours. Faites-lui de la place, je vous prie.

Hans la lâcha et Claire fut tentée de prendre ses jambes à son cou, de quitter cet endroit, de retrouver Shane et de partir, n'importe où mais ailleurs. Ce qu'elle lisait dans le regard d'Amelie la dépassait, et elle avait trop peur de ce qu'elle pourrait découvrir. Au moment où elle esquissait un pas en arrière, la main de la doyenne jaillit et se referma sur son poignet, la faisant basculer en avant. Claire atterrit à genoux, juste à côté du corps de Sam. Il avait l'air mort. Mort mort.

— Lorsque je te le dirai, agrippe le pieu et tire, expliqua Amelie d'une voix douce et ferme. Attends bien mon signal.

— Mais… je ne suis pas très forte…

Pourquoi ne sollicitait-elle pas plutôt Richard ? Ou un des vampires ? Même Oliver…

— Tu as bien assez de forces. À mon signal, Claire…

Amelie referma les paupières, et Claire frotta ses paumes moites sur son jean. Le pieu dans la poitrine de Sam était rond et poli, comme un piquet, et elle n'aurait su dire à quelle profondeur il était enfoncé. N'allait-elle pas achever de le tuer en le retirant ? Les traits soudain déformés par la douleur, Amelie s'écria :

— Maintenant, Claire !

Sans réfléchir, celle-ci serra les doigts sur le pieu et tira, d'un grand coup. L'espace d'une seconde, elle crut qu'il allait lui résister, mais le bois finit par céder, raclant les os en sortant. Le corps de Sam s'arqua, comme si on venait de lui envoyer une décharge électrique avec un défibrillateur, et le cercle de spectateurs s'écarta. Amelie ne le lâcha pas ; ses doigts, pressés de part et d'autre du crâne du blessé, étaient aussi blancs que des os. Elle ouvrit d'un coup ses yeux, aux iris réduits à deux flammes argentées. Claire se recula en vacillant, les deux mains serrées sur le pieu. Richard Morrell le récupéra – l'air sinistre et épuisé – et le fourra dans un sachet en plastique, qu'il scella aussitôt. Il s'agissait d'une preuve.

Tous les muscles du corps de Sam se détendirent soudain. Un épais filet de sang s'écoulait lentement de la blessure béante sur sa poitrine ; Amelie retira sa veste en soie blanche qu'elle replia et pressa sur la plaie pour épancher le flot. Personne ne prononça un seul mot, pas même Amelie. Accablée par un sentiment d'impuissance, Claire observait Sam, qui ne bougeait pas d'un pouce.

— Samuel… souffla Amelie avec douceur et chaleur en se penchant vers lui. Samuel, reviens vers moi.

Il ouvrit les yeux, deux immenses pupilles évoquant celles, effrayantes, des chouettes. En se mordant la lèvre, Claire envisagea, une nouvelle fois, de prendre la fuite, mais Hans et Gretchen la surveillaient de près. Elle n'avait aucune chance d'en réchapper, de toute façon. Les yeux de Sam papillotèrent et, progressivement, ses pupilles rétrécirent jusqu'à retrouver une taille normale. Ses lèvres s'animèrent, mais aucun son ne les franchit.

— Inspire, lui conseilla Amelie de cette même voix calme et onctueuse. Je suis là, Samuel, je ne te laisserai pas.

Elle lui caressa tendrement le front et, après avoir cligné des paupières, il fixa son regard sur elle. On aurait dit qu'il n'y avait personne d'autre au monde qu'eux deux. « Amelie se trompe, songea Claire. Elle partage les sentiments de Sam. »

Sam reporta son attention sur l'assemblée d'observateurs. Comme il ne trouvait pas ce qu'il voulait, il leva les yeux vers Amelie. Puis il articula un nom en silence : Michael.

— Il est sain et sauf. Hans, va le chercher.

Celui-ci acquiesça, puis s'éloigna d'un pas vif. Claire eut un choc en réalisant que, dans la panique, elle avait complètement oublié Michael. Sam semblait reprendre des forces de seconde en seconde, mais Amelie continuait à comprimer la blessure. D'un mouvement lent et maladroit, Sam recouvrit la main de sa bien-aimée, puis plongea ses yeux dans les siens. Après qu'ils se furent observés en silence de longues minutes, Amelie écarta sa main en hochant la tête. Avec son aide, Sam se redressa en position assise, tout en maintenant le bandage en place. Il s'adossa contre le mur.

— Es-tu en mesure de nous dire ce qui s'est produit ? s'enquit-elle.

Sam acquiesça et Richard Morrell dégaina son bloc-notes avant de s'agenouiller à côté de lui. Lorsque Sam réussit enfin à parler, l'effort lui coûtait tellement que seul un petit filet de voix franchit ses lèvres :

— … suis allé voir Michael.

— Mais Michael était ici avec nous, rétorqua Amelie. Nous l'avons convoqué au cœur de la nuit.

Sam leva une main, qu'il laissa aussitôt retomber, impuissant.

— J'ai senti qu'il n'était pas chez lui. Au moment où je manœuvrais pour repartir, un homme a ouvert ma portière… il avait un Taser, je n'ai rien pu faire. Profitant de ce que j'étais à terre, il m'a planté le pieu dans la poitrine.

— Qui était-ce ? demanda Richard.

Sam ferma brièvement les yeux.

— Je ne l'ai pas vu, mais il était humain. J'ai entendu son cœur.

Il déglutit avant d'ajouter :

— J'ai soif.

— La plaie doit d'abord se refermer, repartit Amelie. Patiente encore quelques instants. Peux-tu nous dire quoi que ce soit sur l'humain qui t'a attaqué ?

Sam souleva à nouveau les paupières, ce qui lui coûtait apparemment beaucoup.

— Il m'a appelé Michael.

Celui-ci arriva juste à temps pour entendre ces derniers mots. Il tourna des yeux écarquillés vers Claire puis s'accroupit auprès de Sam.

— Qui ? Celui qui t'a fait ça ?

Sam confirma d'un dodelinement de tête.

— Je ne l'ai pas identifié. Un humain qui m'a appelé par ton prénom, c'est tout ce que je sais. Il nous a confondus.

L'esquisse d'un sourire lui étira les lèvres quand il ajouta :

— Il n'a pas dû voir mes cheveux.

L'article dans la feuille de chou. *Cap'taine Flagrant.* Quelqu'un avait décidé d'éliminer le nouveau vampire et, par un concours de circonstances, Sam avait été attaqué. Au lieu de Michael.

L'agitation d'Amelie ne sautait pas aux yeux, mais Claire la connaissait assez pour voir la différence avec son état normal. Ses mouvements étaient plus prompts et son regard légèrement troublé. Claire réprima un frisson lorsque celle-ci la convoqua dans une pièce adjacente, petite et vide, qui servait sans doute de salle de réunion. Le grand vampire blond qui accompagnait Amelie se plaça devant la porte ; Claire ne pourrait pas prendre la fuite.

— Qu'est-il arrivé ? demanda Amelie.

— Je n'en ai aucune idée, répondit Claire. Je dormais. Je me suis réveillée…

« … quand j'ai entendu les sirènes. » Voilà ce qu'elle s'apprêtait à ajouter. Ce n'était pas l'exacte vérité, pourtant. Elle avait été tirée du sommeil par une sorte d'alarme invisible. Shane et Eve aussi. En temps normal, pour que Shane ouvre l'œil avant le lever du soleil, il aurait fallu une explosion nucléaire, au moins.

— On aurait dit que la maison nous avertissait d'un danger.

Sans broncher, Amelie répliqua :

— Je vois.

— Pourquoi ? C'est important ?

— Peut-être. Quoi d'autre ?

— Rien… Nous nous sommes levés, les sirènes hurlaient dehors et, le temps que nous sortions, il était trop tard. Sam gisait sur la chaussée et la police avait investi la scène.

— Tu n'as vu personne d'autre ?

Claire secoua la tête.

— Et tes amis ? Où se trouvaient-ils ?

Ce n'était pas une question innocente. Sentant que son pouls s'accélérait, Claire s'efforça de conserver son calme. Si elle ne réussissait pas à convaincre Amelie…

— Ils dormaient aussi, répondit-elle d'une voix ferme. Shane avec moi, quant à Eve, je l'ai vue sortir de sa chambre. Ils ne peuvent rien avoir fait.

Amelie la considéra avec une expression qui se voulait tout sauf rassurante.

— Je sais combien tu tiens à eux, Claire. Mais comprends bien que, si tu mens pour les protéger, je ne le pardonnerai pas.

— C'est la vérité. Seul Michael manquait à l'appel. Parce qu'il était ici avec vous.

Amelie pivota sur ses talons et se mit à arpenter la pièce à longues enjambées gracieuses. Elle restait si parfaite, si…

maîtresse d'elle-même. Claire ne put retenir les mots qui lui brûlaient les lèvres :

— Vous ne vous faites pas de souci pour Sam ?

— Je suis plus préoccupée par la possibilité d'une récidive. Sam a suffisamment d'ancienneté pour réchapper à une telle attaque… mais il s'en est fallu de peu. Si le pieu était resté plus longtemps dans sa poitrine, ou si le soleil l'avait atteint, il aurait succombé. Michael serait mort sur-le-champ, lui. Il lui faudra des décennies avant d'avoir un système immunitaire assez puissant.

Claire ouvrit la bouche plusieurs fois jusqu'à ce qu'elle trouve les bons mots :

— Vous voulez dire… que les vampires ne meurent pas si on leur enfonce un pieu dans le cœur ?

— Nous sommes difficiles à tuer. Nous résistons un peu mieux chaque année. Si tu décidais de m'attaquer avec un pieu, tu ne réussirais qu'à abîmer mes vêtements. Et à me mettre dans de très mauvaises dispositions. Si le pieu restait planté quelques heures dans mon cœur, il pourrait m'affaiblir, peut-être même sérieusement, mais il ne parviendrait pas à me détruire. Nous ne sommes pas si fragiles, petite Claire.

Ses dents luirent comme autant de perles, lorsqu'elle sourit.

— Tu ferais bien d'en informer tes amis, ajouta-t-elle. Surtout Shane.

— Mais… et Brandon…

Amelie retrouva aussitôt son air sévère.

— Il a été torturé. Exposé aux rayons du soleil afin de l'affaiblir. Quand ils ont fini par l'exécuter, il n'avait pas plus de forces qu'un jeune vampire. Le père de Shane nous connaît bien, vois-tu.

Et Claire aussi, à présent. Ce qui n'était sans doute pas une bonne chose.

— Les flics ont emmené Shane et Eve au commissariat. Je ne veux pas qu'il leur arrive quoi que ce soit.

— Je n'ai aucun doute là-dessus. Tout comme je ne voudrais pas qu'il arrive quoi que ce soit à mon cher Samuel, pourtant prêt à mourir pour défendre les droits des humains de cette ville.

Le ton d'Amelie était si sombre et froid qu'il creusa un gouffre dans le ventre de Claire.

— Je me demande si je me suis montrée trop indulgente. Si je vous ai laissé trop de libertés.

— Nous ne vous appartenons pas… murmura Claire, sentant soudain que le bracelet se resserrait autour de son poignet.

— Ah bon ? s'étonna Amelie avec dureté.

Elle échangea un regard avec le vampire posté à la porte :

— Elle peut partir. J'en ai fini avec elle.

Il inclina légèrement le buste avant de s'écarter du passage. Claire résista à la tentation de se précipiter vers la sortie. Elle devait tenter sa chance, même si Amelie l'effrayait.

— Mais Shane et Eve…

— Je n'interfère pas dans la justice humaine. S'ils sont innocents, ils seront relâchés. Pars maintenant. Je compte sur toi pour assister Myrnin aujourd'hui. Et tu suivras quelques cours supplémentaires à la faculté. La liste t'attend chez toi.

Claire marqua une hésitation.

— Mais… c'est Sam qui m'escorte habituellement, qui…

— Petite folle ! s'écria Amelie en faisant volte-face, le regard allumé d'une lueur sauvage. Qui m'importune avec des détails ! Pars, pars !

Claire prit ses jambes à son cou.

Elle trouva la maison vide. Ni Shane ni Eve n'étaient là, et elle n'avait pas revu Michael avant d'être emmenée par Hans et Gretchen. Écrasée sous le poids de la solitude, Claire verrouilla toutes les portes et vérifia que les fenêtres étaient bien fermées. Malgré tout, l'atmosphère avait quelque chose de… chaleureux. De douillet et d'accueillant. Claire posa la main sur un mur du salon.

— Tu m'entends ?

Elle se sentit aussitôt idiote. Ce n'était qu'une maison, non ? Faite de bois, de brique, de béton, de fils électriques et de tuyaux. Comment pourrait-elle lui répondre ? Claire ne parvenait cependant pas à se défaire de l'impression que cette bâtisse les avait tirés du sommeil, Shane, Eve et elle. Qu'elle les avait mis en garde. Après tout, elle avait bien sauvé Michael lorsque Oliver l'avait attaqué, en en faisant un fantôme.

— Si seulement tu pouvais parler, reprit Claire. J'aimerais savoir qui a cherché à tuer Sam.

Mais les murs restaient désespérément muets. Elle soupira et, en se détournant, aperçut une feuille de papier agitée par un courant d'air – un courant d'air qui venait de nulle part. Elle était sur la table basse, sur l'étui de la guitare de Michael. Claire s'en empara, s'attendant presque à découvrir… quoi ? Un message de la maison ? Le nom de l'agresseur de Sam ? Bien sûr, il ne s'agissait pas de la réponse à sa question, mais d'un emploi du temps avec, tamponné à l'encre rouge, le mot : MODIFIÉ. La plupart des cours qu'elle avait choisis en début d'année avaient disparu, remplacés par des matières plus ardues : biochimie, philosophie, mécanique quantique, mythes et légendes. Waouh ! Le cœur de Claire manqua un battement. Elle regarda les horaires, puis sa montre. Il lui restait à peine une heure avant son premier nouveau cours et elle ne pouvait pas partir tant qu'elle n'aurait pas de nouvelles de Shane et d'Eve.

Trente minutes plus tard, alors qu'elle était pendue au téléphone pour trouver quelqu'un, au commissariat, susceptible de la renseigner, elle entendit les verrous de la porte d'entrée cliqueter et la voix d'Eve retentir :

— … Abruti !

La boule qui serrait la gorge de Claire diminua aussitôt.

— Claire ? Tu es là ?

— Oui, dit-elle en raccrochant pour aller les rejoindre dans l'entrée.

Eve soutenait Shane ; il avait le visage émaillé de contusions et de bosses.

— Oh, purée… souffla-t-elle avant d'aller aider Eve. Que s'est-il passé ?

— Eh bien, ce grand garçon a décidé de chercher des noises à l'officier Fenton. Tu as vu *Bambi versus Godzilla* ? Eh bien, imagine la même chose, en plus sanglant, répondit Eve d'une voix faussement joyeuse. J'ai voulu l'emmener à l'hôpital afin de le faire examiner par un médecin, mais…

— Je vais bien, lâcha Shane sans desserrer les dents. J'ai connu pire.

C'était sans doute le cas, mais ça n'empêchait pas Claire de se sentir impuissante. Elle aurait voulu agir. D'une façon ou d'une autre. Eve et elle accompagnèrent Shane jusqu'au canapé, où il s'affala contre les coussins avant de fermer les yeux. Il était livide. Tout en lui caressant tendrement la tête, Claire demanda en silence à Eve quoi faire. Eve haussa les épaules et articula sans un bruit : « Laisse-le se reposer. » Elle n'avait pas l'air rassurée, néanmoins.

— Shane, ajouta-t-elle tout haut. Sérieux, je ne me sens pas de t'abandonner. Tu dois aller à l'hôpital.

— Merci, maman, répondit-il, mais il ne s'agit que de quelques bleus. Je survivrai. Vas-y, file.

Il serra la main de Claire et ouvrit ses yeux sombres… enfin, celui des deux qui n'était pas enflé.

— Et toi ? Qu'est-ce qui t'est arrivé ?

— Rien du tout, je vais bien. J'ai parlé à Amelie.

Elle inspira profondément, avant de terminer :

— Sam s'en tirera, je crois.

— Et Michael ? Comment allait-il ? intervint Eve.

— Bien. Je suis désolée de ne pas avoir réussi à vous faire sortir plus tôt. Amelie…

Inutile de leur préciser que celle-ci ne semblait guère chagrinée par l'idée de les laisser croupir derrière des barreaux.

— Amelie s'occupait de Sam et elle avait besoin de moi.

— On serait sans doute ressortis au bout de dix minutes si monsieur n'avait pas fait le malin, rétorqua Eve en jetant un regard exaspéré à Shane. On sait, mec, que tu es un dur à cuire. Es-tu pour autant obligé de provoquer tous les ploucs de cette ville ? Tu ne pourrais pas te limiter à la moitié ou un truc dans le genre ?

— Tu veux la vérité ? C'est le cas. Ils sont deux fois plus nombreux, en réalité.

Il se cala dans une position plus confortable en grimaçant.

— La vache… Ce trouduc sait cogner.

— Shane, insista Claire, tu es sûr que ça va ? Je peux t'accompagner à l'hôpital, sinon.

— Ils me donneront une poche de glace et me renverront ici, après m'avoir pris une centaine de dollars que je n'ai pas.

Il lui serra la main ; ses articulations étaient éraflées.

— Et toi ? Pas de morsure ni de blessure, hein ?

— Non. Les vampires sont en colère, et inquiets, mais personne n'a rien tenté contre moi. Oh… dit-elle en découvrant l'heure. Je dois y aller, j'ai cours. Tu es certain que tu…

— Si tu me poses encore une fois la question, je vais me cogner la tête contre les murs. File. Eve, veille à ce qu'elle ne traîne pas seule après la tombée de la nuit, d'accord ?

Eve, qui avait déjà dégainé son trousseau de clés, les entrechoqua pour signifier son impatience.

— Je ferai de mon mieux. Et d'ailleurs, Claire, tu as reçu ce paquet.

Elle lui remit un paquet avec son nom élégamment calligraphié dessus. La même écriture que sur l'enveloppe qui contenait son bracelet. Ce paquet recelait un téléphone portable flambant neuf, avec lecteur MP3 intégré et clavier coulissant. La batterie était pleine. Le message qui l'accompagnait ne comportait que quelques mots : *Pour ta sécurité*. Et la signature d'Amelie, bien sûr. En la découvrant, Eve haussa les sourcils, et Claire s'empressa de froisser la carte.

— Je parie que je n'ai pas envie de savoir de quoi il s'agit, je me trompe ? lança Shane.

— Non, répondit Eve. Claire, à Morganville, les petites filles qui acceptent les bonbons des étrangers finissent blessées. Ou pire.

— Amelie n'est pas une étrangère. Et j'ai besoin d'un téléphone.

Les cours ne ressemblaient en rien à ceux que Claire avait suivis jusqu'à présent. Elle avait l'impression d'accéder enfin à l'enseignement supérieur. Les professeurs se montraient enthousiastes et passionnés ; ils paraissaient même noter sa présence. Mieux : la mettre au défi. Elle eut un peu de mal à suivre pendant l'heure de biochimie et nota les titres des ouvrages qu'elle devait se procurer. Idem en philosophie. Il y eut beaucoup de débats durant cette heure-là ; même si elle ne les comprit qu'à moitié, ils lui parurent bien plus intéressants que les exposés monotones de ses enseignants habituels.

À l'heure tardive où elle prit sa pause déjeuner, elle était absolument grisée par sa matinée. Ses nouveaux cours lui donnaient le sentiment d'être vivante. Avec joie, elle partit en quête des manuels qui lui manquaient et fut encore plus heureuse en réalisant qu'elle disposait désormais d'une bourse lui permettant de couvrir ses dépenses. Et de la carte de crédit qui allait avec le compte en banque ouvert à cet effet. Elle en profita pour acheter un nouveau tee-shirt à manches longues, ainsi que des rasoirs jetables et du shampooing. Elle avait oublié combien c'était agréable d'avoir de l'argent.

Voyant que l'après-midi avançait, elle se demanda si elle était censée se rendre seule chez Myrnin, mais décida d'attendre. N'ayant été informée par personne d'un changement de programme, elle se rendit à la cafétéria pour bûcher. Celle-ci était d'autant plus bondée qu'un guitariste avait attiré un petit attroupement dans un coin de la grande salle ; le public improvisé l'applaudissait entre chaque chanson. Le musicien, doué, enchaînait morceaux classiques et chansons pop. Claire étalait ses livres sur une table lorsqu'un air familier retint son attention ; elle monta sur sa chaise pour voir par-dessus la tête de la foule et obtint confirmation de ses soupçons : c'était Michael, assis en tailleur par terre. Il leva les yeux vers elle et lui adressa un signe quand leurs regards se croisèrent. Claire sauta à terre et essuya les traces que ses chaussures avaient laissées avant de se rasseoir. Son esprit turbinait à toute allure. Pourquoi Michael était-il là ? S'agissait-il d'une simple coïncidence ?

Elle n'eut aucun mal à se concentrer sur les propriétés des ondes à basse fréquence dans les plasmas – le sujet la passionnait. La physique stellaire. Elle attendait avec impatience les démonstrations en TP… La lecture était un peu ardue, mais intéressante. Elle s'attarda sur d'autres propriétés de la physique des plasmas, l'isolation et la conduction. Il s'agissait peut-être d'un pur hasard, mais son intuition lui dictait que c'était un sujet à creuser. Un sujet lié à ce que Myrnin lui avait enseigné sur la recomposition, élément clé de l'alchimie. Pouvait-il y avoir un lien entre les deux ?

« Le plasma contient des particules chargées. Il peut être contrôlé, et modifié, par un champ électromagnétique. » En résumé, le plasma était un état de la matière entre le gaz et le fluide permettant la conduction de l'électricité… permettant de passer d'une forme à une autre. L'idée la frappa soudain avec la force de l'évidence : les passages que Myrnin avait découverts étaient des champs électromagnétiques matérialisés, contenant un minuscule flux de plasma stabilisé. Comment les transformait-il en galeries virtuelles ? C'était bien ce dont il s'agissait, non ? Et le plasma dont Myrnin se servait ne pouvait pas être un plasma traditionnel, si ? Un plasma froid, alors ?

Claire était tellement absorbée dans ses réflexions qu'elle n'entendit même pas que quelqu'un tirait la chaise en face d'elle – en raclant les pieds sur le sol – pour s'asseoir. Le nouveau venu finit par se manifester en lui arrachant le livre des mains.

— Salut, Claire…

Jason, le frère d'Eve. Fou à lier. Sa tête de fouine était d'une pâleur non pas gothique mais maladive. Il souffrait d'anémie. Des croûtes ornaient son cou, et ses yeux étaient injectés de sang. Surtout, il avait l'air complètement défoncé. Sa dernière douche devait remonter à plusieurs jours, pour ne pas dire semaines, tout comme sa dernière visite à la laverie automatique : une odeur pestilentielle émanait de lui. Beurk.

— La patate ?

Elle ignorait comment réagir. Hurler ? Elle récupéra le livre et s'y agrippa de toutes ses forces, avant d'observer les alentours. La cafétéria était toujours aussi bondée. Le petit concert de Michael continuait à être au centre de l'attention, mais certains étudiants vaquaient malgré tout à leurs autres occupations, travaillant ou discutant. Depuis sa place, Claire voyait distinctement Eve, qui servait des cafés en souriant, derrière le bar. Jason était comme invisible. Personne ne lui accordait le moindre regard.

— Salut, finit-elle par répondre. Qu'est-ce que tu veux ?

— La paix dans le monde… Tu es jolie.

« Et toi, vraiment pas. » Elle ne pouvait pas lui répondre ça. En attendant qu'il poursuive, elle se répéta : « Je suis parfaitement en sûreté ici. Il y a beaucoup de monde, notamment Michael et Eve… »

— Tu es sourde ? J'ai dit que tu étais jolie.

— Merci.

Elle avait la bouche sèche ; elle n'avait pourtant aucune raison de s'inquiéter, même s'il avait tout l'air d'un type dangereux. Les plaies sur son cou avaient-elles été causées par un vampire ?

— Je dois y aller, reprit-elle.

— Je t'accompagne à ton prochain cours.

Il réussit à donner à cette petite phrase des accents lubriques, chargés de sous-entendus vicieux.

— J'ai toujours rêvé de porter les bouquins d'une étudiante canon, compléta-t-il.

— Non. Je ne peux pas. Enfin… je ne vais pas en cours. Mais je dois quand même y aller.

Pourquoi ne lui répondait-elle pas tout simplement de la laisser tranquille ? Hein, pourquoi ? Jason lui envoya un baiser avant de souffler :

— Je ne te retiens pas. Mais ne viens pas te plaindre la prochaine fois que vous découvrirez le cadavre d'une fille dans votre poubelle.

Claire, qui avait déjà commencé à rassembler ses affaires, se pétrifia et le dévisagea.

— Quoi ?

Sa cervelle, qui turbinait à la vitesse de la lumière lorsqu'elle passait d'un concept de physique à un autre, lui donnait soudain l'impression de se traîner à la vitesse d'un escargot.

— Tu peux répéter ? insista-t-elle.

— Non que je sois coupable. Mais si c'était le cas, je serais déjà en train de planifier mon prochain meurtre. À moins que quelqu'un se donne la peine de me parler pour essayer de m'en dissuader, par exemple. Ou que je conclue un marché.

Claire se mit à grelotter. Jason n'avait rien tenté contre elle – il discutait, tranquillement assis –, mais elle se sentait isolée et vulnérable. « Michael est juste à côté, tu peux même l'entendre jouer. Il est là. Tu es en sûreté, Claire. »

Elle eut l'impression d'avaler une poignée de punaises, en déglutissant. Elle se rassit lentement et articula :

— Très bien. Je t'écoute.

Jason se pencha vers elle, les coudes posés sur la table, et reprit, à voix plus basse :

— Voici ce qui se passe, Claire. Je voudrais faire comprendre à ma grande sœur ce qu'elle m'a infligé en m'envoyant dans cette prison. As-tu idée de ce que j'ai vécu ? Même dans les pays du tiers-monde les prisonniers sont mieux traités. J'ai atterri là à cause d'Eve. Et elle n'a même pas essayé de me sauver.

Claire serrait si fort son livre qu'elle en avait les doigts engourdis ; elle se força à se détendre.

— Je suis désolée pour toi. Ça a dû être terrible.

— Terrible ? Mais tu as écouté ce que je t'ai dit ?

Il la fixait de ses grands yeux vides, sans jamais cligner des paupières.

— J'étais censé lui appartenir, tu sais. À Brandon. Il m'aurait transformé en vampire, un jour. Sauf qu'il est mort, maintenant, et que je me retrouve comme un con. Du coup, je tue le temps en attendant que quelqu'un me remette au trou. Et tu sais quoi, Claire ? Je n'irai pas sans me payer un peu de bon temps, avant.

Sans qu'elle ait eu le temps de l'anticiper, il l'attrapa par le bras ; elle ouvrit la bouche pour hurler… mais il avait sorti un couteau et pressait la lame contre son poignet.

— Ne bouge pas, souffla-t-il. Je n'ai pas terminé. Tu bouges, je te saigne.

Elle comptait hurler malgré tout, mais le cri mourut sur ses lèvres, faisant naître un rictus cruel sur les lèvres de Jason. Il recouvrit le poignet de Claire, et le couteau, avec un mouchoir crasseux.

— Voilà. Personne ne remarquera rien. Enfin, je doute que ça intéresse quelqu'un de toute façon. Surtout à Morganville. Mais comme on n'est jamais à l'abri d'un bouffon voulant jouer les héros, gardons ça entre nous.

Elle grelottait carrément, maintenant.

— Lâche-moi, dit-elle d'une voix étonnamment calme. Je ne dirai rien.

— À d'autres, Claire. Tu iras prévenir tes petits copains, avant d'aller voir la police. Sans doute ces deux crétins, Joe et Travis. Ils en ont après moi depuis que je suis gosse, tu le savais ? Ces connards…

Il transpirait abondamment : une grosse goutte de sueur roula le long de sa joue blafarde et atterrit sur sa veste de camouflage.

— J'ai entendu dire que tu étais en bons termes avec les vampires, c'est vrai ?

— Quoi ?

Il pressa la lame contre son poignet et elle songea avec quelle facilité il pourrait lui trancher les veines. Son bras ne lui répondait presque plus, mais elle réussit à se contrôler suffisamment pour ne pas le retirer. Elle refusait de lui faire ce plaisir.

— Je… oui, reprit-elle, je suis protégée. Tu ne réussiras qu'à t'attirer des ennuis, Jason.

Son sourire était réellement flippant – une grimace féroce qui ne se reflétait pas dans son regard vide.

— Je les côtoie depuis ma naissance, les ennuis. Alors vas-y. Dis à la sangsue qui te sert de Protecteur que j'ai des infos. Des infos qui pourraient mettre cette ville à feu et à sang. Je les échangerai contre deux choses : l'autorisation de faire ce que je veux à ma sœur… et de quitter la ville.

Oh non, non, non, non, non ! Il était prêt à négocier. Contre la vie d'Eve.

— Je ne conclurai aucun marché avec toi, répondit-elle (bien consciente de signer sans doute son arrêt de mort). Je ne te laisserai pas faire de mal à Eve.

Il cligna des yeux et retrouva presque, l'espace d'une seconde, apparence humaine, ce qui rappela à Claire qu'il n'était pas beaucoup plus vieux qu'elle.

— Et comment comptes-tu m'en empêcher, ma grande ? En m'attaquant avec ton sac à dos ?

— Si tu m'y contrains…

Il se carra sur sa chaise, puis la dévisagea avant d'éclater de rire. À gorge déployée. Un rire rugueux et métallique. Claire crut qu'il allait la tuer là, devant tout le monde. Au lieu de quoi, il souleva le mouchoir qui lui recouvrait le poignet : comme par magie, le couteau avait disparu. Un mince filet de sang s'écoulait de la plaie superficielle qu'il lui avait laissée sur le bras ; Claire sentit alors seulement le feu de l'entaille.

— Tu sais quoi, ma grande ?

Il se leva et enfonça ses mains dans ses poches puis ajouta, en souriant :

— Je sens que je vais t'adorer. Tu es vraiment poilante !

Il s'éloigna rapidement et Claire ne réussit pas à voir dans quelle direction il partait : ses genoux refusaient de coopérer. En quelques secondes, il s'était évanoui dans la nature. Elle se tourna alors vers le bar et vit qu'Eve, immobile comme une statue, la fixait de ses grands yeux. Elle était d'une pâleur effrayante – qu'elle ne devait pas à son fond de teint. « Ça va ? » articula-t-elle à l'intention de Claire. Celle-ci opina. En réalité, elle allait tout sauf bien, et la coupure sur son poignet continuait à saigner. Elle sortit des pansements de son sac à dos – elle en avait toujours sur elle pour d'éventuelles ampoules (elle marchait beaucoup). Apparemment, ça suffirait à stopper le saignement.

Elle finissait de les coller sur son poignet quand, sentant une présence, elle sursauta : elle redoutait le retour de Jason et de son couteau. C'était Michael en réalité. Il avait son étui à guitare à la main et il… rayonnait. Claire ne l'avait jamais vu aussi serein. Ses joues étaient même légèrement rosées et ses yeux brillaient. Une ombre vint pourtant assombrir sa bonne humeur.

— Tu saignes, dit-il en se renfrognant. Qu'est-il arrivé ?

Claire lui montra le bandage de fortune et répondit :

— Je me suis coupée avec un bout de papier.

— Claire…

— OK, soupira-t-elle. Inutile de t'inquiéter, d'accord ? Jason est venu me trouver. Je crois qu'il voulait juste me faire peur.

Michael écarquilla les yeux avant de tourner la tête vers le bar, à la recherche d'Eve. Lorsqu'il l'aperçut, un soulagement teinté de souffrance se peignit sur ses traits, virant rapidement à la grimace douloureuse.

— Je n'en reviens pas qu'il soit venu ici. Pourquoi personne n'arrête ce cinglé ?

— Peut-être qu'ils s'en fichent. Après tout, il ne tue que des humaines. À supposer qu'il soit vraiment l'auteur de ces crimes…

En même temps, il les avait quasiment confessés, non ? Et le couteau était, à sa façon, un bon indice…

— On en discutera plus tard, je dois y aller…

Claire s'interrompit aussitôt, se rappelant, juste à temps, qu'elle ne pouvait pas évoquer Myrnin devant Michael.

— J'ai un cours, ajouta-t-elle.

Elle n'aurait jamais cru qu'Amelie la laisserait y aller seule, et elle n'était pas certaine d'avoir le cran nécessaire. La plupart du temps, Myrnin était passionnant, mais dès qu'il… non, elle n'irait pas. Et si quelque chose arrivait ? Sam ne serait pas là pour intervenir.

— Je sais où tu vas, dit Michael, qui n'avait pas bougé. Je suis chargé de t'escorter.

— Tu… quoi ? répéta-t-elle en clignant des paupières.

Il baissa la voix, même si personne ne leur accordait la moindre attention.

— Je t'accompagnerai là où tu dois te rendre. Et j'attendrai.

Amelie l'avait mis au courant ; Claire le découvrit en suivant Michael jusqu'à sa voiture. La doyenne n'avait apparemment pas eu le choix : en qui concernait Myrnin, elle ne faisait confiance à personne d'autre que Sam, mais le bien-être de Claire tenait à cœur à Michael (et Sam aurait besoin d'au moins deux jours de repos complet).

— Mais il va mieux ? s'enquit Claire.

Michael lui tint la porte du garage avec une galanterie qui lui rappela celle de son grand-père. Il avait hérité certaines de ses manières de Sam, ainsi que sa démarche.

— Ouais, répondit-il. Mais il a bien failli y passer. Du coup, les vampires sont à cran. Ils veulent le coupable à tout prix. J'ai fait promettre à Shane de ne pas sortir seul.

— Et tu crois vraiment qu'il tiendra parole ?

Michael haussa les épaules avant d'ouvrir la portière d'une berline aux vitres teintées, copie conforme de celle que conduisait Sam.

— Au moins, j'aurai essayé, finit-il par répondre. Shane n'écoute plus vraiment ce que j'ai à dire, ces derniers temps.

Après avoir bouclé sa ceinture, Claire rétorqua :

— Tu n'y es pour rien. Il a juste du mal à s'habituer à l'idée. Je ne sais pas comment l'aider.

— Tu ne peux pas, repartit Michael en démarrant. On ne peut rien pour lui.

Michael emprunta le même chemin que Sam jusqu'au repaire de Myrnin – du moins à ce que Claire en vit à travers les vitres teintées. Il se gara le long du trottoir. Ce ne fut qu'une fois dehors que Claire réalisa quelque chose. Elle remonta dans la voiture.

— Mince ! Tu ne peux pas sortir, si ?

Michael secoua la tête.

— Je suis censé poireauter ici jusqu'au coucher du soleil, puis te rejoindre. Amelie m'a promis qu'elle s'était arrangée pour que tu sois en sûreté entre-temps.

— Mais…

Claire s'interrompit aussitôt : Michael n'y pouvait rien. Le soleil ne disparaîtrait pas avant au moins trois heures ; elle devrait donc se débrouiller comme une grande.

— Entendu, reprit-elle. Rendez-vous à la nuit tombée, alors, lança-t-elle.

En se redressant après avoir claqué la portière, elle découvrit Mme Day sur la véranda de sa grande maison, qui se balançait en sirotant un thé glacé. Claire lui adressa un signe de la main auquel celle-ci répondit par un hochement de tête.

— Tu es bien prudente ? l'interpella-t-elle.

— Oui, madame.

— Je l'ai dit à la reine. Ça ne me plaît pas qu'elle t'envoie voir ce monstre, je lui ai dit, martela-t-elle tout en plantant son index dans sa cuisse pour souligner la portée de ses propos. Monte prendre un rafraîchissement avec moi. Il peut bien attendre un peu. De toute façon, la moitié du temps, il ne sait pas l'heure qu'il est.

Claire secoua la tête avec un sourire.

— Je ne peux pas, madame, je ne suis déjà pas en avance. Mais merci beaucoup.

Au moment de s'engager dans l'impasse, une question lui traversa l'esprit :

— Oh… qui est la reine ?

Mme Day balaya l'air d'un geste impatient.

— Elle, enfin. La reine blanche. Tu es comme Alice, tu sais. Dans ton terrier avec le Chapelier fou.

Claire ne s'attarda pas sur cette comparaison… Elle n'avait aucune envie de penser à l'injonction de la reine de cœur : « Qu'on leur coupe la tête ! » Après avoir agité la main une dernière fois, Claire ajusta son sac à dos sur son épaule et se rendit à son dernier cours de la journée.

8.

Amelie s'était effectivement assurée de la sécurité de Claire : elle avait fait enfermer Myrnin.

En déposant son sac au pied des marches – où elle pourrait le récupérer facilement en cas de départ précipité –, Claire remarqua aussitôt la nouveauté dans le laboratoire : une cage. Dont Myrnin était prisonnier.

— Oh, mon Dieu…

Naviguant entre les piles de livres, elle s'approcha de lui. Selon toute apparence, il s'agissait du même genre de cage que celle dont les vampires s'étaient servis pour emprisonner Shane sur la place de la Fondatrice – de lourds barreaux noirs, le tout monté sur des roues. Et résistant à la force surhumaine des vampires, espérait-elle. Celui qui avait bouclé Myrnin avait eu la gentillesse de lui fournir de la lecture, en quantité, ainsi que des couvertures élimées et des oreillers délavés. Affalé sur cette banquette de fortune, dans un coin, il lisait, une paire de lunettes rondes à monture métallique perchée sur son nez busqué.

— Tu es en retard, lâcha-t-il en tournant une page.

Claire ouvrit la bouche, mais ne trouva aucune réponse.

— Oh ! ne te mine pas pour la cage. Elle vise à te protéger, évidemment. En l'absence de Samuel.

Il tourna une nouvelle page, mais ses yeux demeuraient rivés sur un point fixe : il faisait semblant de lire, ce qui acheva d'émouvoir Claire.

— Une idée d'Amelie, ajouta-t-il. Je ne peux pas dire que je l'approuve entièrement.

— Je suis désolée, réussit-elle enfin à articuler.

Avec un geste d'indifférence, Myrnin referma le livre avant de le laisser tomber bruyamment sur la pile à côté de lui.

— Ce n'est pas la première fois que j'atterris dans une cage. Et je ne doute pas d'avoir l'autorisation de sortir dès que ton chaperon nous aura rejoints. En attendant, reprenons notre leçon. Approche une chaise, Claire. Tu m'excuseras si je ne me lève pas, mais je suis plus grand que…

Au lieu de terminer sa phrase, il fit tinter les barreaux au-dessus de sa tête.

— Amelie m'a appris que tu suivais des cours de troisième année.

Claire sauta sur cette occasion pour penser à autre chose qu'à l'enfermement de Myrnin – il avait été placé dans une cage, comme un animal, à cause d'elle. Elle lui énuméra son nouvel emploi du temps avant de répondre à ses questions, comme toujours incisives. Elle fut étonnée, néanmoins, par ses connaissances, mélange bizarre de savoir avancé et d'ignorance infinie. S'il comprenait la philosophie et la biochimie, il n'entendait absolument rien à la mécanique quantique. Elle lui en exposa les bases et il acquiesça.

— Mythes et légendes ? répéta-t-il, perplexe. Pourquoi Amelie éprouve-t-elle le besoin de… Ah ! peu importe. Elle doit avoir ses raisons. Et ton essai ? conclut-il en tendant la main.

Claire lui remit les six pages agrafées qu'elle avait rédigées. Elle ne pouvait pas faire plus sur un sujet qu'elle commençait seulement à comprendre.

— Je le lirai plus tard, l'informa Myrnin. Et les livres que je t'ai remis ?

Claire les sortit de son sac avant de revenir s'asseoir et de répondre :

— J'ai lu *Aureus* et *La Chaîne d'or d'Homère.*

— Les as-tu compris ?

— Mmmm… pas vraiment.

— C'est parce que l'alchimie est un champ d'études nimbé de mystère. Un peu comme la franc-maçonnerie. Y a-t-il encore des Maçons ?

Claire acquiesça et Myrnin parut profondément soulagé.

— Ah ! tant mieux. Leur disparition aurait des conséquences terribles, tu sais. Quant à l'alchimie, je peux t'enseigner la traduction des symboles anciens, mais je tiens davantage à t'inculquer la pratique que l'esprit de la lettre. Tu as intégré les techniques de construction d'un four à calcination, n'est-ce pas ?

— Je crois. Mais pourquoi ne commande-t-on pas tout simplement ce dont on a besoin ?

Myrnin entrechoqua l'anneau d'argent qu'il portait à la main droite contre les barreaux de sa cage.

— Tut, tut, tut. Les enfants modernes sont des insensés, esclaves des travaux d'autrui, dépendants en toute matière. Pas toi. Tu apprendras à fabriquer tes propres outils et à t'en servir.

— Vous voulez que je devienne ingénieur ?

— Ne serait-ce pas un grand avantage pour quelqu'un qui étudie la physique comme toi de pouvoir mettre en pratique ce savoir ?

Elle le dévisagea d'un air dubitatif.

— Vous n'allez pas me forcer à sortir une enclume et à fabriquer mes propres tournevis, si ?

Un sourire s'épanouit lentement sur les lèvres de Myrnin.

— Quelle excellente suggestion ! Je vais y réfléchir. Pour l'heure, je voudrais tenter une expérience. Es-tu prête ?

Sans doute pas.

— Oui, monsieur.

— Déplace cette étagère…

Il indiquait une immense bibliothèque croulant sous le poids des livres et menaçant de s'effondrer. Préparée à ce que le meuble cède dès qu'elle l'effleurerait, Claire fut surprise de constater qu'il était plus solide qu'il n'y paraissait.

Et qu'il cachait une petite porte cintrée, fermée par un immense cadenas en forme de cœur.

— Ouvre, lui intima-t-il en ramassant le livre qu'il avait abandonné pour le feuilleter.

— Où est la clé ?

— Aucune idée, répondit-il en tournant les pages de plus en plus vite. Cherche-la.

Claire promena un regard désespéré autour d'elle.

— Ici ?

Par où devait-elle commencer ? La pièce était un tel capharnaüm…

— Un indice, au moins ? demanda-t-elle.

— Si j'en avais un, je te le donnerais volontiers, rétorqua-t-il avec sécheresse, et un soupçon de tristesse aussi.

Elle l'observa en coin, pendant qu'il refermait le livre et perdait son regard dans le vide.

— Claire ?

— Oui ? répliqua-t-elle en ouvrant le tiroir le plus près de la porte, rempli de bouteilles contenant, selon toute apparence, de la poussière (elles n'étaient pas étiquetées).

En voyant une araignée déguerpir, Claire referma celui-ci avec une grimace.

— Peux-tu m'expliquer ce que je fais dans cette cage ?

Il était bizarre, soudain, étrangement calme. Claire prit une profonde inspiration avant de poursuivre sa recherche. Elle évitait soigneusement son regard.

— Je n'aime pas les cages. Elles me rappellent de mauvais souvenirs.

— Amelie vous a demandé d'y rester jusqu'au coucher du soleil, vous vous souvenez ?

— Non, souffla-t-il d'une voix douce aux accents nostalgiques. J'aimerais sortir. Peux-tu m'ouvrir, s'il te plaît ?

— Non, je n'ai pas les…

Les clés. Sauf qu'elle venait de les trouver. Juste sous son nez, un trousseau de clés, à demi caché par une tour instable de feuilles jaunies. Il y en avait trois. Un immense passe-partout qui, Claire en aurait mis sa main à couper, devait ouvrir la porte cintrée. La deuxième, plus récente, mais tout aussi grande, commandait sans doute la serrure de la cage. La troisième, quant à elle, était une minuscule clé argentée, de celle qu'on utilisait pour les journaux intimes et les valises.

En s'ingéniant à faire le moins de bruit possible, Claire récupéra le trousseau. Myrnin l'entendit, bien sûr. Il se leva et vint glisser son visage entre deux barreaux.

— Ah, formidable ! Viens me délivrer ! Je ne peux rien te montrer depuis cette cage.

Bon sang, elle devait éviter de croiser son regard, à tout prix.

— Je n'y suis pas autorisée, répondit-elle en triturant le grand passe-partout, froid et rugueux sous ses doigts. Vous vouliez que j'ouvre cette porte, n'est-ce pas ?

— Regarde-moi, Claire.

Il avait l'air si triste. Elle entendit sa bague tinter contre les barreaux lorsqu'il les agrippa.

— Claire, je t'en prie.

Elle se détourna et enfonça le passe-partout dans la serrure de la porte cintrée.

— Ne fais surtout pas ça, Claire !

— Mais c'est vous qui me l'avez demandé !

— Non !

Myrnin secoua les barreaux de toutes ses forces ; bien que solides, ils vibrèrent dans un fracas métallique.

— C'est ma porte ! Mon passage ! Viens me délivrer ! Immédiatement !

Elle vérifia sa montre ; il était beaucoup trop tôt. Il restait encore au moins une heure avant le coucher du soleil. Michael était toujours coincé dans sa voiture.

— Je ne peux pas, Myrnin. Désolée.

Il poussa alors un tel hurlement qu'elle se félicita d'être à l'autre bout de la pièce. Elle n'avait jamais entendu un lion rugir, en vrai du moins, mais elle imaginait que le cri de rage de Myrnin ne devait pas en être très éloigné. Le peu d'assurance qui restait à Claire vola en éclats. Elle ferma les paupières en s'efforçant de ne pas écouter, mais il continuait à parler, dans une langue inconnue, déversant un flot constant de mots pernicieux – elle n'avait pas besoin de comprendre ce qu'il disait pour saisir les insinuations malveillantes. À cet instant précis, s'il pouvait mettre la main sur elle, il la tuerait. Dieu merci, la cage était assez résistante… Il cracha un son guttural et elle entendit alors le bruit d'un morceau de métal en train de se déformer. La cage cédait sous les assauts de Myrnin.

Claire fit volte-face et le vit arracher un bout de fer comme s'il s'agissait de papier mâché. Comment en était-il capable ? D'où tirait-il cette force ? Il n'en sortirait pas indemne, pourtant ; il avait du sang sur les mains. Elle réalisa soudain avec un choc que s'il parvenait à sortir de sa cage, il lui infligerait le même traitement. Il fallait qu'elle parte. Et vite.

Contournant la paillasse de laboratoire, elle se faufila entre deux amoncellements instables d'ouvrages et trébucha sur un tabouret à trépied cassé. Elle s'étala sur un tas d'objets hétéroclites – morceaux de vieux cuir, briques, deux plantes flétries. Bon sang, ça faisait mal. Roulant sur le flanc, elle se releva à bout de souffle. En entendant un long grincement métallique, elle commit l'erreur de jeter un coup d'œil par-dessus son épaule. La porte de la cage s'était rompue ; Myrnin était en liberté. Il portait toujours ses petites lunettes à la Benjamin Franklin, mais son regard était diabolique.

— Oh, non… murmura-t-elle en lorgnant désespérément du côté de l'escalier.

Elle était loin. Beaucoup trop loin. Et il y avait trop d'obstacles entre elle et les marches. D'autant qu'il pouvait se déplacer à la vitesse d'un serpent et arriverait avant elle. Elle se tenait plus près de la porte cintrée, et elle avait toujours la clé dans la main. Il lui faudrait abandonner son sac à dos, en revanche. De toute façon, elle n'avait pas de temps à perdre avec ce genre de considération. La blessure que Jason lui avait infligée n'avait pas encore cicatrisé : Myrnin pouvait sentir le sang frais, et rien n'aurait pu autant aiguiser son appétit.

Elle dégagea plusieurs piles de livres d'un coup de pied, bondit par-dessus les tas bigarrés et fondit sur la porte close. Ses mains tremblaient tellement qu'elle dut s'y reprendre à deux fois pour introduire la clé gigantesque dans le cadenas. Lorsqu'elle fut bien enfoncée, Claire connut un moment de panique absolu : celle-ci refusait de tourner… Le cadenas finit pourtant par céder avec un petit clic métallique, et la porte s'ouvrit à la volée.

De l'autre côté, elle découvrit son salon : Shane, assis dans le canapé, lui tournait le dos. Il jouait à un jeu vidéo.

Claire se figea sur le seuil, totalement déboussolée. Il ne pouvait s'agir que d'une illusion, non ? Elle ne pouvait pas voir Shane juste là, elle ne pouvait pas entendre les bruits électroniques qui accompagnaient la bagarre sur l'écran. Elle ne pouvait pas sentir l'odeur familière du chili – Shane avait préparé du chili ! Les cartons qu'il n'avait pas encore remontés à l'étage étaient entassés dans un coin.

— Shane, murmura-t-elle en tendant la main dans l'embrasure de la porte.

Elle rencontra une légère pression, et les poils de son bras se hérissèrent. Shane mit la partie sur pause et se leva lentement.

— Claire ?

Il regardait au mauvais endroit, en direction de l'escalier. Mais il l'avait entendue. Ce qui signifiait qu'il lui suffisait de faire un pas pour être en sûreté. Elle n'en eut pas l'occasion, malgré tout. La main de Myrnin se referma sur son épaule et il la tira en arrière. Au moment où Shane pivotait vers eux, Myrnin claqua la porte et la verrouilla.

Claire n'osait pas bouger. Il était fou, elle le voyait : rien en lui n'était capable de la reconnaître. Les avertissements d'Amelie, et de Sam, résonnaient dans son crâne. Elle avait sous-estimé Myrnin, comme tous les apprentis qui l'avaient précédée. Et avaient succombé. Myrnin frémissait à présent, les poings serrés. Son sang gouttait sur un vieux manuel de chimie gisant à ses pieds.

— Qui es-tu ? susurra-t-il.

L'accent qu'elle avait remarqué lors de la première rencontre était revenu en force.

— Qu'est-ce qui t'amène ici, mon enfant ? Ne vois-tu pas le danger qui te guette ? Qui est ton Protecteur ? T'a-t-on envoyée en offrande ?

Elle ferma les yeux une seconde avant de les rouvrir et de les planter dans les siens.

— Vous êtes Myrnin, et je suis Claire. Votre amie. Je suis votre amie, d'accord ? Laissez-moi vous aider, vous vous êtes blessé, dit-elle en indiquant ses doigts écorchés.

Myrnin parut surpris de les découvrir, comme s'il n'avait rien senti. Ce qui était peut-être le cas. Il recula de deux pas, percuta une table et renversa un présentoir contenant des éprouvettes vides, qui se brisèrent sur les dalles de pierre crasseuses. En chancelant, il rejoignit un mur contre lequel il s'effondra. Assis par terre, le visage enfoui dans ses mains ensanglantées, il commença à se balancer d'avant en arrière.

— C'est mal, gémit-il, mal… Je devais faire quelque chose d'important et j'ai oublié. Je ne parviens pas à me souvenir de quoi il s'agissait…

Paralysée par la peur, Claire continuait à l'observer ; elle finit par s'accroupir à côté de lui.

— Myrnin… La porte, celle que j'ai ouverte. À quoi mène-t-elle ?

— La porte ? Des passages. Des moments… des moments fugaces… aucun ne demeure, ils s'écoulent comme le sang, tu sais, le sang. J'ai tenté de le mettre en bouteille, mais il se dessèche. Le temps, s'entend. Le sang tourne, comme le temps. Comment t'appelles-tu ?

— Claire, monsieur. Je m'appelle Claire.

Il laissa sa tête aller contre le mur et elle vit que des larmes de sang roulaient le long de ses joues.

— Ne te fie pas à moi, Claire. Ne te fie jamais à moi.

Il cogna l'arrière de sa tête contre le mur, avec une violence telle que Claire en tressaillit.

— Je… Non, monsieur. Je ne le ferai pas.

— Depuis combien de temps sommes-nous amis ?

— Peu de temps.

— Je n'ai pas d'amis. C'est… tu comprends, c'est impossible quand on est aussi vieux que moi. On a des ennemis et des alliés, mais pas d'amis. Jamais. Tu es trop jeune, bien trop jeune pour saisir ça.

Il ferma les paupières un instant ; lorsqu'il les rouvrit, il avait visiblement retrouvé sa raison. En partie.

— Amelie veut que tu reçoives mon enseignement, n'est-ce pas ? Donc tu es mon élève ?

Claire se contenta d'acquiescer. La crise semblait passée, elle l'avait laissé vide, épuisé et triste. Il retira ses lunettes, en replia les branches et les rangea dans la poche de sa veste.

— Tu ne pourras pas apprendre, dit-il. Pas assez vite. Je t'ai presque tuée ce soir. Et la prochaine fois, je ne serai pas capable de m'arrêter à temps. Les autres…

Il s'interrompit ; une grimace déforma brièvement ses traits. Après s'être éclairci la gorge, il reprit :

— Je ne suis pas… je n'ai pas toujours été ainsi, Claire. Je te prie de le croire. Contrairement aux autres membres de mon espèce, je n'ai jamais voulu devenir un monstre. J'aimais trop le savoir… c'était le moyen d'apprendre éternellement.

— Je comprends, répondit-elle en se mordillant la lèvre. Je… Amelie veut que je vous aide et que je m'instruise. Pensez-vous que j'ai les compétences nécessaires ?

— Tu es bien assez intelligente, oui. Réussirais-tu à acquérir les compétences nécessaires si tu avais le temps ? Peut-être. Et tu n'auras pas le choix ; elle te forcera à venir tant que tu n'auras pas acquis ce savoir. Ou tant que je ne t'aurai pas détruite.

Myrnin redressa lentement la tête et affronta le regard de Claire.

— T'ai-je rappelé de ne pas me faire confiance ?

— Oui, monsieur.

— C'est un bon conseil, mais, pour cette fois, oublie-le et permets-moi de t'aider.

— M'aider ?…

Myrnin se releva avec ce mouvement étrangement fluide dont il avait le secret et farfouilla dans des bocaux en verre, des éprouvettes et des tubes à essai jusqu'à trouver ce qu'il cherchait. Il secoua un flacon en fer-blanc – de la taille d'un pot à épices –, et quelques cristaux rouges, tels de gros grains de sel, en sortirent. Il en goûta un du bout de la langue et ferma les yeux en souriant.

— Oui, lâcha-t-il. C'était bien ce que je pensais. Tiens.

Elle accepta le flacon, étonnamment lourd.

— De quoi s'agit-il ?

— Je n'ai pas la moindre idée du nom que l'on pourrait leur donner. Mais ils sont efficaces.

— Que dois-je en faire ?

— Verses-en une petite quantité dans ta paume, ainsi.

Il voulut lui prendre la main, et elle se déroba, ce qui parut le blesser.

— Non, tu as raison, Claire. Sers-toi toute seule. Je m'excuse.

Elle hésita quelques secondes avant de retourner le flacon au-dessus de sa paume. Quelques gros cristaux rouges s'en échappèrent. Comme il lui signifiait de continuer, elle poursuivit l'opération, imprimant de petites secousses au flacon jusqu'à ce que sa main contienne l'équivalent d'une demi-cuillère à café du produit.

Après lui avoir repris le flacon des mains, et replacé à l'endroit où il l'avait trouvé, Myrnin hocha la tête.

— Vas-y, prends-les.

— Pardon ?

Il mima le geste de mettre les cristaux dans sa bouche.

— Je… euh… de quoi s'agit-il déjà ?

Cette fois, Myrnin leva les yeux au ciel d'exaspération.

— Avale-les, Claire ! Le temps nous est compté. Mes périodes de lucidité se raccourcissent. Je ne peux pas te garantir que je ne sombrerai pas à nouveau. Bientôt. Ceci nous aidera.

— Je ne saisis pas… En quoi cela peut-il nous aider ?

Il ne répondit pas, l'implorant en silence, le visage empreint d'espoir, et elle finit par céder et goûter un des cristaux. Il avait un goût de sel parfumé à la fraise, avec un léger arrière-goût amer. Ses sens lui parurent presque immédiatement aiguisés, comme si elle jouissait d'une lucidité accrue, glaçante, comme si elle se tenait dans une pièce obscure, remplie de magnifiques objets scintillants, et éclairée par les flashes d'un stroboscope.

— Oui, souffla-t-il. Maintenant, tu vois.

Elle en avala quatre ou cinq d'un coup, ensuite. L'amertume était plus forte, à peine atténuée par le parfum de fraise, et la réaction fut encore plus rapide. Elle avait le sentiment d'avoir été plongée dans un état de torpeur jusqu'à présent. Et d'être enfin réveillée. Ce qui lui procurait une sensation merveilleuse et vertigineuse. Les contours du monde étaient si affûtés qu'il lui semblait que même le bois usé de la table aurait pu la couper.

Myrnin prit un livre au hasard et l'ouvrit. Il le lui brandit sous le nez et elle eut l'impression qu'un nouvel éclair déchirait l'obscurité, éblouissant et sublime. C'était magnifique, cette façon dont les mots s'enroulaient les uns autour des autres pour pénétrer dans son cerveau avec une douloureuse perfection. Elle lut le plus vite possible.

« L'essence de l'or correspond à celle du soleil, et l'essence de l'argent à celle de la lune. Il faut travailler chacun de ces métaux en respectant ses propriétés : l'or de jour et l'argent de nuit… »

Tout était clair à ses yeux. Clair comme de l'eau de roche. L'alchimie se résumait à une explication poétique de la façon dont la matière et l'énergie interagissaient, de la façon dont différentes surfaces vibraient à différentes vitesses : de la physique, ni plus ni moins. À présent, elle comprenait quel usage elle pouvait en faire.

Puis soudain… soudain elle eut l'impression que la lumière faiblissait, que ses sens s'émoussaient.

— Vas-y, prends-en, l'encouragea Myrnin. La dose que tu as dans la main durera environ une heure. Assez, peut-être, pour nous permettre de comprendre où nous allons.

Cette fois, Claire n'hésita pas à lécher sa paume après avoir avalé le dernier grain de cristal rouge.

Myrnin avait raison : les effets des cristaux duraient un peu plus d'une heure. Il en absorba également, un par un, les faisant durer jusqu'à ce que ce sel rouge ne parvienne plus à dissiper la brume dans son regard. Il était gagné par l'anxiété. Assis par terre, en tailleur, ils avaient épluché les ouvrages ; ils se retrouvaient presque entourés d'une muraille de papier. Myrnin avait abreuvé Claire de lectures, passant d'un livre à un autre, repérant un paragraphe ici, un chapitre là, un graphique et même un passage dans une langue si ancienne qu'il dut la lui apprendre pour qu'elle puisse y comprendre quoi que ce soit. Il lui avait également montré un diagramme, mais en trois dimensions, aussi complexe qu'un flocon de neige.

Morganville n'était pas arrivée par hasard ; son apparition avait été programmée. Elle avait été conçue autour des vampires. Par les vampires, avec Myrnin et Amelie à leur tête. Les maisons de la Fondatrice remontaient à l'origine – treize centres névralgiques alimentant le réseau complexe qui s'était développé autour. Les gens pouvaient passer de l'une à l'autre, via les passages – Claire ignorait encore comment les contrôler. Mais le réseau ne se limitait pas à cette fonction. Il pouvait modifier les souvenirs. Il pouvait même maintenir les gens à distance, si Amelie en décidait ainsi.

Myrnin avait également montré à Claire ses journaux, dans lesquels il avait consigné toutes ses recherches, depuis soixante-dix ans, sur le mal qui rongeait les vampires. L'évolution des notes, en elle-même, était glaçante : l'écriture soignée du début dégénérait progressivement en un gribouillis indéchiffrable, quand ce n'était pas du charabia.

Une petite voix intérieure continuait à la tarauder : ne ferait-elle pas mieux de se croiser les bras et de livrer les vampires à leur sort ? Et pourtant, le savoir de Myrnin, ses travaux avaient une telle valeur… Elle n'apprendrait jamais autant, jamais. Avec personne. Elle se contenterait de l'aider un peu. Rien qu'un peu.

À présent que les effets des cristaux s'estompaient, Claire se sentait épuisée. Ses muscles étaient endoloris, comme pendant une grosse fièvre, ce qui lui laissa penser que cette substance ne devait pas être très bonne pour le corps humain. Chaque battement de son cœur résonnait dans son crâne et le monde lui semblait si sombre… et confus. Elle sentit un courant d'air lui caresser la joue et elle se retourna : elle découvrit Michael, se déplaçant à une vitesse qu'elle n'aurait pas cru possible. Il pila quand il la vit assise à côté de Myrnin.

— Il était censé être…

— Enfermé dans une cage ? Je sais…

Claire se fichait d'avoir l'air amère. Elle reprit :

— Il est malade, Michael. Ce n'est pas un animal. De toute façon, aucune cage ne lui résisterait.

Michael lui parut très jeune, subitement – alors qu'il était son aîné, et un vampire.

— Claire, lève-toi et rejoins-moi, s'il te plaît.

— Pourquoi ? Il ne me fera aucun mal.

— Il ne peut pas se contrôler. Écoute, Sam m'a dit combien de personnes il avait tuées…

— On parle d'un vampire, Michael ! Évidemment qu'il…

— Combien il en a tué au cours des deux dernières années. Autrement dit, plus que tous les autres vampires de Morganville réunis. Tu n'es pas en sûreté. Maintenant, viens ici.

— Il a raison, intervint Myrnin.

Il recommençait à perdre les pédales, Claire le lisait sur ses traits, mais il luttait, se raccrochant désespérément à l'homme qu'il avait été en sa compagnie, durant cette dernière heure. L'être charmant, drôle et gentil, animé par l'excitation et la passion de son travail.

— Il est temps que tu partes.

Son sourire découvrit ses dents – ses dents, pas ses crocs. Ce sourire était tout ce qu'il y avait de plus humain.

— Je me porte très bien tout seul, Claire, ou, plutôt, j'ai rarement l'occasion de faire du mal à quiconque. Amelie enverra quelqu'un pour veiller sur moi. Et je ne peux généralement pas sortir d'ici dès que je… j'oublie les choses. J'ai beaucoup de mal à retrouver les clés et, une fois que je les ai, je ne me souviens pas comment les utiliser. Mais je me souviens toujours comment tuer. Ton ami a raison. Pars, s'il te plaît. Sans tarder. Et fais tes devoirs.

C'était idiot, bien sûr, mais l'idée d'abandonner ainsi Myrnin insupportait Claire, de le laisser avec son regard assombri par la peur et le trouble. Elle n'avait pas prémédité ce qui suivit ; sans rien décider, elle le prit dans ses bras. Elle eut l'impression d'étreindre un tronc : sous l'effet de la surprise, Myrnin se raidit comme un bloc de bois. Elle n'aurait su dire depuis combien de temps personne ne l'avait serré ainsi. L'espace d'une seconde, il résista, puis il l'enlaça en poussant un lourd soupir. Il restait raide, mais c'était un début.

— File, petit oiseau, murmura-t-il. Vite.

Elle recula ; il avait de nouveau le regard perdu dans le vide. « Un jour, il ne reviendra pas, songea-t-elle. Il restera prisonnier de la bête. » Michael se tenait juste derrière elle – Claire ne l'avait pas entendu approcher. Il lui prit la main, une expression de compassion sincère sur le visage. Pour elle, pas pour Myrnin.

— Tu l'as entendu, Claire. Dépêchons-nous.

Elle heurta la table et la petite fiole de cristaux rouges vacilla sur sa base, manquant de basculer. En la redressant, elle songea : et s'il la perd ? Il égare sans arrêt des objets. Il s'agissait seulement de les mettre en sûreté. Ça lui rendrait service, non ? Elle devait s'assurer qu'il ne les renversait pas ou ne les jetait pas…

Elle glissa le flacon dans sa poche, les joues brûlantes de honte, à moins que ce ne soit d'excitation – personne ne l'avait vue. Fallait-il le reposer ? Mais, si elle le faisait, elle avait toutes les chances de ne jamais le retrouver.

Elle ne cessa de jeter des coups d'œil par-dessus son épaule en gravissant l'escalier. Alors qu'ils n'étaient encore qu'à mi-chemin, Myrnin les avait déjà chassés de son esprit, obnubilé par ses piles de livres qu'il parcourait en grommelant avec nervosité. Il battait déjà la campagne.

Lorsque, en redressant la tête, il les aperçut, il montra les crocs. Claire courut jusqu'à la porte.

[illegible] pour [illegible]

[illegible]

[illegible] avec [illegible]

[illegible]

[illegible]

9.

Michael ne décrochait pas un mot, ce qui n'augurait rien de bon. Contrairement à Shane, il n'était pas du genre buté, mais pensif. Ce qui plongeait l'habitacle dans un silence pesant. Il faisait nuit noire dehors. Le monde semblait irréel, et Claire avait mal au crâne.

— C'est ça, le marché que tu as passé avec Amelie, finit-il par lâcher. Travailler pour lui.

— Non, j'ai d'abord conclu l'accord avec Amelie et ensuite, seulement, elle m'a dit de travailler avec lui. Ou plutôt d'apprendre ce qu'il avait à m'enseigner.

— Il y a une différence ?

— Ouais, répondit Claire en souriant. Je ne suis pas payée.

— Bien joué, petite maligne. Qui te paye alors ?

Elle n'en avait pas la moindre idée. Cette question ne lui avait pas traversé l'esprit une seule seconde. Était-ce le genre de travail qui méritait rémunération ? Au moins une prime pour risque, en tout cas…

— Je me renseignerai, proposa-t-elle.

— Non, riposta Michael d'un ton sans appel. Moi, je me renseignerai. Je dois discuter avec Amelie de cette histoire.

— Ne joue pas les grands frères avec moi, Michael, c'est trop dangereux. Tu es peut-être l'un d'entre eux, mais tu n'es pas…

— L'un d'entre eux ? Ouais, je le sais. Mais toi, Claire, tu es beaucoup trop jeune, et tu ne réalises pas ce que tu fais. Tu n'as pas grandi ici, tu ne mesures pas tous les risques.

— Quoi ? La mort ? J'ai eu de quoi le mesurer, au contraire.

Elle était épuisée et courbaturée, mais aussi, étrangement, agacée par l'attitude protectrice de Michael.

— Écoute, reprit-elle, je vais bien, d'accord ? Et puis j'ai appris plein de trucs aujourd'hui. Elle sera satisfaite, crois-moi.

— Ce n'est pas l'humeur d'Amelie qui me préoccupe, c'est la tienne. Tu es en train de changer, Claire.

Elle plongea les yeux dans les siens avant de rétorquer :

— Comme si toi, non.

— Merci de taper là où ça fait mal, Claire. Écoute, j'en ai assez de marcher sur des œufs avec Shane. Ne me force pas à prendre des pincettes avec toi aussi.

Maintenant, elle agaçait Michael, elle aussi. Super !

— Voici ce que je te propose : j'arrêterai ce genre de remarque sur ta vie si tu restes en dehors de la mienne. Tu n'es ni mon frère ni mon père…

— Non, l'interrompit-il. Mais je suis le type qui peut décider de te mettre à la porte.

Il n'oserait jamais. Jamais…

— Michael…

— Tu as passé un accord avec Amelie sans consulter personne, puis tu nous l'as caché. Reconnais-le, Claire : si je n'avais pas vu le bracelet, tu n'aurais rien avoué. Ce qui ne fait pas de toi une colocataire modèle… Et puis il y a Shane.

— Parce que c'est à moi de payer pour lui ?

— Non. Mais je ne peux pas affronter deux problèmes en même temps. Alors promets-moi d'arrêter de mentir et de prendre des risques inconsidérés, d'accord ? Je convaincrai Amelie de te dégager de ces séances de travail avec Myrnin. Tu es trop jeune ; elle devrait pourtant le savoir.

« Arrêter de mentir et de prendre des risques inconsidérés… » En se tortillant sur son siège, Claire sentit le flacon dans sa poche et se rappela l'impression de toute-puissance et de lucidité que lui avaient procurée les cristaux. Elle se demanda ce que Michael dirait si elle lui en parlait. Sans doute rien. Puisqu'il était prêt à la jeter à la rue, c'est qu'il n'en avait rien à fiche.

Il ralentit avant de s'engager dans l'allée défoncée qui menait au garage derrière la maison. Claire bondit de la voiture sans lui laisser le temps d'ajouter quoi que ce soit.

Shane se servait une bière dans la cuisine. Il leva son verre à la santé de Claire, puis en avala une gorgée et indiqua, d'un mouvement du menton, la marmite qui mijotait sur la cuisinière.

— J'ai préparé du chili. Et j'ai mis la dose d'ail.

Michael, qui venait juste de les rejoindre, lâcha un lourd soupir.

— Ça va durer encore longtemps ?

— Tu vas boire du sang encore longtemps ?

— Shane ?

— Ne t'énerve pas. Je t'en ai préparé une part sans.

Reportant son attention sur Claire, Shane se renfrogna légèrement.

— Ça va, toi ?

— Oui, pourquoi ça n'irait pas ?

— Je ne sais pas, comme ça… Laisse tomber, dit-il en lui passant un bras autour des épaules et en l'embrassant sur le front. Tu as dû passer une dure journée.

Voyons voir : le frère d'Eve l'avait menacée avec un couteau et lui avait entaillé le poignet, puis elle avait joué à cache-cache pendant des heures avec Myrnin. Est-ce que ça suffisait à qualifier une journée de mauvaise à Morganville ? Probablement pas. Il fallait au moins avoir croisé un mort pour ça, non ?

Tandis que Michael allait s'installer dans le salon, Claire se servit un bol de chili. Ça sentait délicieusement bon… et paraissait très épicé. Elle faillit s'étrangler en le goûtant : elle avait l'impression d'avoir de la lave en fusion sur la langue. La moindre sensation semblait l'agresser depuis qu'elle avait quitté Myrnin ; ça devait être un effet secondaire des cristaux.

— J'ai cru entendre ta voix aujourd'hui, déclara Shane. Trop zarbi… Elle a jailli de nulle part. Ça m'a rappelé l'époque où Michael n'était pas vraiment là la journée…

L'époque où il était un fantôme.

— Tu as pensé que j'étais… ?

— J'ai pensé qu'il t'était peut-être arrivé quelque chose. Je t'ai appelée sur ton portable. Sur le nouveau.

Claire l'avait oublié dans son sac à dos : elle le sortit et constata que Shane lui avait passé trois coups de fil. Et laissé trois messages.

— Désolée, je ne l'ai pas entendu. Il va falloir que j'augmente le volume de la sonnerie.

Il la dévisagea et son expression la fit fondre.

— Je m'inquiète pour toi, dit-il en posant une main sur sa joue. Tu le sais, non ?

Après avoir acquiescé, elle le serra dans ses bras. Contrairement à Myrnin, son corps, tiède et vivant, répondit à son étreinte avec douceur. Lorsqu'il l'embrassa, elle sentit un parfum de bière et de chili, qui se dissipa presque aussitôt. Bientôt, il n'y eut plus que Shane, et son parfum bien à lui. Claire oublia Myrnin et la physique, à part, peut-être, les phénomènes de friction. Shane la plaqua contre la cuisinière et la douce chaleur du brûleur lui caressa le dos – elle était trop concentrée sur leurs baisers pour s'inquiéter de prendre feu à cause d'une source extérieure. Shane avait cet effet sur elle.

— Tu m'as manqué, susurra-t-il en effleurant ses lèvres des siennes. Ça te dirait de monter dans ma chambre ?

— Et mon chili ?

— Nos plats sont aussi à emporter, mademoiselle.

Claire songea que son état avait du bon : si ses terminaisons nerveuses étaient particulièrement sensibles, ça n'en rendait les caresses de Shane que plus douces. En temps normal, elle se serait sentie gênée, hésitante et un peu effrayée, mais l'après-midi écoulé, depuis sa rencontre avec Jason jusqu'à sa séance avec Myrnin, avait comme chassé tous ces sentiments.

— Je n'ai pas faim, murmura-t-elle. Viens.

En montant les marches quatre à quatre, poursuivie par Shane, elle eut l'impression d'être redevenue une petite fille insouciante. Une fois dans sa chambre, il la souleva par la taille et la fit tournoyer avant de claquer la porte, et elle poussa un cri de joie. Puis elle se nicha contre son torse puissant et l'embrassa, hors d'haleine.

Les baisers de Shane lui donnaient l'impression que leur vie en dépendait. Ou qu'il s'agissait d'une épreuve officielle des jeux Olympiques et qu'il était décidé à remporter une médaille. Une petite voix tout au fond de sa tête la mettait en garde, lui répétant que ça allait beaucoup trop vite, qu'elle leur compliquait la situation à tous les deux, mais c'était plus fort qu'elle. Il ne fallut pas longtemps pour qu'ils atterrissent sur le lit de Shane et qu'il glisse ses doigts tièdes sous son tee-shirt, lui caressant les hanches et le bas du dos. Claire en eut le souffle coupé. Et lorsqu'il pressa sa paume sur son ventre, elle perdit complètement le contrôle, rêvant soudain de sentir ses mains un peu partout sur son corps. Partout. Son cœur tambourinait si fort qu'elle en avait le vertige. Tout était si… parfait. Elle remonta lentement son tee-shirt, et l'air frais lui chatouilla le ventre. Shane l'arrêta.

— J'en ai envie, chuchota-t-elle contre sa bouche. Je t'en prie, Shane. J'en ai très envie.

Elle se redressa pour dégrafer son soutien-gorge.

— Je t'en prie, répéta-t-elle.

Il s'écarta d'elle, la tête baissée. Quand il la redressa, ses yeux étaient deux immenses flaques sombres dans lesquelles elle aurait pu se noyer à tout jamais.

— Je sais, finit-il par dire. Moi aussi. Mais j'ai fait des promesses, et je vais les tenir. Notamment à tes parents. Et ton père n'est pas du genre à plaisanter.

Un petit sourire amer se dessinait sur ses lèvres lorsqu'il ajouta :

— Parfois, je te jure, j'aimerais être quelqu'un d'autre.

— Mais… commença-t-elle avant de sentir son soutien-gorge glisser et de le retenir *in extremis*.

Elle se trouvait ridicule maintenant. Et elle était vexée.

— Ne boude pas, Claire, soupira-t-il. Je ne suis pas un saint, c'est certain. Et crois-moi, en te voyant, un saint serait prêt à acheter des préservatifs, quitte à devoir se confesser après. Mais la question n'est pas là. J'ai fait une promesse et tenir parole est la dernière chose à laquelle je peux me raccrocher ici.

Elle le désirait avec une férocité qui ne lui ressemblait pas, mais, étonnamment, à la façon dont il prononça ces mots, à la façon dont il la regarda au fond des yeux, la violence se transforma en un sentiment pur et rassurant.

— Sans oublier, ajouta-t-il, que je n'ai plus de capotes et que je déteste me confesser.

Il l'enlaça et rattacha son soutien-gorge avec une aisance qui trahissait sa pratique. Elle lui jeta un oreiller.

Quelqu'un farfouillait dans l'arrière-cour.

Claire se réveilla en sursaut, tous les sens en alerte : elle distinguait un lointain bruit de ferraille. Elle se précipita à la fenêtre et jeta un œil entre les rideaux. Les fenêtres de sa chambre offraient un point de vue privilégié sur la clôture d'un côté et les poubelles de l'autre.

Il y avait bien quelqu'un, une silhouette noire qui se découpait sur le clair de lune. Elle se déplaçait, mais Claire était trop loin pour voir ce qu'elle faisait. Sans hésiter, elle composa le numéro de la police et demanda à parler à Joe Hess ou Travis Lowe. Ce fut ce dernier qui répondit : en dépit de l'heure tardive – trois heures du matin –, il semblait parfaitement réveillé. Claire lui décrivit la scène qui se déroulait sous ses yeux en chuchotant, comme si la silhouette risquait de l'entendre.

— C'est sans doute Jason, conclut-elle.

À l'autre bout du fil, l'inspecteur prenait des notes ; elle entendait le grattement du stylo sur le papier.

— Pourquoi Jason ? Tu peux distinguer son visage ?

— Non, mais il m'a dit… il a quasiment avoué. Pour les filles mortes. Je suis sincèrement persuadée que c'est lui.

— Il t'a menacée, Claire ?

Sentant que la plaie sur son poignet continuait à l'élancer, elle répondit :

— En quelque sorte. Je comptais vous en parler, mais… j'ai… j'ai eu des choses à faire.

— Des choses plus importantes que nous mettre au courant ? Peu importe… Alors, que s'est-il passé ?

— Je vous expliquerai plutôt quand vous serez là, non ?

— Une voiture de patrouille est déjà en route. Où as-tu croisé Jason ?

— À la fac.

Elle lui raconta toute l'histoire, et il ne l'interrompit pas une seule fois, continuant à prendre des notes. Pendant qu'elle reprenait son souffle, Travis fit remarquer :

— Tu te rends compte que tu as été complètement inconsciente, Claire ? Écoute, la prochaine fois, tu hurles à l'aide. Et enregistre nos numéros, à Joe et à moi, dans le répertoire de ton téléphone. Jason doit être pris très au sérieux.

— Mais… on était en public. Il n'aurait jamais…

— Demande à Eve ce qu'il a fait pour atterrir en prison. La prochaine fois, n'hésite pas. Ce n'est pas une question de faiblesse ; c'est une question de survie. Crois-moi.

— D'accord, convint-elle, la gorge serrée.

— Il est toujours là ?

— Aucune idée, je l'ai perdu de vue. Il a peut-être décampé.

— Les officiers devraient arriver d'une seconde à l'autre ; ils vont essayer de le prendre par surprise. Tu vois quelque chose ?

— Non, mais ma chambre donne sur l'arrière de la maison.

Comme un mouvement attirait son attention dans le jardin, elle sentit une poussée d'adrénaline.

— Je pense… je pense qu'il est là. Et qu'il s'approche de la maison. De la porte de la cuisine.

— Va réveiller Michael et Shane. Et vérifie qu'Eve va bien. Fonce, Claire.

Sans perdre de temps à s'habiller – le tee-shirt qu'elle portait pour dormir lui tombait aux genoux, de toute façon –, elle déverrouilla sa porte et hurla de toutes ses forces. Enfin, elle essaya plutôt, parce qu'aucun son ne franchit ses lèvres : Oliver l'avait bâillonnée et elle sentit son cri mourir dans sa gorge. Il la souleva et elle racla ses talons sur le parquet en se débattant ; il la tenait fermement néanmoins et elle ne réussit qu'à laisser tomber son téléphone portable. Elle entendit la voix distante de Lowe, qui fut bientôt masquée par les murmures d'Oliver à son oreille :

— Je veux juste parler. Ne me force pas à te faire du mal, ma belle. Tu sais que j'hésiterai pas.

Elle se calma, cherchant à reprendre son souffle. Était-ce lui qu'elle avait aperçu dans le jardin ? Comment était-il monté aussi vite ? Et comment avait-il pu déjouer les protections de la maison ? Mais non ! Elles servaient de défense contre les humains, à présent que Michael était un vampire. Oliver pouvait aller et venir à sa guise. L'horreur…

— Tu es une bonne fille, chut… susurra-t-il.

Après avoir balayé le couloir du regard, il écarta le tableau dissimulant l'interrupteur secret. Le panneau de bois situé en face de la chambre d'Eve s'ouvrit en poussant un soupir discret, et Oliver entraîna Claire à l'intérieur, puis referma. La commande, de ce côté-ci, se trouvait au sommet d'une volée de marches ; Claire ne pourrait jamais l'atteindre avant Oliver. Lorsqu'il la libéra, elle n'esquissa pas le moindre geste.

— J'ai songé qu'il était temps d'avoir une petite discussion avec toi, reprit-il à un volume normal (il ne craignait plus d'être entendu des autres habitants de la maison). Tu as signé un contrat avec Amelie. Ça me fait beaucoup de peine, Claire. Je croyais que nous avions un lien particulier, toi et moi. Et, après tout, je te l'ai proposé le premier.

Il lui sourit de ce sourire froid et hypocrite où, dans les premiers temps, Claire avait lu, à tort, de la gentillesse.

— Tu as refusé mon offre, compléta-t-il. Alors, naturellement, je m'interroge : pourquoi as-tu préféré la proposition d'Amelie ?

S'il connaissait sans doute l'existence de Myrnin, il devait tout ignorer de ses activités. Les instructions d'Amelie à ce sujet avaient été très claires : Claire ne pouvait en parler à personne.

— Elle sent meilleur, répondit Claire. Et elle me prépare des gâteaux.

Avec la journée qu'elle venait de passer, Oliver lui paraissait moins terrifiant, soudain. Jusqu'à ce que ses crocs jaillissent et que ses pupilles se dilatent, engloutissant ses iris.

— Je n'ai aucune envie de jouer, Claire. Tu sais que les murs sont insonorisés, non ? C'est ici qu'Amelie s'amusait avec ses victimes. Une sorte de chambre de torture, si tu veux. Dans laquelle tu es enfermée. Alors, je te conseille d'être un peu plus polie si tu as envie de revoir le soleil.

Claire brandit son bracelet gauche. Le jonc d'or scintilla dans la pénombre.

— Allez vous faire voir, Oliver. Vous ne pouvez pas me toucher. Ni personne d'autre dans cette maison. J'ignore comment vous êtes entré, mais…

Il lui agrippa le poignet droit et arracha le pansement qui recouvrait son entaille. Celle-ci se rouvrit et un filet de sang s'en échappa. Oliver le lécha.

— Vous êtes répugnant ! s'écria Claire. Lâchez-moi ! Lâchez-moi !

— Tu appartiens à Amelie, dit-il en la libérant. Je le sais au goût de ton sang. À ton odeur. Tu as raison, je ne peux plus te toucher. Mais tu te trompes pour les autres. Tant qu'ils sont ici, la maison garantit leur sûreté, mais pas dehors. Pas dans ma ville. Ils ne tiendront pas longtemps.

— J'ai passé un accord.

— Ah bon ? T'es-tu assurée qu'il mentionnait, noir sur blanc, que tes amis étaient garantis contre toute attaque ? Permets-moi d'en douter, petite Claire. Nous rédigeons des accords depuis des millénaires, et tu n'as que seize ans. Tu n'as pas la moindre idée de ce que tu as signé.

Oliver semblait presque avoir de la peine pour elle, ce qui donnait à son laïus quelque chose d'effrayant. Il s'adossa contre la porte, les bras croisés. Il avait l'habituelle panoplie du chic type – tee-shirt baba cool et pantalon large en coton –, sans oublier sa queue-de-cheval. Il avait dû venir directement après la fermeture de son établissement ; il sentait le café. Claire se demanda ce qu'il portait pendant ses jours de repos quand il n'avait personne à intimider. Un pyjama ? Des pantoufles en forme d'animaux ? Si elle avait appris quelque chose depuis son arrivée à Morganville, c'était bien que les vampires avaient des côtés imprévisibles, bons comme mauvais.

— Très bien, lâcha-t-elle en reculant jusqu'à ce que ses talons heurtent la première marche, où elle s'assit. Dites-moi ce que j'ai fait.

— Tu as perturbé l'équilibre des forces de la ville, petite Claire. Vois-tu, Amelie avait l'intention de régner seule sur ce royaume. Elle me croyait mort à l'époque. À mon arrivée ici, il y a de cela un an, beaucoup ont préféré m'écouter moi plutôt qu'elle. Pas tous, bien entendu, pas même la majorité, mais… Au cours de sa longue existence, Amelie ne s'est pas fait énormément d'amis. Et les humains ne sont pas les seuls prisonniers, ici, tu sais. Les vampires aussi.

C'était un sacré scoop.

— Comment ça ? demanda-t-elle.

— Nous ne pouvons pas quitter la ville. Il nous faut sa permission. Ainsi que je te l'expliquais, elle se prend pour la Reine Blanche du royaume et la plupart la laissent vivre son fantasme en paix. La plupart mais pas tous. J'avais réussi à négocier une sorte… d'arrangement avec elle. Un certain nombre d'entre nous aurait pu quitter la ville et bâtir une communauté sur laquelle elle n'aurait exercé aucune influence. La situation n'a pas évolué depuis une cinquantaine d'années, depuis qu'elle a créé son dernier vampire. À présent, Amelie éprouve le besoin de garantir sa position. Et elle s'est donc placée en travers de mon chemin. Elle ne m'autorise pas à faire le moindre mouvement sans son autorisation.

Il baissa les yeux vers Claire et son regard la glaça jusqu'au plus profond de son être.

— Je n'aime pas la contrainte. Ça a tendance à me mettre… dans de mauvaises dispositions.

— Pourquoi m'en parler à moi ? Qu'est-ce que j'y peux ?

— Petite imbécile ! Tu es devenue son jouet préféré. Elle te passe tous tes caprices et j'aimerais en comprendre la raison.

Amelie ne s'était pas montrée très conciliante lors de leur dernière entrevue, même si le téléphone portable flambant neuf que Claire avait abandonné dans le couloir pouvait donner une impression contraire.

— Je n'en ai aucune idée ! répondit-elle.

— Elle a besoin de toi, pour une raison ou une autre. Forcément. Elle a vu des villes entières succomber sans verser une larme ou lever le petit doigt. Amelie ne connaît pas l'altruisme.

Myrnin. C'était à cause de Myrnin. Claire ne pouvait pas fournir cette explication à Oliver, d'autant qu'elle ne comprenait pas elle-même toute la situation. Ce type la déstabilisait – parfois, elle avait l'impression qu'il était capable de lire dans ses pensées.

— Peut-être se sent-elle seule, hasarda-t-elle.

Il éclata d'un rire pareil à un aboiement, dépourvu de toute gaieté.

— Elle l'aurait bien cherché ! Dis-moi pourquoi elle a besoin de toi, Claire, ajouta-t-il en s'approchant d'un pas. Dis-moi ce qu'elle cache et je te proposerai un contrat. Sans entourloupes. Un contrat garantissant directement la protection de tes amis. Personne ne pourra leur faire de mal.

Elle ne répondit rien, cette fois, se contentant de soutenir son regard. Elle n'osait pas baisser la tête. Tout en le fixant, elle eut cette impression désagréable qu'il se faufilait dans son dos, prêt à l'attaquer sans vergogne quand elle s'y attendrait le moins. Il poussa un soupir de frustration.

— Petite imbécile…

La contournant, il gravit l'escalier avec une telle légèreté que les planches craquèrent à peine. Une seconde plus tard, la porte s'ouvrit avec un chuchotis. Claire se redressa et attendit d'avoir retrouvé son aplomb pour sortir dans le couloir. Aucun de ses colocataires n'avait rien entendu. La maison était aussi silencieuse qu'un cimetière.

Oliver referma les mains sur ses épaules et l'écarta du passage en la soulevant comme si elle ne pesait pas plus lourd qu'une plume. En la reposant, il lui chuchota à l'oreille :

— Pas un bruit, Claire. Si tu réveilles tes amis et qu'ils se lancent à mes trousses, je n'hésiterai pas à vous éliminer tous. Compris ?

Elle acquiesça. La pression glaciale des mains d'Oliver s'estompa, mais pas sa présence : elle fut donc surprise de découvrir, en se retournant, qu'il avait disparu. Comme s'il n'avait jamais été là. Elle pressa l'interrupteur caché derrière le tableau et la porte secrète se referma. Puis elle ramassa son téléphone portable ; l'appel était terminé, Travis Lowe devait déjà être en route, toutes sirènes hurlantes.

Elle s'assit pour se préparer à la panique qui allait suivre.

La police devait tenir une piste sérieuse : non seulement la cour et l'allée qui longeait la maison étaient désormais délimitées par un cordon de sécurité, mais elles grouillaient d'individus en combinaison blanche récoltant des preuves comme dans un épisode des *Experts*. Juste à côté, une énorme camionnette aux vitres teintées contenant sans doute des vampires, inspecteurs ou médecins légistes, bloquait le passage – l'emblème de la police de Morganville ornait un de ses flancs. Claire en déduisit que la majorité des personnes qui envahissaissaient la zone n'étaient pas humains. En résumé, des morts qui cherchaient à résoudre des crimes. Voilà qui était inouï.

Claire se sentait à côté de ses pompes. Elle avait la tête qui tournait. Et le monde semblait mis à distance. La nuit passée lui apparaissait comme un rêve, noyé dans la brume.

Quelqu'un sonnait à la porte en bas. Elle ne quitta pas son poste devant la fenêtre de sa chambre – son corps ne lui répondait plus vraiment, de toute façon. C'était sans doute la police. Ainsi que Claire l'avait prédit, Travis Lowe avait accouru et, après s'être assuré qu'elle n'avait pas été mordue, il avait rameuté les troupes. À présent, il devait s'agir des inspecteurs Gretchen et Hans, à moins que ce ne soit Richard Morrell, venant prendre sa déposition.

En baissant les yeux sur son tee-shirt, Claire songea qu'elle ferait mieux de s'habiller. Des traces de sang séché maculaient son poignet et elle pressa le tissu pour stopper le mince filet qui s'écoulait encore de la plaie. Super, maintenant, non seulement elle était à moitié nue, mais en plus sa chemise de nuit était bonne pour la lessive.

En dix minutes, elle fut douchée et habillée, le bras bandé. Puis, ne pouvant plus reculer, elle descendit sur la pointe des pieds. Elle attira immédiatement les regards de ses trois colocataires, réunis dans le salon. Elle pila net en découvrant leurs expressions étonnées.

— Quoi ? Qu'est-ce que j'ai encore fait ?

Michael se décala d'un pas de côté pour que Claire puisse voir qui feuilletait un tabloïd à la couverture rose fluo, installé dans un fauteuil, les jambes croisées. Monica Morrell. Elle portait un top rose moulant qui clamait, en lettres de strass, PRINCESSE, et un microshort blanc que même l'héroïne de *Shérif, fais-moi peur !* n'aurait pas osé enfiler. Cette tenue mettait son bronzage en valeur. Pendant qu'elle lisait, elle faisait nonchalamment rebondir sa tong rose ornée d'une fleur jaune – ses pieds étaient, bien entendu, parfaitement soignés.

— Salut, Claire ! s'écria-t-elle en se levant. Je me disais qu'on pourrait aller prendre un petit déj'.

— Je… quoi ?

— Un petit déjeuner, répéta Monica en articulant. Le repas le plus important de la journée. Tes parents ne t'ont rien appris ou quoi ?

— Je ne comprends pas, insista Claire, déstabilisée par cette visite. Qu'est-ce que tu fabriques ici ?

Adossé au mur, Shane fusillait Monica du regard. Il était particulièrement ébouriffé ce matin-là, et Claire dut se retenir d'aller passer la main dans ses cheveux épais.

— Bonne question, Claire, ironisa-t-il. Tout comme celle-ci : qui l'a laissée entrer ? Maintenant, on va être obligés de jeter ce fauteuil. L'odeur ne partira jamais.

— C'est moi qui lui ai ouvert, répondit Michael, ce qui lui valut un coup d'œil furibard de son coloc. Et calme-toi ! J'ai préféré éviter une engueulade sur le perron alors que les flics ont bouclé le quartier. Côté ennuis, on a déjà assez donné, non ?

— *On*, visage pâle ?

— La ferme, mec.

Sentant sa migraine revenir au galop, Claire se frictionna les tempes. Elle s'efforça d'ignorer Michael et Shane pour se concentrer sur Monica, qui avait un sourire malveillant aux lèvres.

— Ça t'amuse, hein ? lança Claire.

Monica haussa les épaules, puis répliqua :

— Bien sûr. Ils adorent me traiter comme une ordure… Je ne suis pas mécontente de les voir s'écharper entre eux. Ça change, c'est tout… Alors ? Je sais que tu aimes le café, je t'ai vue en boire.

Eve s'interposa entre elles deux et, l'espace d'une seconde, Claire trouva à son amie un air très… inquiétant.

— Tu ne l'emmèneras nulle part. Et encore moins à proximité de cette enflure.

— De quelle enflure veux-tu parler ? Parce que je te rappelle que Claire vit ici, ce qui signifie qu'elle n'est pas très regardante sur ses relations.

En voyant Eve serrer les poings, Claire craignit qu'elle ne perde les pédales et ne colle un pain à Monica, en plein sur sa moue boudeuse. Mais Eve se contrôla… *in extremis.* Et lâcha :

— Barre-toi. Tout de suite. Avant qu'il ne t'arrive un malheur que je ne regretterai pas du tout.

— Excuse-moi, riposta-t-elle après l'avoir toisée, tu as dit quelque chose ? Je devais être ailleurs. Claire ? Je ne suis pas venue faire la conversation aux retardés mentaux. Je cherche juste à me montrer amicale. Si tu n'as pas envie de m'accompagner, il te suffit de me le dire.

Claire dut ravaler un fou rire tant la situation était ridicule. Comment avait-elle atterri au milieu de ce cirque ?

— Que veux-tu vraiment ? demanda-t-elle.

Monica écarquilla, très légèrement, ses magnifiques yeux.

— Te parler en tête à tête sans avoir à m'appuyer la bande de nazes. Voilà pourquoi j'ai proposé qu'on s'attable autour d'un petit déjeuner, mais si tu es allergique aux viennoiseries et au café…

— Je n'ai rien à cacher à mes amis, tu peux très bien me parler devant eux.

Monica haussa les sourcils avant de lâcher, l'air amusé :

— Très bien, tu l'auras voulu. Alors, ajouta-t-elle en posant son regard sur Shane, où se trouvait ton mec hier soir après minuit ?

— Qui ? Shane ?

À quelle heure l'avait-elle quitté, d'abord ? Tard, mais avant minuit.

— Mêle-toi de tes oignons, cracha Shane. Eve t'a dit de dégager. Si tu ne bouges pas, je me ferai un plaisir de te jeter par la fenêtre pour voir si tu rebondis sur le gazon. Et je me fous que tu lèches les bottes d'une sangsue. Je t'interdis de venir ici et…

— Shane, l'interrompit Monica avec un calme très travaillé, ferme-la. Je t'ai vu, crétin.

Claire s'attendait à une repartie mordante de Shane, mais il semblait avoir avalé sa langue. Il attendait, le regard sombre.

— Ils ne sont pas au courant, si ? poursuivit Monica en tapotant son magazine, roulé sur lui-même, contre sa hanche. Waouh ! Le vilain garçon a ses petits secrets. Tu devrais savoir qu'ils finissent toujours par être éventés…

— Ta gueule, Monica.

— Sinon quoi ? Tu me buteras ? Il ne resterait pas la moindre trace de ton ADN quand ils en auraient fini avec toi, Shane. Ou avec aucun d'entre vous, d'ailleurs. Et vos familles.

— De quoi elle parle ? s'écria Eve. Shane ?

— De rien du tout.

— « De rien du tout », se moqua Monica. Nier en bloc, quel plan intelligent ! En même temps, je ne peux pas dire que ça me surprenne, venant de toi.

Michael s'était rembruni, et Claire avait du mal à rester de marbre. Shane tourna ses yeux sombres vers chacun de ses colocataires, Claire la dernière.

— Les flics ne trouveront aucun cadavre dans votre cour. Ni ailleurs dans votre maison, expliqua Monica. Et ce, parce que Shane a déplacé le corps hier soir.

Celui-ci continuait à se murer dans le silence. Claire se couvrit la bouche avant de lâcher :

— Non, tu mens.

— Ah oui ? dit-elle en croisant les bras. Et pourquoi ferais-je une chose pareille ? Pourquoi avouerais-je que je surveillais votre maison si j'avais le choix ? Je me serais bien dispensée de cette humiliation, crois-moi. Écoute, si je mens, il n'a qu'à le dire. Vas-y, pose-lui la question, conclut-elle sans quitter Shane des yeux.

Après quelques secondes d'un silence glacial, Michael interpella son colocataire :

— Purée, Shane, c'est quoi ce bordel ?

— Je n'avais pas le choix ! riposta-t-il. J'ai entendu un bruit dans la cave hier soir en sortant de la cuisine. Je suis descendu voir. Et…

Claire vit sa pomme d'Adam remonter lorsqu'il déglutit.

— Elle était déjà morte. Elle se trouvait au pied des escaliers, comme si quelqu'un l'avait déposée là… tout simplement. L'espace d'une seconde, j'ai cru que c'était… (Il jeta un coup d'œil furtif à Eve.) J'ai cru que c'était toi. Je me suis imaginé que tu avais trébuché et dévalé les marches, ou un truc dans le genre. Mais en m'approchant, j'ai réalisé que je m'étais trompé. Et que la fille était morte, pas assommée.

Eve se laissa tomber de tout son poids sur le bras du canapé, visiblement aussi estomaquée que Claire.

— Qui était-ce ?

— Sans doute une étudiante, je ne la connaissais pas… et elle ne portait pas de bracelet.

Shane inspira bruyamment avant d'ajouter :

— Comme on croule déjà sous les emmerdes, j'ai pris la décision de me débarrasser d'elle. Je l'ai enveloppée dans une couverture et je l'ai mise dans le coffre de ta voiture…

— Quoi ? s'exclama Michael.

— Et je l'ai déposée à l'intérieur de l'église. Je ne voulais pas l'abandonner… n'importe où. J'ai pensé…

Il secoua la tête, puis conclut :

— J'ai pensé que c'était ce qu'il y avait de mieux à faire.

Monica soupira ; elle fixait ses ongles avec un ennui outré.

— Ouais, tout ça est très touchant, Shane. Cela dit, en ce qui me concerne, je t'ai vu hisser un macchabée dans le coffre de la voiture de Michael. Et il me tarde de le répéter à mon frère. Vous le connaissez, je crois. Il est flic.

Incroyable ! Claire lui hurla quasiment dessus :

— Qu'est-ce que tu veux ?

— Je te l'ai dit. Petit-déjeuner, rétorqua-t-elle avec un sourire bidon de star hollywoodienne. S'il te plaît. Si tu acceptes, je pourrais tout oublier. Surtout que j'étais dehors après le couvre-feu et que je n'ai pas très envie d'expliquer pourquoi. Essayons de voir notre intérêt commun.

Ça ressemblait à un marché, mais ça n'en était pas un : Monica avait toutes les cartes en main. Et eux aucune.

— Il n'y a aucun cadavre dans la cour, alors, hasarda Claire. Tu nous garantis que la police ne trouvera rien ?

— Je crois, répondit-elle. Dans le cas contraire, ça craindrait pour vous, non ?

Avec une moue, elle envoya un baiser à Shane.

— Tu as du cran… Pas de cervelle, mais du cran. Malgré tout, je parie que tu as réfléchi à la situation. Tu t'es dit que, Michael étant désormais l'un des élus, les humains ne pouvaient pas mettre le pied dans cette maison sans être invités. Il n'y avait donc que deux explications possibles : il s'agissait de l'œuvre soit d'un vampire, soit de l'un d'entre vous. En tout état de cause, ça n'allait pas être joli joli. Quelqu'un allait devoir payer… Je voterais pour toi, ajouta-t-elle en levant la main.

— Fous-lui la paix ! lança Claire. Tu veux sortir, très bien, allons prendre un petit déjeuner… N'essaie pas de me retenir, Eve.

Celle-ci referma aussitôt la bouche, sans avoir prononcé un seul mot.

— Discutez-en tous les trois, ajouta Claire. Je n'en ai pas pour longtemps. Croyez-moi sur parole, je ne suis pas sûre de pouvoir avaler quoi que ce soit.

Acquiesçant comme si elle n'avait jamais douté de l'issue de cette conversation, Monica rejoignit la porte d'entrée avec une démarche chaloupée de mannequin. De dos, son short constituait carrément une atteinte à la pudeur, mais, en dépit de l'aversion qu'elle leur inspirait, Shane et Michael ne purent s'empêcher d'admirer la vue.

— Les mecs… grommela Claire en récupérant son sac à dos au passage.

Claire n'avait pas remis les pieds au Starbucks depuis belle lurette : le café n'avait pas changé, conservant son atmosphère bohème et chaleureuse. Il était bondé d'étudiants passés chercher leur dose quotidienne de caféine et, si Claire ne le connaissait pas aussi bien, elle n'aurait jamais voulu croire que le type souriant derrière le comptoir était un vampire. Lorsque Oliver croisa son regard, il lui adressa un léger signe de tête.

— Ça me fait plaisir de te revoir, dit-il sans se départir de son expression affable. Qu'est-ce que je te sers ?

Même si Claire répugnait à l'admettre, Oliver préparait les meilleurs cafés de la ville. Il était même plus doué qu'Eve.

— Un Mocha. Avec de la crème fouettée.

Elle dut se retenir d'ajouter une formule de politesse : elle n'avait aucune envie d'être aimable avec lui – il avait léché le sang sur son poignet deux heures plus tôt ! Le moins qu'elle pouvait faire était de ne pas lui dire « merci ».

— La maison te l'offre, lança-t-il en refusant les cinq dollars que Claire avait sortis de la poche de son jean. Pour célébrer ton retour. Comme d'habitude, Monica ?

— Un déca avec une larme de lait écrémé et du sucre rose, confirma-t-elle. Dans une vraie tasse, hein, je ne veux pas d'un de ces gobelets en polystyrène.

— Un simple oui aurait suffi, riposta-t-il.

Au moment où Monica pivotait sur les talons, il la retint par le poignet – si discrètement qu'à part Claire personne n'avait rien dû remarquer.

— Claire est mon invitée, mais toi, Monica, tu paies. Tu te prends peut-être pour une princesse mais, crois-moi, j'en ai rencontré de vraies et tu ne fais pas le poids.

Il sourit, mais son regard resta glacial.

— Enfin, « rencontré » n'est peut-être pas le bon terme.

— Croqué ? suggéra Claire d'un ton ironique.

Le sourire d'Oliver s'assombrit.

— Ah ! on ne vantera jamais assez le charme et la pertinence des jeunes générations. Ça me réchauffe le cœur.

Oliver libéra Monica, qui rougissait, pour aller préparer leur commande. En jetant un regard noir à Claire – comme si c'était sa faute ! –, elle fondit sur une table dans un coin. Celle sur laquelle feu Brandon avait jeté son dévolu. Elle était occupée par deux jeunes étudiantes et encombrée de livres ; Monica affecta une pose belliqueuse.

— Tu es assise à ma place, dit-elle. Dégage.

Les deux filles, plus petites que Monica, levèrent des yeux comme des soucoupes vers elle.

— Laquelle ? bredouilla l'une d'elles.

— Les deux, rétorqua sèchement Monica. J'ai besoin de place. Du balai !

Après avoir rassemblé leurs affaires à la hâte, elles détalèrent, manquant de renverser leur café sur Claire dans la précipitation.

— Tu étais obligée de faire ça ? demanda-t-elle à Monica.

— Non, mais je me suis bien amusée, répliqua-t-elle en croisant ses longues jambes bronzées et en tapotant la table. Allez, Claire. Installe-toi. Nous avons beaucoup de sujets à aborder.

Claire n'avait aucune envie d'obéir, mais à quoi bon rester plantée là comme une idiote ? Elle prit donc une chaise, posa son sac à dos à ses pieds et fixa son attention sur le plateau carré de la table. Elle apercevait la tong de Monica qui rebondissait. Pour une raison idiote, ça lui rappela Myrnin.

— C'est mieux, commenta Monica d'un ton dégoulinant de suffisance. Alors, raconte-moi tout.

— Tout quoi ?

— La mission qu'Amelie t'a confiée. La mission supersecrète. Enfin, Claire, il est évident que si elle a jeté son dévolu sur toi, ce n'est ni pour ton physique ni pour ton charme, mais pour ta cervelle. Ça tombe sous le sens.

Monica avait plus de neurones qu'elle n'en donnait l'impression.

— Amelie ne m'a chargée d'aucune mission, mentit Claire. Ça viendra peut-être, je n'en sais rien.

Elle triturait nerveusement le jonc autour de son poignet gauche – celui-ci commençait à lui évoquer les bracelets en plastique que les biologistes plaçaient sur les espèces en voie de disparition. Et les spécimens de laboratoire. Claire se risqua à relever la tête : Monica avait les yeux mi-clos.

— Ah, vraiment... Voilà qui est décevant. Je comptais sur toi pour me fournir une information monnayable. Tant pis ! Parlons de notre marché, alors.

— Notre marché ?

D'abord Jason, maintenant Monica. Quand Claire s'était-elle transformée en négociatrice ?

— Je voudrais parler à Amelie, solliciter sa protection. Tu pourrais m'introduire auprès d'elle et me recommander ?

— Demande-lui toi-même !

— Je le ferais si elle me laissait l'approcher. Apparemment, elle ne m'aime pas.

— Je ne comprends pas pourquoi... murmura Claire entre ses dents.

Monica la dévisagea, mais son expression était étonnamment dépourvue de son ironie et de son mépris habituels. Elle semblait presque... sincère.

— Depuis la mort de Brandon, Oliver reprend ses contrats. Seulement il échange la moitié d'entre eux avec d'autres vampires. Contre des services. Si je ne contracte pas un meilleur accord, Dieu seul sait ce qui pourrait m'arriver.

En indiquant le bracelet de Claire, elle ajouta :

— Autant taper directement en haut de l'échelle.

Claire tambourina de ses ongles courts sur la table – pourquoi Oliver mettait-il autant de temps à les servir ? Elle se demanda soudain s'il était raisonnable d'avaler une boisson préparée par un vampire qui l'avait menacée quelques heures plus tôt… Enfin, si Oliver en avait après sa vie, il avait bien d'autres moyens de parvenir à ses fins, non ? Et elle crevait d'envie de boire un café…

— Oliver est ton Protecteur, maintenant ?

— Pour le moment. Jusqu'à ce qu'il décide d'échanger mon contrat contre quelque chose de plus important à ses yeux.

— C'est lui qui t'a chargée de me cuisiner ?

— J'ai vraiment l'air du genre à m'occuper des basses besognes des autres ?

— Peut-être bien.

Monica semblait avoir avalé sa langue. Le silence qui s'installa n'avait rien de confortable, et Claire fut soulagée qu'Oliver les appelle au bar pour récupérer leur commande. Elle fonça prendre son Mocha et, après avoir hésité, rapporta également la boisson de Monica. Le tout en réussissant à éviter de croiser le regard d'Oliver. Monica, qui s'était levée elle aussi, fut surprise de constater que Claire avait deux tasses.

— Quoi ? lança-t-elle. Ça s'appelle la politesse ; tes parents n'ont pas dû t'apprendre ce que c'était. Ça ne signifie pas pour autant que je t'apprécie.

Après s'être, selon toute vraisemblance, creusé les méninges afin de trouver une repartie, Monica se contenta d'un simple merci. Ce qui, Claire devait bien le reconnaître, était sans doute la chose la plus gentille que Monica lui ait jamais dite. Claire se rassit.

— Es-tu obligée de faire tout ce qu'il te demande ? l'interrogea-t-elle en désignant Oliver d'un mouvement de la tête.

Monica haussa une épaule ; elle n'avait pas de meilleure réponse que ce geste de semi-indifférence.

— Alors, en réalité, tu n'avais pas envie de me parler, si ? Tu obéissais juste à un ordre.

— Pas seulement. J'ai voulu saisir l'opportunité d'entrer en contact avec Amelie, dit Monica avec un petit sourire amer. Et puis, regarde, tu es devenue une star. Tout le monde veut te connaître, les vampires comme les humains. Ils fouillent dans ton histoire familiale. Le moindre de tes pets est maintenant de notoriété publique.

— Quoi ?

Claire faillit s'étrangler avec sa première gorgée de Mocha.

— La Fondatrice n'est pas ce qu'on pourrait appeler accessible. Et la plupart des vampires ne la cernent pas mieux que toi ou moi. Ils cherchent en permanence un indice qui leur permettrait de la comprendre, de comprendre les raisons de sa présence ici, dans cette ville. Ça n'est pas normal, tu sais. Leur façon de vivre ici…

Monica posa un regard furtif sur Oliver.

— Il est assez vieux pour en savoir plus que la plupart, mais certains détails lui échappent néanmoins. Et il se dit que tu pourrais lui permettre d'y accéder. Si je n'obtiens pas la protection d'Amelie, je dois être au mieux avec lui. Dégoter une information inédite. Et de prix.

En levant les yeux au ciel, Claire répondit :

— Vous me surestimez. Et si j'avais une quelconque valeur aux yeux d'Amelie, ce qui n'est pas le cas... elle le cacherait à tout le monde. Il n'y a qu'à voir comment elle traite...

Elle s'interrompit brusquement, le cœur battant la chamade : elle avait failli prononcer le nom de Myrnin, ce qui aurait été catastrophique.

— ... Sam.

Après tout, il s'agissait de la vérité, mais Monica avait remarqué son hésitation et le souligna en attendant dix longues secondes avant de répliquer :

— Si tu le dis... Ce que j'essaie de t'expliquer, Claire, c'est que tu es célèbre et qu'en m'affichant avec toi je me fais bien voir par les bonnes personnes. Tout en obéissant à Oliver. Je ne veux rien de plus. Tu as raison, je n'ai pas l'intention qu'on devienne des âmes sœurs. On ne va pas échanger nos fringues ou se faire faire le même tatouage. J'ai des amies pour ça. J'ai besoin d'alliés.

Sans quitter Claire des yeux, elle sirota sa boisson alambiquée.

— Tu sais ce que cherche Oliver, et moi, ajouta-t-elle en tapotant son propre bracelet, je n'ai pas d'autre choix que de me plier à ses exigences, si je ne veux pas...

— Si tu ne veux pas quoi ?

Monica baissa la tête avant de répondre.

— Tu le connais. Dans le meilleur des cas, il me fait mal. Très mal. Dans le pire… il m'échange.

— C'est pire ?

— Ouais. Ça signifie que je deviendrai la propriété d'un vampire du bas de l'échelle, un de ceux qui n'ont pas les moyens de se payer les meilleurs citoyens. En résumé, j'atterrirai parmi les ploucs, moi aussi.

Elle jouait nerveusement avec sa tasse en porcelaine blanche.

— Ça te paraît sans doute superficiel, mais c'est une question de survie ici. Si Oliver m'éjecte, je me retrouverai entre les pattes de types tordus, de vampires qui prennent encore leur pied à la dure. Avec un peu de chance, ils me tueront. Sinon, je deviendrai une larve, une junkie servant d'esclave sexuel à une sangsue.

Elle avait prononcé ces derniers mots avec un tel fatalisme que Claire comprit qu'elle y avait déjà beaucoup réfléchi. Ça représentait effectivement une sacrée dégringolade, de la fille choyée du maire à la droguée sous la coupe d'un vampire.

— Pourquoi tu n'opterais pas pour la neutralité ?

Étonnamment, en dépit de tout ce que Monica lui avait fait endurer, Claire se sentait prête à l'aider. Celle-ci était née ici après tout. Autrement dit elle n'avait jamais vraiment eu le choix.

— Certains sont bien dans cette situation, non ? Et personne ne leur cause d'ennuis, si ?

Monica ricana, et l'humanité que Claire avait cru lire sur son visage disparut aussitôt.

— Ça ne dure qu'un temps. Officiellement, ils sont intouchables à cause de services rendus et leurs Protecteurs les libèrent de leurs obligations. Mais par service, j'entends le genre de sacrifice dont on peut s'estimer heureux de réchapper vivant. Et je n'ai pas l'intention de jouer les héros.

— Dans ce cas, renonce à avoir un Protecteur, rétorqua Claire en haussant les épaules.

— Tu as raison ! Je suis impatiente de commencer ma carrière de plongeuse dans un boui-boui et de pourrir, avant trente ans, dans un fossé.

Monica posa les coudes sur la table et serra sa tasse entre ses mains.

— J'ai voulu partir. Je suis même allée passer un semestre à Austin, tu sais. Mais… ce n'était pas pareil.

— En clair, tu n'as validé aucune UV.

— Lâche-moi ! riposta-t-elle en jetant un regard noir à Claire. Aucune de nous n'est là de son plein gré. Évitons de rendre ce moment désagréable.

Avalant une gorgée de son délicieux Mocha, Claire songea que s'il était empoisonné, elle mourrait comblée, au moins.

— Ça me va, lança-t-elle. Écoute, en ce qui concerne Amelie, je ne peux rien pour toi. Je ne sais même pas où la trouver. Et je ne pense pas qu'elle accepterait de te proposer un accord.

— Alors, ferme-la et souris. Tant qu'à avoir perdu ma matinée, autant qu'Oliver sache que j'ai fait de mon mieux.

— Combien de temps ça va durer ?

Monica vérifia l'heure avant de répondre :

— Dix minutes. Rends-moi ce service et je n'appellerai pas mon frère pour lui parler de la petite bourde de ton mec.

— Quelle preuve j'ai que tu tiendras parole ?

En plaquant les mains sur ses joues et en affichant une mine exagérément blessée, Monica riposta :

— Oh, non ! Tu n'as pas confiance en moi ? Je suis dévastée… minauda-t-elle avant de reprendre son sérieux. Peu m'importe que Shane se soit lancé dans le trafic de cadavres. Je m'intéresse seulement à ce que cette information va me rapporter.

— Tu pourrais vouloir te venger.

Monica sourit.

— Si c'était le cas, il le saurait déjà. Et puis, j'ai entendu dire que la vengeance était un plat qui se mangeait froid.

— OK, dix minutes, convint Claire en sortant un livre. J'ai du boulot, de toute façon.

Calée sur son siège, Monica se lança dans un long monologue acerbe sur les tenues des filles qui faisaient la queue au comptoir. Ses commentaires féroces étaient si bien tournés que Claire dut se retenir de rire. Et elle y parvint jusqu'à ce que Monica remarque une fille portant d'immondes leggings à pois sous son short.

— Quelque part au paradis, Versace doit verser une larme.

Le petit rire nerveux qui échappa à Claire fit hausser un sourcil à Monica.

— Tu vois ? Je suis vraiment douée ! J'arrive même à dérider une dure à cuire comme toi. Ah, je ne devrais pas gâcher mon talent de la sorte… Enfin, ça me permet de l'entretenir.

Après avoir vidé sa tasse, elle ramassa son petit sac à main rose dont dépassait le tabloïd.

— Je dois y aller, ma petite. Dis à ton mec qu'on est quittes, en ce qui me concerne. Bon, d'accord, j'ai un léger avantage. Alors prenons les choses de la sorte : si je le vois s'approcher à moins de cinquante mètres de moi, non seulement je raconterai à mon frère sa petite escapade nocturne, mais encore je chargerai quelques membres de l'équipe de foot de s'occuper de ses rotules.

Elle s'éloigna en se déhanchant de façon provocatrice. Les gens s'écartaient sur son passage, puis la suivaient du regard. Un mélange parfait de peur et d'attraction.

Claire soupira : le monde serait toujours fasciné par ce genre de fille. Et si elle voulait être parfaitement honnête avec elle-même, elle avouerait qu'elle enviait la confiance de Monica. Au moins un tout petit peu.

10.

La morte que Shane avait déposée dans l'église s'appelait Jeanne Jackson – une première année qui avait disparu à l'occasion d'une soirée, deux nuits plus tôt. Les journaux rapportaient qu'elle avait été violée et étranglée, mais ne mentionnaient pas d'éventuels suspects, et aucun policier ne se présenta pour interroger Shane, au grand soulagement de Claire. Il avait commis une erreur, mais elle comprenait sa paranoïa : il savait ce qui lui pendait au nez – atterrir dans l'ancienne cellule de Jason, que sa culpabilité soit ou non avérée ; si les vampires ne décidaient pas de faire justice eux-mêmes.

Le Vampire enchaîné, de Cap'taine Flagrant, proposait un article beaucoup plus détaillé sur les meurtres, établissant un lien entre ce dernier et les deux précédents, privilégiant ainsi la piste d'un criminel humain. Mais quelle différence, pour les victimes, d'avoir été tuées par un vampire ou un humain ?

Ayant reçu une note d'Amelie la libérant de ses séances de travail avec Myrnin jusqu'à la fin de la semaine, Claire se concentra sur ses cours. Le niveau élevé lui demandait beaucoup d'application, ce qui était une bonne chose. Elle aimait les défis, et ses nouveaux professeurs semblaient s'intéresser de près à leurs élèves. Le séminaire « mythes et les légendes » la prit totalement de court : il n'y était question ni des dieux grecs ni des légendes des Indiens d'Amérique. Non, il portait sur les… vampires. Il s'agissait d'une sorte d'étude comparée des premiers textes et témoignages populaires sur les buveurs de sang aux vampires comme héros de la pop culture. (Ce qui, maintenant que Claire y réfléchissait, pouvait être assimilé à une version moderne des mythes et légendes.) Étrangement, le professeur ne passait pas sous silence les méthodes de destruction des vampires ; cela dit, Claire devait être l'une des rares à connaître la vérité sur Morganville. Le reste des élèves se laissaient porter un ou deux ans avant de rejoindre une meilleure fac, sans jamais découvrir qu'ils avaient côtoyé de véritables monstres.

Claire veilla à ne faire aucune remarque qui risquerait de lui attirer des ennuis – le professeur portait aussi un bracelet (apparemment frappé aux armes de Susan, une grosse huile de la banque de Morganville). Dans un petit carnet, Claire prenait scrupuleusement des notes sur les symboles des vampires, sur les Protecteurs et leurs Protégés. Pas dans un but précis, simplement parce que ça l'intéressait et que ça se révélerait peut-être utile un jour. Il lui aurait sans doute suffi de poser la question à Amelie, mais le challenge lui plaisait – et ça pouvait constituer un avantage que celle-ci ne connaisse pas l'étendue de son savoir.

Le vendredi matin, en se levant, Claire trouva le Post-it qu'Eve avait laissé à son intention sur le miroir de la salle de bains :

Claire, n'oublie pas que la fiesta est ce soir. Objectif : être plus sexy que Monica et faire oublier à tout le monde qu'elle reçoit chez elle. Ta tenue est pendue derrière la porte. Tu as une dette envers moi. E.

Claire ne se serait jamais – jamais de la vie ! – acheté de tels vêtements. Pour commencer, la jupe en cuir était… très courte. Mini de chez mini. Il y avait aussi un collant à motifs, une chemise rouge transparente avec de grosses roses brodées, et un caraco noir à mettre en dessous. Un autre Post-it, collé sur la jupe, indiquait : *Regarde sous le meuble du lavabo.* Claire en tira d'épaisses chaussures à plate-forme en cuir verni, de sa pointure.

Elle emporta ces affaires dans sa chambre, les étala sur son lit et recula afin de les observer un instant. « Je ne peux pas porter ça, ce n'est pas moi. » Eve se paierait sa tête si elle se pointait à une soirée en jean. Sans oublier que son amie s'était donné beaucoup de mal : toutes ces affaires étaient à sa taille. Même les chaussures. Et… ça rendrait Monica dingue si Claire se pointait dans une tenue aussi sexy (elle ne réussirait jamais à être plus sexy que Monica, bien sûr, mais ça lui ferait les pieds). En promenant les doigts sur le cuir doux de la jupe, Claire imagina la réaction de celle-ci. Non, elle ne pouvait pas faire ça… Quand elle imagina ensuite la réaction de Shane, pourtant, sa résolution vacilla : peut-être qu'elle pouvait après tout…

La réalité dépassa les espoirs de Claire : en la voyant descendre l'escalier, Shane se décrocha littéralement la mâchoire. Devant la réaction de son ami, Michael se retourna à son tour ; Claire s'attendait à tout sauf à ce qu'un vampire angélique, et sexy en diable, accuse le coup puis la détaille des pieds à la tête. Étourdie, Claire s'arrêta au milieu de l'escalier et essaya de prendre une pose avantageuse avant de lancer :

— Tout va bien ?

Shane referma la bouche avec un bruit sec, et Michael s'éclaircit la gorge.

— Très bien, répondit-il.

— Très bien ?

C'était Eve, qui arrivait derrière Claire. Elle la contourna et donna une bourrade à Michael.

— Elle est sublime. Même moi qui suis cent pour cent hétéro, je la trouve sexy.

On aurait dit que Shane avait avalé sa langue. Claire sentit une bouffée de chaleur l'envahir alors qu'il la dévorait des yeux. Elle résista à la tentation de remettre, pour la douzième fois, sa jupe droite, et se força à soutenir son regard en souriant.

— Tu es sûre que c'est une bonne idée ?

Elle ne s'attendait pas à ce qu'il dise ça. Vraiment pas.

— Tu es magnifique, ajouta-t-il.

— Merci... dit-elle.

Il l'interrompit aussitôt :

— Ce qui, dans cette ville, te place d'emblée sur le menu du jour...

Elle lui brandit son poignet gauche sous le nez : il ne pouvait pas rater le jonc en or.

— Tout ira bien, insista-t-elle, les vampires me laisseront en paix.

— Je ne pensais pas aux vampires. Tu vas attirer tous les types qui cherchent à s'envoyer en l'air.

Eve leva les yeux au ciel et riposta :

— La vache, Shane ! Tu ne peux pas t'empêcher de casser l'ambiance, hein ? Ce n'est pas parce qu'elle est canon que tu es obligé de jouer le mec jaloux et possessif ! On va tous à cette soirée, on veillera sur elle. Et avoue que ça lui va bien, à ta copine, d'être pomponnée. Mate un peu ses cheveux... Classe, non ?

Claire trouvait justement qu'Eve avait eu la main un peu lourde de ce côté-là : sa coiffure, savamment décoiffée (à grand renfort de gel et de laque), manquait de naturel et lui rappelait celle des mannequins.

De son côté, Eve ne faisait pas vraiment tapisserie avec sa robe noire au décolleté plongeant, qui traînait par terre, laissait ses bras pâles dénudés et était fendue sur le côté jusqu'à la hanche. Elle avait même sorti son collant résille. Sa tenue était si extravagante, et sexy, que Michael, oubliant complètement la transformation de Claire, n'avait plus d'yeux que pour elle. Eve lui adressa un clin d'œil avant de faire un tour sur elle-même afin de lui montrer son dos. Entièrement nu. On apercevait le tatouage de rose rouge au creux de ses reins.

— Mince, lâcha Shane, c'est… Waouh !

Une fois qu'elle eut digéré les réactions – plutôt hilarantes – de Shane et de Michael, Claire se rendit compte qu'Eve avait aussi dû les aider à se préparer… Ils étaient incroyablement élégants. Avec son pantalon noir, sa chemise en soie bleu foncé et son manteau en cuir noir, Michael rayonnait, comme de l'or blanc dans un écrin sombre. Quant à Shane, il était si séduisant que Claire l'aurait bien entraîné tout de suite dans sa chambre. Eve lui avait sans doute prêté main-forte pour dompter sa tignasse, ce qui faisait ressortir ses pommettes et son menton carré. Il portait aussi du noir, avec un polo marron foncé. Claire ne l'avait jamais vu avec une veste, et elle en conclut que c'était bien dommage.

Après avoir secoué la tête, comme pour chasser une hallucination, Michael offrit son bras à Eve, qui l'accepta. Un sourire s'épanouit sur ses lèvres rouge intense et elle adressa un clin d'œil à Claire. En le lui rendant, celle-ci se fit soudain l'impression d'être une femme. Elle s'accrocha au bras de Shane, qui lâcha :

— Je n'arrive pas à croire qu'on va à cette soirée…

Ils allaient bien s'éclater.

Même si elle avait donné l'invitation, Claire se rappelait sans problème l'adresse, et Michael connaissait Morganville comme sa poche… ou plutôt comme le dos d'Eve, dont il n'arrivait pas à détacher les yeux, en particulier le tatouage. De toute façon, la fête attirait l'attention plusieurs rues à la ronde. Entre l'éclat des lumières et le fracas de la musique, impossible de fermer l'œil dans le voisinage.

Michael fit le tour du pâté de maisons à la recherche d'une place et finit par en repérer une petite le long d'un trottoir. Avant de couper le contact, il lança :

— Règles de base : on ne se lâche pas d'une semelle. Surtout vous, Eve et Claire. Je pense aux vampires, mais aussi à Jason. Pigé ?

Elles acquiescèrent.

— Et moi, ajouta Shane en tirant, d'un geste taquin, sur une mèche pleine de gel de Claire, je veux voir la tête de Monica quand elle vous découvrira. Ce moment mériterait d'être immortalisé.

Eve farfouilla dans son minuscule sac à main en forme de cercueil, puis brandit un portable flambant neuf, doté d'un appareil photo.

— Je suis équipée, dit-elle.

— Moi aussi, compléta Claire en sortant le téléphone qu'Amelie lui avait donné.

Shane le considéra d'un air suspicieux, et elle se sentit rougir. Elle se ressaisit pourtant aussitôt, songeant qu'elle devait cesser d'éprouver de la honte à la moindre occasion. Après tout, ce n'était pas si grave, non ? Ça revenait presque à avoir un job. Simplement, son travail était… différent.

— Méfiez-vous des boissons et de la nourriture, poursuivit Michael. La soirée de Monica sera sans doute le paradis du Rohypnol. Je peux repérer ce qu'ils mettent dans les verres, vous non. Et si vous sentez que ça chauffe, déguerpissez, je m'en occuperai. Autant profiter de fréquenter un vampire, non ?

Shane n'ouvrit pas la bouche, mais Claire voyait bien qu'une remarque cinglante lui brûlait les lèvres. Elle se félicitait qu'il la ravale : c'était si agréable de se retrouver tous les quatre ensemble, comme des amis et non des étrangers vivant sous le même toit.

— Autre chose, papa ? demanda Eve.

Michael l'embrassa du bout des lèvres – à cause du rouge –, avant de répondre :

— Oui. Tu es à croquer, ce soir. Promets-moi de t'en souvenir.

Eve comme Claire hésitèrent entre le sourire et le haut-le-corps.

La maison des Morrell ressemblait à la demeure de Scarlett O'Hara dans *Autant en emporte le vent*. Après le passage des soldats. Claire observa, sans ciller, une bande de saoulards, appartenant visiblement à une fraternité, qui descendaient l'allée en titubant et en gueulant des paroles incompréhensibles. Ils transportaient un canapé, qu'ils balancèrent dans l'immense fontaine sur la pelouse devant la maison. Selon toute apparence, ils avaient décidé de délocaliser une partie du salon à cet endroit. Certains invités se prélassaient dans les fauteuils qui s'y trouvaient déjà, trempés par le jet d'eau. Trois ou quatre types s'entassèrent en se marrant comme des baleines sur le canapé gorgé de flotte.

— C'est ce que j'appelle dépasser les bornes, commenta Shane. Ça me plaît !

La soirée avait déjà complètement dérapé. Ils s'attardèrent tous les quatre près de la voiture de Michael, ne parvenant pas à en croire leurs yeux. La maison était si illuminée qu'elle les éblouissait ; des torches plantées un peu partout sur la pelouse penchaient de façon menaçante. L'endroit grouillait littéralement d'invités, qui s'embrassaient à pleine bouche dans la lumière crue des spots ou enchaînaient les shots sur les marches du perron, couronné d'un avant-toit soutenu par des colonnes blanches. Une fille courait sur la pelouse, vêtue seulement de la moitié d'un maillot deux pièces. Plus précisément du haut.

— Bon sang, remarqua Michael, Monica a le sens de la fête.

Sans blague... Claire nota la présence d'une camionnette qui, à cause d'un attroupement, rejoignait au pas l'entrée de derrière. Sur un de ses flancs, le logo d'un caviste, *LA CAVERNE DE BOB* : apparemment, Monica avait besoin de ravitaillement en alcool – alors qu'il était encore tôt.

— Hé ! s'écria Eve. On va rester plantés là toute la nuit ? Je n'ai pas mis cette robe pour rien.

Ils remontèrent l'allée menant à l'entrée de la maison tout en guettant les types saouls qui se prendraient pour des déménageurs, et resserrèrent les rangs au moment de gravir les marches du perron, où une dizaine d'invités se livraient à un jeu compliqué, nécessitant une bouteille d'alcool, des bombes de peinture fluorescente et des gloussements hystériques. Même le plus ivre de la bande les siffla à leur passage.

Les membres de la fraternité, les poivrots dans la fontaine et ceux, encore plus imbibés, sur la véranda, portaient tous des tenues décontractées – short et tee-shirt basiques.

— Mmmm, lança Claire, on a peut-être un peu forcé sur le côté habillé.

— Pas du tout, rétorqua Eve. Il faut toujours y aller à fond.

— Tu seras partante pour une partie de poker, plus tard ? riposta Michael. J'adore les filles qui n'ont pas froid aux yeux.

En lui donnant un coup de hanche, elle lança :

— C'est tout ce que tu as comme idée derrière la tête ? Mon pote, montre un peu plus de respect pour cette robe.

Michael fit courir ses doigts pâles le long de la colonne vertébrale d'Eve jusqu'au tatouage, sur sa chute de reins ; elle frémit, les yeux mi-clos. Claire n'entendit pas ce qu'il lui chuchota à l'oreille, mais ça valait sans doute mieux – ça devait être très intime.

À cet instant précis, la porte d'entrée s'ouvrit avec fracas ; un flot de pulsations techno et de conversations hurlées se déversa à l'extérieur. Deux types sortirent en trébuchant ; ils se tenaient par les bras. Clignant des paupières, Claire reconnut deux des geeks à qui elle avait remis l'invitation de Monica, cet après-midi-là, sur le campus.

— Cette soirée déchire grave ! s'écria l'un d'eux avant de s'étaler face contre terre.

— On dirait bien, appuya Eve.

Après l'avoir enjambé, elle s'engouffra dans la maison, Michael sur les talons. Claire voulut les suivre, mais Shane resserra ses doigts sur son bras : il la retenait.

— Quoi ? demanda-t-elle en se retournant vers lui.

Il était vraiment craquant. Si seulement Eve pouvait se charger de l'habiller tous les matins...

— Avant d'entrer...

Au lieu de finir sa phrase, il se pencha vers elle et l'embrassa. Claire entendit les sifflements et les encouragements des buveurs, mais ils lui parurent lointains tant elle s'absorba dans ce baiser doux et sauvage à la fois, qui la fit frissonner de l'intérieur. Shane s'écarta bien trop tôt à son goût.

— Ne me quitte pas d'un pouce, dit-il en collant ses lèvres à son oreille.

Elle acquiesça. De toute façon, elle n'en avait pas l'intention. Ils rejoignirent Michael et Eve dans la soirée du siècle. C'était la deuxième fois de sa vie que Claire se rendait à une fiesta aussi importante... Elle ne comptait pas les fêtes d'anniversaire et celles où il y avait autant d'adultes que de mineurs. La première, la Nuit des Zombies, organisée par la fraternité EEK, s'était plutôt mal terminée : le père de Shane, qui cherchait des vampires à dégommer, avait saccagé les lieux. Pourtant, la soirée de Monica avait l'air encore plus délirante.

Se réjouissant d'être avec ses amis, Claire se demanda comment elle aurait réagi si elle avait débarqué dans cette pétaudière, seule. L'immense hall d'entrée était bondé, les invités discutaient, dansaient, s'embrassaient, se tripotaient... Claire eut l'impression d'avoir pénétré dans une boîte de nuit qui, au lieu d'être plongée dans la pénombre, bénéficiait d'un éclairage généreux. Au passage, elle frôla un couple qui... que faisaient-ils exactement, au juste ? Elle avait détourné les yeux avant de pouvoir s'en assurer, mais il lui semblait que la main du type se trouvait à un endroit... des plus intime.

Michael et Eve se frayèrent un passage à travers la foule pour rejoindre le gigantesque salon, suivis de près par Claire et Shane. Là, ils repérèrent certains invités sur leur trente et un, même si la majorité n'avait pas fait l'effort de se changer. Claire avait la forte impression que tous ces gens en tenue décontractée n'avaient pas été officiellement invités.

Du haut des marches, les bras croisés, Monica promenait son regard sur la scène.

— Oh, voilà qui mérite de passer à la postérité, lâcha Eve en dégainant son portable pour prendre une photo de la mine renfrognée de leur hôtesse. C'est bon !

Elle topa avec Shane. Après avoir fait l'effort de chasser la grimace de son visage, Monica s'engagea dans l'escalier. Elle portait un fourreau rose brodé de grandes fleurs vertes et des chaussures rose métallisé. Très chic.

— Claire, tu as ramené des chiens errants, quelle bonne idée ! s'écria-t-elle avant d'ajouter aussitôt, avec contrition :

Je ne parlais pas de toi, Michael. Tu es toujours le bienvenu.

— Vraiment ? répondit-il en haussant un sourcil.

— Bien sûr.

En lui donnant un coup de coude, Claire lui souffla :

— C'est parce que tu es un VIP. Un vampire invité prestigieux.

Deux autres des types à qui Claire avait refilé l'invitation s'approchèrent d'une démarche chancelante. L'un agrippa Claire par le bras et lui planta un baiser baveux sur la joue.

— On a fait circuler des photocopies, ricana-t-il. J'espère que ça ne pose pas de problème. Amuse-toi bien !

Laissant échapper un soupir, Shane le repoussa par l'épaule.

— Ouais, ouais, on s'en cogne. Il y a une Vulcaine nue juste à côté, vous feriez mieux de vous dépêcher.

Les deux geeks dessoûlèrent presque sur-le-champ. Les lèvres parfaites, et brillantes, de Monica étaient entrouvertes, ses yeux écarquillés.

— C'est toi ? Tout ça, c'est à cause de toi ? Ces abrutis ont fait des tracts et les ont distribués dans la fac ! Je ne voulais inviter que le gratin !

— Ne t'inquiète pas, intervint Eve d'une voix mielleuse. On est là.

Avec son rouge à lèvres, son sourire avait quelque chose de diabolique. Elle envoya un baiser à Monica avant d'ajouter :

— Super soirée. Dommage pour les meubles. Ha !

Puis elle s'éloigna en se pavanant au bras de Michael, comme si elle régnait sur Morganville. Claire sortit son portable afin d'immortaliser la rage meurtrière qui déformait les traits de Monica.

— Sale traîtresse ! grogna-t-elle.

Claire soutint son regard une seconde interminable. Elle n'avait plus peur.

— Dois-je te rappeler qu'il y a peu tu as demandé à tes amis de me droguer en leur précisant qu'il faudrait sans doute me forcer un peu la main, mais que je serais partante pour coucher avec eux ? Je me suis contentée de faire passer le mot au sujet de ta soirée. Considère qu'on est quittes, si tu veux.

— Certainement pas !

Se penchant vers elle, Shane baissa tant la voix que Monica dut tendre l'oreille :

— Détends-toi. Tu as tendance à avoir des plaques rouges quand tu t'énerves. Et si tu insultes ma copine encore une fois, je ne serai pas aussi coulant.

Les yeux de Monica lançaient des éclairs, mais elle n'esquissa pas le moindre mouvement. Au bout de quelques secondes, elle tourna les talons et remonta les marches pour rejoindre ses amis aux tenues guindées, qui s'étaient regroupés dans un coin – on aurait dit une équipe de *Koh-Lanta* échouée sur l'île du sportswear.

— Un point pour les petits gars, lança Shane en observant la bande de joueurs de foot qui les dépassèrent au pas de course.

Ils transportaient un lit. Claire cligna des yeux : oui, c'était bien un lit.

— OK, je n'ai pas forcément envie d'en savoir plus, ajouta-t-il. On va se chercher à boire ?

Dans la cuisine, des invités préparaient du punch dans une poubelle. Claire se prit à espérer que celle-ci était neuve, mais les mecs étaient si défaits que rien n'était moins sûr.

— Je n'y toucherais pas, lui murmura Shane. Tu connais des gens ?

Il y avait tellement de personnes, partout, qui allaient et venaient, un gobelet en plastique rouge à la main, qu'elle pouvait à peine tourner la tête… Un frisson lui parcourut soudain la colonne vertébrale, pourtant.

— Ouais, je vois quelqu'un.

Bon sang, qu'est-ce que le frère d'Eve faisait là ? Tapi dans un coin, la tête baissée, il observait la foule d'invités avec dédain. Ses cheveux aplatis lui tombaient aux épaules, et il portait les mêmes vêtements crasseux que lorsqu'il avait menacé Claire à la cafétéria de la fac. Il avait un verre, mais l'ivresse ne le guettait pas : le mépris dans ses yeux était bien trop brûlant pour ça. Des yeux de fou furieux. « Oh, mon Dieu, songea Claire, c'est à ça que ressemblent les cinglés qui tirent sur des classes entières. »

Son regard croisa celui de Claire, et il lui adressa un sourire en coin. Elle reporta aussitôt son attention sur Eve, mais celle-ci, en pleine discussion avec Michael, tournait le dos à son frère. De toute évidence, elle ne se doutait pas du danger.

— Quoi ? s'étonna Shane.

Claire pointa un doigt dans la direction de Jason… qui s'était déjà évanoui dans la nature. Shane secoua la tête quand elle lui expliqua qui elle avait repéré et rejoignit aussitôt Michael. Ce dernier acquiesça avant de confier Eve à Shane en articulant silencieusement : « Surveille-la. » Puis il disparut dans la foule. Heureusement qu'il leur avait imposé de rester groupés. Attrapant Eve et Claire par les épaules, Shane lança :

— Voilà ce que j'attendais depuis longtemps, deux filles pour moi tout seul. Ça vous dirait de prendre une chambre ?

Eve leva au ciel ses yeux charbonneux.

— Tu ne saurais déjà pas y faire avec une de nous, alors deux… Où va Michael ?

— Aux toilettes, répondit-il du tac au tac. Les vampires aussi ont besoin de pisser.

Claire ignorait si c'était vrai ; en revanche, elle savait qu'il ne leur avait pas faussé compagnie pour cette raison. Shane les poussa vers le comptoir, au milieu de la pièce, et tendit une bouteille d'eau à Claire – après avoir vérifié que personne ne l'avait déjà ouverte –, puis décapsula deux bières. Il ne voulait courir aucun risque. Claire ne s'était pas rendu compte qu'il faisait une chaleur à crever, mais, en avalant plusieurs gorgées d'eau fraîche, elle remarqua que la sueur collait sa chemise à sa peau.

Quand elle sentit quelqu'un lui tripoter les fesses, elle fit un bond en hurlant ; le type, complètement pété, hurla à son oreille :

— Je te kiffe grave ! Tu viens dehors ?

Exécutant une pantomime grotesque, il explicita ses intentions, et Claire rougit aussitôt.

— Dégage, dit-elle en l'écartant.

Ses potes le repoussèrent vers elle et, cette fois, il lui fit perdre l'équilibre, si bien qu'elle se retrouva plaquée contre le meuble. Il n'hésita pas une seconde à profiter de la situation : tout en immobilisant Claire avec sa hanche, il promena ses mains un peu partout sur son corps. Shane l'attrapa presque aussitôt par le col de son polo, lui fit faire demi-tour et lui décocha un coup de poing en pleine face. « Super, pensa Claire en réprimant un frisson. Il n'y a qu'une réponse ici. Cogner. » En même temps, il fallait qu'elle se rende à l'évidence : ce n'était pas un cadre idéal pour avoir un débat argumenté.

Bien entendu, les autres types se lancèrent dans la bataille. Eve entraîna Claire à l'écart du cercle qui venait de se former ; les spectateurs sifflaient et applaudissaient.

— On doit l'arrêter ! s'écria Claire.

En lui tapotant l'épaule, Eve la rassura :

— C'est l'idée que Shane se fait d'une soirée réussie. Crois-moi, il ne faut surtout pas essayer d'intervenir maintenant. Laisse-le s'amuser un peu, il en sortira entier.

Claire détestait cette situation. Elle détestait voir Shane se prendre des coups, et elle détestait tout autant la lueur qui éclairait son regard dès qu'il se retrouvait au cœur d'un conflit. D'un autre côté, ça ne rimait pas à grand-chose de se rendre malade, d'autant qu'elle l'aimait aussi pour sa fougue, pour cette façon de se jeter à corps perdu dans les situations, sans hésiter, surtout quand il s'agissait de protéger les autres.

— Tu ne le changeras pas, ajouta Eve, comme si elle lisait dans ses pensées. Je sais que c'est difficile. La plupart des mecs sont paumés et on ne peut pas s'empêcher d'avoir envie de les aider à voir plus clair, mais… il faut leur foutre la paix. Tu n'aurais pas envie qu'il essaie de te changer, non ?

Eve avait raison. Claire ne l'aurait pas supporté, même si elle avait évolué au contact de Shane, qu'il en soit conscient ou pas. Pas dans un mauvais sens, d'ailleurs, seulement elle n'était plus la même qu'avant. Il y a encore un an, la terreur l'aurait paralysée, à l'idée de se rendre à une soirée de ce genre. Et, plus encore, la perspective de se faire tripoter par le premier inconnu. À présent, elle avait simplement hâte de pouvoir se doucher.

— Hé ! s'écria Eve en faisant volte-face. Je sais que mon cul est à tomber, mais on regarde sans toucher !

Sa sortie provoqua une éruption de rires graveleux. Elle prit Claire par la main.

— On doit trouver un mur pour protéger nos arrières, dit-elle en l'entraînant.

— Mais… rétorqua Claire au moment où une nouvelle main baladeuse s'attardait sur ses fesses. Ouais, d'accord.

Elles furent contraintes de s'éloigner de quelques mètres de Shane, lequel était désormais au cœur d'une mêlée d'environ dix personnes, distribuant les coups au hasard – la plupart étaient trop bourrés pour viser et beaucoup de poings rencontraient l'air. Avec un sentiment de soulagement, Claire s'adossa au mur et but une nouvelle gorgée d'eau. Sans se souvenir comment, elle avait récupéré la bière de Shane et, en observant Eve du coin de l'œil, elle en avala une gorgée. Beurk !

— On finit par s'habituer, dit-elle en souriant devant la grimace de Claire. Shane a des vrais goûts d'étudiant : il choisit la marque la moins chère, pourvu qu'il y ait une fille en maillot de bain sur l'étiquette.

— C'est immonde, insista Claire avant de prendre une grande lampée d'eau afin de chasser l'amertume dans sa bouche.

— En toute honnêteté, la bière, on la boit surtout pour l'effet, pas pour le goût. Si tu veux allier effet et goût, alors tu te rabats sur un rhum Coca ou un White Russian.

Semblant se rappeler soudain l'âge de Claire, elle s'empressa d'ajouter :

— Non que j'aie l'intention de te laisser tremper les lèvres dans aucun de ces breuvages. On a fait une promesse à tes parents.

Elle afficha une expression sévère – presque crédible – en lui ôtant la bière des mains, puis elle interpella Shane :

— Yo, mec ! Arrête tes conneries ou je la finis !

Un rire parcourut la pièce. La bagarre était presque terminée, de toute façon ; Shane repoussa le dernier type qui cherchait à l'atteindre, puis il essuya le sang qui coulait de sa bouche du revers de la main et quitta le champ de bataille. En le voyant débraillé, les joues rouges, Claire se sentit irrésistiblement attirée par lui.

— Rafraîchis-toi, Lancelot, lança Eve en lui tendant une bouteille de bière, avant de trinquer. À la santé de notre héros ! Attends… tes cheveux, ça ne va pas.

Ses doigts aux ongles noirs s'activèrent à toute allure pour remettre en place des mèches, à droite ou à gauche.

— Bon sang, tu es canon, conclut-elle. Tu t'es déjà fait tripoter ?

— Deux ou trois fois, répondit-il en souriant à Claire. Il ne faut pas leur en vouloir, la tentation était trop forte.

Eve ricana avant d'observer autour d'elle.

— Où est Michael ?

— Je suppose qu'il y avait du monde aux toilettes, rétorqua Shane avec un haussement d'épaules.

Claire remarqua qu'il soutenait le regard d'Eve sans ciller, signe immanquable qu'il était en train de mentir.

— On bouge, mesdames ?

Ils durent se frayer un chemin à contre-courant, comme des saumons remontant une rivière. Ce que Claire apercevait de la maison la laissait sans voix : les tableaux aux murs, les magnifiques meubles anciens (pour l'essentiel repoussés contre les murs et maculés de taches), les immenses tapis d'Orient (qui, espéra-t-elle, supporteraient un nettoyage à sec) et les gigantesques écrans plasma, tous branchés sur la même chaîne musicale, diffusant une musique assourdissante. À cet instant précis, *Closer*, des Nine Inch Nails, retentissait et Claire se surprit à bouger, malgré elle, en rythme. Eve aussi suivait les accords de la musique et, bientôt, elles se retrouvèrent à danser ensemble, ce qui, étonnamment, ne leur parut pas si bizarre que ça. Shane se joignit à elle, mais sans réelle conviction : il scrutait l'assemblée à l'affût de nouveaux ennuis. Ou de Michael.

Quelqu'un tendit un petit verre rempli d'un liquide translucide à Claire. Elle refusa d'un mouvement de tête : après ce qui avait failli lui arriver la dernière fois, elle ne commettrait pas une erreur aussi grossière. En tout cas, pas une autre en plus de celle qu'elle avait déjà commise en venant ici.

L'alcool et les drogues proliféraient : ecstasy liquide, poppers et même, Claire en aurait mis sa main à couper, une pipe à crack. À Morganville, on aimait les substances illicites, ce qui était logique... il y avait tellement de choses à fuir. Ni Eve ni Shane n'en acceptèrent non plus, du moins à la connaissance de Claire. Au fil du temps, Shane semblait de moins en moins dans la fête, et de plus en plus gagné par l'inquiétude.

Michael ne revenait pas. Deux – longues – chansons plus tard, Eve réussit à convaincre Shane de partir à sa recherche, et ils écumèrent, tous les trois, les pièces du rez-de-chaussée, plus bondées les unes que les autres. Michael n'était nulle part en vue. Devant la salle de bains, beaucoup attendaient pour les toilettes, mais pas de trace du grand vampire blond.

En gravissant l'escalier majestueux, Claire ne put s'empêcher de repenser à *Autant en emporte le vent*, et à la scène où Rhett Butler emportait Scarlett dans ses bras. Sa mère adorait ce film. Si Claire, elle, l'avait toujours trouvé rasoir, cette scène l'avait marquée, et elle l'imaginait parfaitement se dérouler dans cette maison. Pourtant, ce n'était pas Scarlett, mais Monica Morrell qui se tenait au sommet des marches, entourée de son petit cercle de faux derches. Gina et Jennifer, sa garde rapprochée, portaient des robes plus simples que la sienne, mais aux couleurs assorties. À l'exception de deux autres filles, le groupe comptait surtout des types, plutôt séduisants et élégants. Les nantis de Morganville. Pourvus, sans exception, d'un bracelet.

— Mais regardez un peu qui veut faire son entrée dans le monde, railla Monica, provoquant les rires de ses partisans.

Un éclat cruel allumait son regard. Elle avait perdu le semblant d'humanité que Claire avait perçu à l'occasion de leur café, en tête à tête.

— Les ploucs dans votre genre restent au rez-de-chaussée. De toute façon, on va être obligés de raser la maison et de la reconstruire après ça…

— Ouais, je parie que ton papounet va être furax à son retour, rétorqua Eve. Puisque je te tiens, j'en profite pour te poser une question qui me taraude : c'est une robe vintage ? Parce que je jurerais avoir déjà vu la même sur ma mère.

Elle la contourna et se planta devant un de ses gardes du corps ; désemparé, il s'écarta du passage. Shane et Claire emboîtèrent le pas à Eve. Réalisant sans doute que toute réplique tomberait à l'eau, Monica conservait un silence menaçant.

— Ça ne va pas être une partie de plaisir de se casser d'ici, lança Shane.

Le calme régnait au premier étage, même si le vacarme du rez-de-chaussée faisait vibrer le sol et les murs. Dans le couloir désert, aux portes closes, s'alignaient les portraits officiels de la famille Morrell. Claire profita de l'occasion pour observer Mme Morrell qu'elle n'avait jamais vue en chair et en os : une petite femme effacée, qui paraissait absente sur tous les clichés. Et malheureuse. Richard Morrell, lui, affichait un air confiant, comme son père, bien sûr. Il n'émanait pas la même stabilité de la photogénique Monica, même si elle semblait à l'aise. Plus que sa mère en tout cas.

— Je me demande où sont ses parents, s'interrogea Claire à haute voix.

— Ils ont quitté la ville, répondit Eve. C'est ce qui se raconte, en tout cas. Et je vous parie qu'ils seront ravis de découvrir, à leur retour, que des junkies se sont chargés de refaire la déco de leur baraque.

Elle essaya la première porte sur la gauche. Fermée. Shane se chargea de celle à droite, qui s'ouvrit. Il passa une tête à l'intérieur et la ressortit aussitôt, les sourcils arqués.

— Ça, c'est… inédit, dit-il.

Claire voulut regarder, mais il lui cacha les yeux.

— Crois-moi, tu n'as pas encore l'âge. Moi non plus d'ailleurs.

Il referma délicatement la porte. Claire s'occupa de la pièce suivante ; elle mit une seconde à comprendre la scène qui se déroulait sous ses yeux. Lorsque ce fut le cas, elle recula et, sans un mot, fit signe à Shane de s'approcher. La chambre contenait trois garçons et une fille, évanouie sur le lit. Ils étaient en train de lui retirer sa culotte.

— Merde, souffla Shane en forçant Claire à reculer. Eve, appelle les flics. Immédiatement. Il est temps de mettre un terme à cette orgie avant que quelqu'un soit blessé.

Pendant qu'Eve sortait son portable et composait le numéro de la police, Shane entra dans la chambre et referma la porte derrière lui. Il en ressortit quelques minutes après, la fille inconsciente sur les bras.

— L'une de vous la connaît ?

Claire secoua la tête.

— Et les gars ? demanda-t-elle.

— Ils sont désolés, rétorqua-t-il. Eve ? Cette fille te dit un truc ?

— Euh… je crois bien. J'ai dû l'apercevoir à la cafét… mais je ne pourrais pas te donner un nom ou aucune autre info. En tout cas, elle a dû arriver à Morganville à la fac, elle ne porte pas de bracelet.

— Ouais, j'étais parvenu à peu près à la même conclusion, dit-il.

La fille inconsciente, une jolie brune délicate, se blottit contre Shane en gémissant.

— Purée, je ne peux pas la laisser, souffla-t-il.

— Et Michael ? On doit le trouver !

— Ouais, je sais. Regardez dans les autres pièces, je reste là avec elle.

Claire avait dû mal à contrôler sa respiration. Il y a peu, elle était à la place de cette fille, ou presque. Si elle n'avait pas été plus vigilante, si elle n'avait pas su mieux se défendre… Ce n'était pas le moment d'y penser, pourtant. Se ressaisissant, elle ouvrit la porte voisine et se plaqua les deux mains sur la bouche pour retenir un cri. Une fille gisait à terre et un vampire se tenait penché au-dessus d'elle. Lorsqu'il redressa la tête, Claire remarqua ses canines acérées avant de distinguer ses traits dans la pénombre. Et de reconnaître, avec un choc, un visage familier.

Michael.

Deux trous rouge vif ornaient le cou de la victime, qui avait les yeux grands ouverts, secs et grisâtres. Sa peau avait pris la teinte bleutée du papier mouillé.

— Oh, non, murmura Claire, qui faillit trébucher en reculant. Oh, non, non, non…

— Claire, attends ! s'écria Michael en bondissant sur ses pieds. Je n'ai pas…

Eve et Shane s'étaient encadrés dans la porte. Après avoir posé les yeux sur la morte, puis sur Michael, Eve prit la fuite. Shane se contenta de rester planté là, à fixer la scène. Enfin, d'une voix douce, il dit :

— Claire, rattrape-la. Et restez ensemble, toutes les deux. Je vous rejoins.

S'approchant d'un pas, Michael lança :

— Shane, je sais que tu cherches des raisons de me haïr, mais tu me connais, je n'aurais jamais…

Shane s'écarta vivement, maintenant la distance entre eux deux. La colère assombrissait son regard et déformait ses traits.

— Claire, répéta-t-il. Dégage d'ici. Tout de suite !

— Bordel ! s'emporta Michael, qui semblait à la fois furieux, effrayé et blessé. Réfléchis un peu, Shane ! Je ne ferais jamais un truc pareil, tu le sais ! Réfléchis !

— Si tu t'approches des filles ou de moi, je te tue, lâcha Shane d'une voix blanche avant de hurler à pleins poumons : Vas-y, Claire !

Elle se lança à la poursuite d'Eve. Ses épaisses chaussures à plate-forme la ralentissaient et elle se faisait soudain l'impression d'être déguisée dans cette tenue. Elle n'avait rien d'une fille branchée. Ou sexy. Elle n'était qu'une imbécile finie qui se retrouvait dans une soirée où elle n'avait pas sa place. Et maintenant ça… Bon sang, Michael ne pouvait pas vraiment avoir… si ? Elle avait noté qu'il était moins pâle qu'à son habitude, qu'il avait de légères couleurs, comme s'il s'était nourri…

Eve dévalait un escalier au fond du couloir – Claire repéra la longue traîne de sa robe noire, au moment où celle-ci disparaissait au détour d'une volée de marches. Elle se précipita aussi vite que le lui permettaient ses chaussures. Lorsqu'elle atteignit le rez-de-chaussée, le volume sonore la frappa de plein fouet. Aucune trace d'Eve. Parmi la marée de corps ondulant sur la musique, se livrant à une orgie de danse (voire à une orgie tout court dans certains recoins), elle n'apercevait aucune robe de soirée.

— Eve !

Claire avait beau s'époumoner, avec le boucan, elle ne s'entendait pas elle-même. Jetant un coup d'œil par-dessus son épaule, elle vit que l'escalier était vide. Shane ne l'avait pas suivie : elle était seule.

En se dévissant le cou, elle réussit à repérer un bout de velours noir qui disparaissait par une porte ; elle se jeta dans la foule pour le suivre. Si des saoulards la tripotèrent au passage, elle ne s'en rendit pas compte. Elle ne rêvait que d'une chose, échapper à cet enfer. Et elle ne laisserait rien arriver à Eve. Sa dignité était vraiment le cadet de ses soucis. Quand une main se glissa sous sa jupe, toutefois, elle fit volte-face et gifla le coupable, de toutes ses forces, sans réfléchir. Il brandit les deux paumes en signe de reddition, et elle poursuivit sa route.

La pièce suivante était vide pour une raison que Claire ne s'expliqua pas avant de remarquer (autant par la vue que par l'odorat) un type qui gerbait dans un coin. Elle hâta le pas. Était-elle bien en train de suivre Eve ? Elle l'avait aperçue trop fugitivement, et dans des conditions de vision trop mauvaises, pour en avoir la certitude. En tout état de cause, il fallait qu'elle aille plus vite.

Sans savoir comment, elle finit par atterrir dans la vaste cuisine étincelante. Une bande de gaillards transportaient des caisses d'alcool à l'intérieur. Claire bouscula deux membres d'une fraternité qui topaient ensemble.

— On a de la potion magique pour faire retirer leur culotte aux filles ! s'écria l'un d'eux.

Tandis que, dans la pièce attenante, une acclamation accueillait cette annonce, Claire réussit à sortir. Aspirant l'air frais à grandes goulées, elle retint un haut-le-cœur ; elle se sentait sale, à l'intérieur comme à l'extérieur. C'était ça, ce qu'on appelait s'amuser ? Peut-être que, si elle avait bu sans se soucier des conséquences, elle aurait passé un bon moment. Mais il ne fallait pas oublier qu'à Morganville, en s'éclatant, on courait le risque de se réveiller, inconsciente, sur un lit, en compagnie d'étrangers… ou dans le tiroir d'une morgue. La lumière crue d'un spot éclairait Eve, qui essayait de reprendre son souffle, adossée à un arbre. On aurait une starlette d'Hollywood tout droit sortie d'un film en noir et blanc, à l'exception de son rouge à lèvres vif. Magnifique et vulnérable à la fois.

— Non, non, non, gémissait-elle. Il l'a fait, il l'a vraiment fait…

En s'approchant, Claire constata qu'elle pleurait.

— On n'en sait rien, s'entendit-elle répondre. Il l'a peut-être simplement trouvée. Et il essayait de l'aider…

Eve la fusilla du regard.

— C'est un vampire ! Et la fille avait deux trous dans le cou ! Je ne suis pas débile !

— Je ne peux pas croire qu'il ait fait une chose pareille, insista Claire. Toi oui, Eve ? Franchement ? Tu le connais. Il n'a rien d'un tueur, si ?

Eve secoua la tête, mais ce n'était pas vraiment en réponse à la question de Claire. Shane émergea de la cuisine à ce moment-là, la brune toujours inconsciente dans les bras.

— Allons-y, déclara-t-il.

— On est venus avec la voiture de Michael, opposa Eve d'un air hébété. Il a les clés, je pourrais…

— Non. Personne ne retourne là-bas, et vous gardez, toutes les deux, vos distances avec Michael, tant qu'on ne sait pas exactement ce qui s'est produit.

Shane réfléchit quelques minutes avant d'inspirer bruyamment et d'ajouter :

— On rentre à pied.

— À pied ! s'écrièrent-elles en chœur.

— Tu as perdu la boule, ou quoi ? ajouta Eve.

— Claire est protégée, et je suis tellement remonté que je pourrais réduire en bouillie le premier vampire qui me regardera de travers. Croyez-moi, on court moins de danger qu'en montant tous les trois… tous les quatre, reprit-il en baissant les yeux sur l'inconnue, en voiture avec Michael. Je veux pouvoir m'enfuir si besoin. Et me battre.

— Shane…

— On rentre à pied, la coupa-t-il. Après avoir fait un détour par la fac, pour laisser la Belle au bois dormant aux types de la sécurité.

Claire s'éclaircit la gorge, puis hasarda :

— Et si on attendait plutôt la police ici ?

— Mauvaise idée, intervint Eve. Ils arrêteront tous ceux qui n'ont pas de Protecteur, dont Shane et moi. Et quand ils découvriront qu'une fille a été vidée de son sang, ça tournera à la baston. On ne peut pas prendre ce risque. On doit y aller, sans tarder.

Claire espérait presque que Michael allait se pointer, mais il n'apparut pas. Shane se dirigeait déjà vers la rue, tandis que la fille dans ses bras délirait. S'il en avait sauvé une, il était arrivé trop tard pour l'autre, et il y voyait un échec personnel. Claire enlaça Eve, et elles se précipitèrent à la suite de Shane.

Ils rejoignirent le campus sans encombre : ils ne firent aucune rencontre et les rares voitures qui les doublèrent ne s'arrêtèrent pas. En chemin, ils entendirent plusieurs sirènes converger vers la maison des Morrell, mais aucun officier de police ne les interpella. La nuit était d'une fraîcheur délicieuse, l'air sec et le ciel dégagé. Le temps idéal pour une balade romantique, si l'humeur générale n'avait pas été gâchée par la soirée. Eve avait séché ses larmes, mais c'était presque pire : plus elle s'enfonçait dans la morosité, plus la gothique en elle ressortait.

Claire, qui avait mal aux pieds, fut soulagée en apercevant, au détour d'une rue, l'immense campus illuminé derrière la grille en fer forgé. Il leur faudrait rejoindre une des quatre entrées pour la franchir. Elle n'y avait jamais pensé avant, mais cet endroit avait quelque chose d'irréel. Il ressemblait presque à une réserve animalière. Ou à un zoo.

Dès qu'ils eurent passé la grille, Shane, qui commençait à fatiguer, déposa son fardeau sur le premier banc, tandis qu'Eve faisait signe à un véhicule de la sécurité de s'arrêter. L'interrogatoire se déroula sans heurt – il faut dire que l'agent n'était pas une lumière. Une demi-heure plus tard, il emmenait la fille à la clinique pour un examen de routine. Shane, Claire et Eve échangèrent un regard dans la lueur déclinante des feux arrière du véhicule.

— Bon, on ferait mieux de bouger, lança Shane, avant d'ajouter en voyant Eve sortir son téléphone : Qu'est-ce que tu fabriques ?

— J'appelle un taxi.

— À Morganville ? ricana-t-il. De nuit ? Eddie n'aime déjà pas récupérer les gens de jour, pourquoi voudrais-tu qu'il prenne ce risque ? Je te parie qu'il ne décrochera même pas, en plus. Il déteste ce genre de soirées.

— Et Joe Hess ? suggéra Claire. Je suis sûre qu'il nous déposerait.

— Ça ne coûte rien d'essayer.

Claire composa le numéro et laissa sonner dans le vide. Elle n'eut pas plus de chance avec Travis Lowe. L'estomac noué, elle se tourna vers Shane. Eve se leva en frictionnant ses bras nus pour se réchauffer. Shane retira sa veste et la lui posa sur les épaules.

— Il ne nous reste plus qu'à marcher, lâcha-t-il en les prenant toutes les deux par la main. Ne ralentissez pas et ne vous arrêtez sous aucun prétexte. Si je vous dis de courir, vous courez, pigé ?

Il n'attendit pas qu'elles engagent le débat et les entraîna dans l'allée menant à la grille. Dans la rue, les lampadaires étaient trop rares et espacés pour concurrencer les ténèbres ; Claire se sentait observée. Elle n'avait aucun moyen de savoir si cette impression était fondée, mais elle frémit de la tête aux pieds. « Allez, Claire, un peu de sang-froid. On est trois, et Shane n'est pas une proie facile. »

Ils coupèrent à travers un quartier résidentiel : c'était le plus court chemin, et le mieux éclairé, mais aussi celui qui les forçait à passer devant le Starbucks. À l'idée qu'Oliver les apercevrait dans leurs tenues guindées, la mine défaite, sa gêne ne fit que croître. La soirée avait été assez pénible comme ça.

Une pensée, toutefois, réussit à lui remonter le moral : la soirée de Monica devait être encore pire, et elle était sans doute en train de s'ingénier à expliquer à la police pourquoi il y avait plus de médicaments dans sa maison que dans la pharmacie du coin, sans parler des dérives orgiaques de mineurs ou du cadavre. Par contraste, une petite balade nocturne dans Vampire City ne paraissait pas si terrible. Du moins, jusqu'à ce qu'Eve murmure :

— Quelqu'un nous suit.

Claire se sentit vaciller, mais Shane lui serra la main et elle se força à poser un pied devant l'autre.

— Qui ? demanda-t-elle.

— Aucune idée, répondit Eve sans tourner la tête vers elle. J'ai juste aperçu une silhouette. Vêtue de noir.

À part Amelie, qui préférait les tons pâles, le noir était une couleur très en vogue à Morganville, et cette information ne les avançait donc pas beaucoup. Claire, qui pressait le pas, trébucha à cause d'un trou dans le trottoir et se serait étalée de tout son long si Shane ne l'avait pas retenue. L'incident les força à ralentir, néanmoins. Ils se trouvaient encore à un pâté de maisons au moins du prochain lampadaire en état de marche et, à présent, Claire entendait des bruits de pas réguliers dans leur dos. Devant eux, par la vitrine du seul café ouvert dans le coin, se déversait une lumière chaude, éclaboussant le trottoir de jaune. Le Starbucks. Un terrain neutre – du moins en théorie.

— Bien, commença Shane. On n'arrivera jamais jusqu'à la maison. On va se réfugier au Starbucks et…

— Il est hors de question que je mette les pieds dans cet endroit ! s'exclama Eve. Je ne peux pas !

— Bien sûr que si. On n'a pas le choix, de toute façon. C'est un terrain neutre, personne ne te touchera. On peut même conclure un accord provisoire avec Oliver en échange de sa protection. Promets-moi…

Shane n'eut pas le temps de finir sa phrase : les bruits de pas s'étant soudain précipités, il fit volte-face et poussa les deux filles derrière lui. Dans un mouvement si rapide que Claire ne put distinguer ce qui se passait, un objet le heurta à la tête. Il chancela avant de tomber à genoux. Claire hurla et voulut se précipiter vers lui, mais Eve la retint et la traîna vers la flaque de lumière projetée par le Starbucks.

— Debout !

Se libérant de la poigne d'Eve, Claire se retourna et découvrit l'identité de l'agresseur : le sale type qui l'avait pelotée à la soirée, et que Shane avait battu comme plâtre. Il les avait suivis. Et il avait apporté une batte de base-ball. C'était avec elle qu'il avait frappé Shane à la tête et il s'apprêtait à recommencer.

— Non ! s'écria Claire en voulant se précipiter vers eux.

Eve était plus forte cependant. Elle la força à pivoter sur les talons et la poussa vers le café.

— Entre, Claire !

— Lâche-moi…

Elles cessèrent de se battre lorsqu'une silhouette jaillit des ombres pour se placer en travers de leur chemin. Une longue lame scintillait au clair de lune. Le couteau se trouvait dans les mains de Jason.

— Salut, sœurette, dit-il en faisant tourner son arme entre ses doigts. Je savais que tu prendrais ce chemin. Dès que j'ai appris que tu avais quitté la soirée sans la sangsue qui te sert de garde du corps, j'ai su que l'heure était venue.

— Jason… commença Eve en lâchant Claire pour s'interposer entre elle et lui. Elle n'a rien à voir dans tout ça. Laisse-la partir.

Claire était déchirée entre deux envies : surveiller Jason, qui la terrifiait, ou voir comment tournait la bagarre entre Shane et son agresseur. Elle risqua un coup d'œil par-dessus son épaule et vit le premier arracher la batte des mains du second avant de lui donner un coup sur l'épaule, qui l'envoya valser dans le mur de brique. Le type s'écroula en hurlant ; Shane ne se portait pas beaucoup mieux : il s'éloigna en tanguant, puis tomba à quatre pattes par terre. La batte lui échappa.

— Oh, mon Dieu, murmura Claire.

Un filet de sang coulait le long de son visage et gouttait sur le bitume.

— Shane !

Lorsqu'il entendit son prénom, il secoua la tête, et des gouttelettes de sang éclaboussèrent le sol autour de lui. Il releva les yeux et aperçut Claire. Puis Eve et, juste derrière, Jason. Après avoir retrouvé la batte à tâtons, Shane se hissa sur ses pieds. Il rejoignit Claire d'une démarche mal assurée, la dépassa, puis écarta Eve avant de se planter, les jambes écartées, face à Jason, et de relever la batte derrière son épaule. Même s'il était d'une pâleur effrayante, Claire savait qu'il ne reculerait pas.

— Laisse-les tranquilles, dit-il.

Il ne s'agissait ni d'un cri ni d'une menace ; Shane contrôlait parfaitement sa voix.

— Dégage, Jason, ajouta-t-il.

Celui-ci se départit de son sourire. Il rengaina son couteau et brandit les deux mains.

— OK, désolé, mec. Tu peux ranger ta batte.

Il fourra les mains dans les poches de sa veste, affichant un air détendu ; une lueur inquiétante brillait toutefois dans son regard. Un sourire cruel étira lentement ses lèvres, lorsqu'il reprit :

— J'ai entendu dire que tu avais découvert mon petit cadeau dans ta cave. En forme de fille.

Claire dut soutenir Eve qui chancelait.

— Jason… gémit-elle.

On aurait dit qu'elle était sur le point de vomir.

— Pourquoi fais-tu ça, bon sang ? reprit-elle.

Sans baisser la batte, Shane avança d'un pas, et Jason recula d'autant.

— Pour prendre mon pied, répondit-il. Mais je me fous des filles. Je devais juste leur montrer qúe j'étais prêt.

— Prêt ? répéta Eve. La vache, Jase, c'est ça que tu cherches ? Grossir les rangs des vampires ? Et, en attendant, tu te fais les dents ? Ou tu essaies de les impressionner ? En tuant des filles innocentes ?

Son effroi était communicatif et une boule se forma sur l'estomac de Claire. Jason haussa les épaules avant de répondre. Il était si maigre qu'il flottait quasiment dans sa veste en cuir noir.

— Bien sûr. Comment attirer les regards ici, sinon ? Et j'ai bien l'intention d'être au centre de l'attention. En commençant avec toi, Claire.

Shane poussa un hurlement de rage pure et se jeta sur lui. Jason l'évita, se déplaçant à une vitesse surnaturelle, et la batte le manqua. Il en profita pour bondir. L'attaque avait déséquilibré Shane, mais peu importait : si Jason avait l'intention d'en venir aux mains avec lui, il n'en réchapperait pas. À moins que… Jason planta son poing dans le ventre de Shane, qui lâcha un cri de surprise avant de reculer.

Shane reculait…

Claire remarqua soudain le couteau dans la main de Jason, la lame argentée souillée de rouge et, l'espace d'une seconde, elle ne comprit rien à ce qui se passait. Ce ne fut que lorsque la batte rebondit sur le trottoir avec fracas et que Shane tomba à genoux qu'elle saisit : il venait d'être poignardé. Pantelant, il essayait de parler sans réussir à émettre le moindre son. La panique se lisait dans ses yeux écarquillés. Il chercha à se relever, en vain.

Jason pointa le couteau dans sa direction avant de décrire un arc avec son bras, les éclaboussant tous les trois de sang, et de tourner les talons. En s'éloignant, il rangea le couteau dans sa poche. Des clients commençaient à sortir du Starbucks, à la fois déroutés et inquiets. Oliver les avait devancés de quelques secondes. Après avoir observé la silhouette de Jason, qui se confondait déjà avec les ténèbres, il reporta son attention sur la scène.

Claire s'agenouilla à côté de Shane, qui lui jeta un regard désespéré puis s'affala, lentement, sur le flanc. Il avait les doigts serrés sur le ventre, et il perdait une quantité importante de sang… Eve n'avait pas bougé. Clouée sur place dans sa magnifique robe noire, le regard perdu dans la direction où son frère avait disparu. Oliver l'empoigna et la secoua. Si violemment que ses cheveux volèrent en tous sens. Lorsqu'il la lâcha, elle s'écroula, vaincue, contre le mur du bâtiment. Avec un mouvement de tête impatient, Oliver se tourna vers Claire et Shane. Celle-ci, que le chagrin rendait muette, leva vers lui des yeux implorants. Le temps d'un instant, elle crut y lire quelque chose qui ressemblait à de la compassion. Une minuscule étincelle fugace.

— Quelqu'un a appelé une ambulance, dit-il. Il faut comprimer la plaie, il perd beaucoup de sang. Quel gâchis !

Il voulait parler du sang, pas de Shane.

— Aidez-moi, lui souffla Claire. Aidez-moi ! répéta-t-elle en le voyant secouer la tête.

— Tu devrais savoir que les vampires ne font pas de très bons infirmiers, rétorqua-t-il. Je te rends service en gardant mes distances. Et je n'ai aucun ordre à recevoir de toi, ma petite. Le bracelet à ton poignet ne signifie rien à mes yeux. Sinon que je dois veiller à ce qu'il n'y ait pas de témoins le jour où je m'en prendrai à toi.

Une violente quinte de toux ébranla Shane, qui recracha du sang par la bouche. Il était aussi pâle que Michael. Aussi pâle qu'un vampire. Claire le berça dans ses bras. Observant Eve en coin, Oliver se renfrogna puis s'éclipsa. Les curieux approchaient, murmurant et posant des questions, mais Claire ne comprenait pas un seul mot. Elle appuya de toutes ses forces sur la chemise ensanglantée de Shane et sentit qu'il se crispait. Elle eut l'impression qu'une éternité s'écoulait avant que les hurlements distants des sirènes se rapprochent.

Shane respirait encore quand les ambulanciers le hissèrent sur le brancard, mais il ne bougeait plus et ne prononça pas un mot. Claire releva Eve et, en passant un bras autour de ses épaules, dit :

— Viens, on va monter avec lui.

Oliver ne détachait pas les yeux des traces humides de sang sur le béton et, tandis que Claire aidait Eve à grimper dans l'ambulance, il interpella un de ses employés. En désignant les traînées sombres d'un mouvement de tête, il lança :

— Nettoie-moi ça. Avec du détergent. Je ne veux pas que ça sente toute la nuit.

11.

Ayant survécu au trajet, Shane fut immédiatement transporté au bloc opératoire. Avec sa robe en velours noir, plus gothique que jamais, Eve détonait dans la salle d'attente aux teintes neutres, apaisantes. Claire multipliait les allers-retours au lavabo pour se laver les mains ; elle ne cessait de découvrir de nouvelles traces de sang sur sa peau et ses vêtements.

Eve versait en silence des larmes de désespoir. Étonnamment, les yeux de Claire restaient secs. Elle était incapable de pleurer : cela faisait-il d'elle quelqu'un d'anormal ? de tordu ? Elle avait l'impression de ne rien ressentir à l'exception d'une vague appréhension.

Richard Morrell passa prendre leurs dépositions. La situation se résumait en quelques mots, et Claire n'hésita pas une seconde à dénoncer Jason.

— Il a poignardé Shane, dit-elle. Et il a confessé, pour le meurtre de ces filles.

— Comment cela ? s'enquit Richard en s'asseyant sur une chaise en face d'elle, dans la salle d'attente.

Il paraissait fatigué. Et plus vieux. Ça devait lui peser d'être le seul de la famille Morrell à ne pas avoir plusieurs cases en moins.

— Quels ont été ses termes exacts ? reprit-il.

— Il a dit qu'il en avait laissé une pour nous, répondit-elle en observant discrètement Eve, qui n'avait pas desserré les dents (ni même, à ce qu'en savait Claire, cillé). Il les a comparées à des cadeaux.

— En a-t-il appelé une par son nom ?

— Non, chuchota-t-elle.

Elle tombait d'épuisement soudain, elle aurait pu dormir une semaine entière. Elle avait froid, aussi. Remarquant qu'elle frissonnait, Richard alla chercher une grande couverture en laine polaire grise dans laquelle il l'enveloppa. Il en avait apporté une seconde pour Eve, qui portait toujours la veste de Shane.

— Penses-tu que Jason aurait pu dire ça parce qu'il était au courant qu'on avait découvert un cadavre près de chez vous ? A-t-il mentionné des détails que la presse n'avait pas déjà relatés ?

Claire faillit répondre oui, mais se ravisa à temps. La police n'était pas au courant pour la fille dans la cave, croyant que son assassin l'avait déposée devant l'église. N'ayant d'autre choix, elle secoua la tête.

— Impossible d'exclure la possibilité que Jason ait dit ça dans le but de vous faire peur. Nous le surveillons depuis un moment et nous n'avons rien trouvé le liant, de près ou de loin, à ces meurtres.

Il marqua une hésitation avant d'ajouter, avec beaucoup de douceur :

— Écoute, je ne veux pas accabler Shane, mais il avait une batte, non ?

Eve redressa la tête.

— Quoi ? demanda-t-elle.

— Shane s'est servi d'une batte.

— Il l'avait arrachée à un type, répondit Claire, en butant sur certains mots dans sa hâte. Un type qui était à la soirée de Monica. Shane a été agressé, il ne faisait que se défendre ! Et il voulait forcer Jason à reculer…

— Certains témoins affirment que Shane a menacé Jason avec la batte alors que celui-ci avait rangé son couteau.

À court de mots, Claire resta assise, les lèvres entrouvertes, et regarda Richard au fond de ses yeux las et sévères.

— On aurait dû s'en douter, lança Eve d'une voix qui se durcissait au fur et à mesure. Tout va retomber sur Shane, simplement parce que ça vous arrange. Peu importe qu'une enflure ait essayé de lui éclater la tête ou que Jason l'ait poignardé. Ça reste la faute de Shane !

Elle se releva, arracha la couverture dans laquelle elle était emmitouflée et la jeta à Richard, qui faillit se la prendre en pleine face.

— Tiens, sers-t'en pour étouffer l'affaire ! cracha-t-elle en s'éloignant à grandes enjambées, aussi frêle et pâle qu'un lis dans l'écrin noir de sa robe.

— Eve… soupira Richard. Bon sang ! Écoute, Claire, je suis obligé de m'appuyer sur les faits, d'accord ? Et, d'un point de vue factuel, Jason a rangé son couteau, tandis que Shane l'a menacé avec une batte. Du coup, Jason l'a poignardé pour se défendre. Ça correspond au déroulement de la scène ?

Claire le fixa quelques secondes en silence, avant de se lever et de lui tendre sa couverture.

— Vous en aurez besoin. Une seule ne suffira pas à étouffer l'affaire, dit-elle. Vous devriez peut-être voir s'il y a un cirque en ville. Et leur emprunter une tente.

Elle se rendit à l'accueil et demanda si Shane avait quitté le bloc. Ce n'était pas le cas. Eve faisait les cent pas dans le couloir, raidie par la colère, les poings serrés, presque entièrement dissimulés par les manches de la veste de Shane, trop grande pour elle.

— Ces salauds ! Ils vont faire piquer Shane, je le sens.

— Le faire piquer ? répéta Claire. Comment ça, le faire piquer ? Comme un chien ?

Eve la foudroya du regard ; ses yeux, gonflés, étaient ourlés de rouge et mouillés de larmes.

— Je veux dire que, même s'il survit à l'opération, ils ne le laisseront pas s'en tirer. Richard nous l'a quasiment avoué… Tu ne piges pas, Claire ? Ils tiennent une occasion en or : « Shane a attaqué Jason, qui n'a fait que se défendre. » Et personne n'interrogera mon frère au sujet de ces meurtres. Ils se contenteront de les enterrer, de même qu'ils ont enterré les cadavres.

Elle s'interrompit soudain, les yeux fixés sur un point derrière Claire. Celle-ci se retourna : Michael s'approchait, de sa démarche assurée et puissante. Il fondit sur Eve sans la moindre hésitation, comme s'il ne s'était rien passé. Comme s'il n'avait pas été surpris dans une position compromettante. Il s'arrêta à quelques centimètres d'elle et lui tendit les mains.

— Je vous ai cherchés partout, dit-il. J'ai fini par retrouver votre trace au Starbucks. Comment va-t-il ?

Sa voix était rocailleuse.

— Pas bien, susurra Eve en se jetant dans ses bras comme si ses sentiments étaient plus puissants que le barrage qu'elle avait édifié. Oh, si tu savais, Michael, c'est affreux… La situation a dégénéré…

En soupirant, il la serra dans ses bras et posa sa tête dorée sur ses cheveux noirs de jais.

— J'aurais dû venir avec vous. Vous forcer à monter dans cette foutue voiture. J'en avais l'intention, mais… il fallait que je règle la situation chez Monica. Je ne me serais jamais imaginé que vous alliez décider de rentrer à pied.

Il se tut quelques instants et, lorsqu'il finit par reprendre la parole, ses intonations trahirent sa souffrance.

— Tout est ma faute.

— Ce n'est la faute de personne, rétorqua Claire. Tu sais qu'il est impossible d'aller contre la volonté de Shane. Ou celle d'Eve. Ou la mienne, d'ailleurs.

Elle posa une main hésitante sur le bras de Michael avant d'ajouter :

— Tu n'as pas tué cette fille, si ?

— Non. Je l'ai découverte par hasard, en cherchant Jason. Je voulais qu'il dégage, mais il avait sans doute déjà pris la tangente.

— Alors, qui…

Michael tourna vers elle ses prunelles bleues, qui brillaient d'un éclat féroce.

— C'est pour cette raison que je devais rester chez Monica : des vampires en avaient fait leur terrain de chasse, il fallait les arrêter.

Une infirmière ralentit en les doublant afin d'observer Michael et Eve. Elle s'immobilisa et les fixa à travers ses paupières plissées, puis grommela quelque chose, avant de reprendre son chemin. Alors qu'elle était déjà à plusieurs mètres, Michael l'interpella :

— Excusez-moi ! Qu'est-ce que vous venez de dire ?

Elle s'arrêta net et se tourna vers lui.

— Rien, *monsieur.*

Elle prononça ce dernier mot d'un ton si tranchant qu'il aurait pu couper.

— Il me semble que si, au contraire. Vous l'avez traitée de traînée.

Avec un sourire glacial, l'infirmière rétorqua :

— Si j'ai parlé dans ma barbe, ça ne vous regarde pas. Vous et votre… *petite amie*… ne devriez pas vous donner en spectacle devant tout le monde. Il y a une salle d'attente. À moins que la banque du sang ne soit plus appropriée.

Michael serra les poings, les traits crispés par la fureur.

— Ce n'est pas ce que vous pensez.

L'infirmière – Christine Fenton, à en croire son badge – riposta aussitôt, avec un ricanement méprisant :

— Oui, oui. Vous croyez être le premier à me répondre ainsi ? Vous êtes de pauvres incompris… Essayez un peu de m'attaquer ! Je n'ai pas peur de vous. D'aucun de vous.

— Tant mieux, répondit Michael. Vous n'avez rien à craindre de moi parce que je suis un vampire. En revanche, parce que vous venez d'insulter ma copine sous son nez, oui.

L'infirmière balaya sa menace d'un geste de la main avant de pivoter sur ses talons.

— Waouh, lâcha Eve, qui semblait presque redevenue elle-même (comme si cette insulte lui avait fait l'effet d'une claque en pleine face). Et moi qui trouvais qu'on me traitait mal quand je sortais avec Bobby Fee. Au moins, lui, il respirait. Bon, il avait mauvaise haleine, mais…

Sans détacher ses yeux de l'infirmière, Michael lui passa un bras autour des épaules. Il se força à sourire pour chasser l'expression de contrariété sur son visage puis planta un baiser sur le front d'Eve.

— Tu dois te reposer. Retournons à la salle d'attente, proposa-t-il. Je promets de ne plus te coller la honte.

En l'entraînant dans cette direction, il interpella Claire :

— Tu viens ?

Elle acquiesça d'un air absent : son esprit était ailleurs, accaparé par la pièce manquante du puzzle. Fenton. Claire avait déjà vu ce nom, pas vrai ? Elle ne connaissait pas l'infirmière en revanche ; elle ne l'avait jamais vue avant et n'était pas impatiente de la recroiser !

Réalisant soudain qu'elle se trouvait seule au milieu du couloir, Claire réprima un frémissement. Si le bâtiment, moderne, n'avait rien à voir avec celui, délabré, de l'hôpital abandonné où Shane et elle s'étaient réfugiés, quelques semaines plus tôt, il lui collait quand même la chair de poule. Avec un pincement au cœur, elle jeta un ultime coup d'œil aux portes en verre dépoli indiquant : BLOCS OPÉRATOIRES – ACCÈS RÉSERVÉ AU PERSONNEL AUTORISÉ. Elle ne distinguait rien d'autre que des ombres mouvantes, aux contours flous.

Elle rejoignit Michael et Eve dans la salle d'attente. Richard Morrell s'était éclipsé, heureusement. Après s'être assise, elle se mit à frotter ses paumes l'une contre l'autre, sentant encore le contact poisseux du sang de Shane dessus.

— Hé ! lui lança soudain Michael.

Elle n'avait plus aucune notion du temps ; elle savait seulement qu'elle se sentait raide et courbatue. Relevant la tête, elle découvrit, dans ses yeux, de l'empathie, le tout teinté d'un éclat qui n'avait rien de… naturel.

— Il faut que tu te reposes. Je peux presque entendre les rouages tourner dans ton crâne.

Eve s'était endormie dans son giron, recroquevillée comme un chat. Il caressait ses cheveux noirs.

— Viens, dit-il en enlaçant Claire.

Elle se laissa aller contre lui et, en dépit de tout ce qui était arrivé, elle se sentit en sécurité. La réalité de la situation lui tomba alors dessus d'un seul bloc, ainsi que la peur, la douleur et la prise de conscience que Shane avait été poignardé, juste sous ses yeux. Submergée par des sentiments contradictoires, elle enfouit son visage dans la chemise en soie bleue de Michael et s'abandonna à son chagrin, secouée par des sanglots silencieux, qui lui déchiraient le ventre à chaque spasme. Il posa une main rassurante sur sa tête. Lorsqu'elle se détendit enfin, elle sentit la pression de ses lèvres fraîches sur sa tempe et, alors, elle glissa dans les ténèbres.

Claire se débattit pour émerger de son cauchemar et plonger dans un autre. L'hôpital. Shane. Le bloc opératoire.

Eve la secouait par les épaules, lui soufflant au visage des mots à toute allure, si vite que Claire n'en comprenait aucun. Mais les mots n'avaient pas d'importance : son amie souriait.

— Il est sauvé, murmura Claire avant de répéter plus fort : Il est sauvé !

— Ouais, répondit Eve, qui continuait à parler beaucoup trop vite, sans articuler, mais avec enthousiasme. Il est sorti du bloc. C'était limite, parce que l'hémorragie interne était importante. L'hôpital le gardera quelques jours en observation. Puis il pourra rentrer à la maison. Il devra porter un de ces bracelets temporaires en plastique, tu vois ?

Claire secoua la tête pour chasser les brumes du sommeil qui alourdissaient son cerveau.

— En plastique… Mais attends, les patients en ont toujours un, non ? Ça permet de les identifier.

— Ah bon ? Bizarre… Enfin, à Morganville, les patients le gardent à leur sortie, ça les protège durant le mois qui suit l'opération. Les vampires ont interdiction d'approcher pendant cette période.

Eve bondissait littéralement à présent.

— Il va s'en sortir, Claire, il va s'en sortir !

Claire s'extirpa de son siège et, serrant les mains d'Eve, sautilla de joie avec elle.

— Vous ne m'en voulez pas si je ne participe pas ? lâcha Michael, qui était resté assis, mais les observait en souriant.

Il semblait épuisé.

— Quelle heure est-il ? demanda Claire.

— Tard. Enfin, tôt, rétorqua Eve en consultant sa montre tête de mort. Près de six heures du matin. Michael, tu devrais rentrer, le jour ne va pas tarder à se lever. Je vais rester avec Claire.

— On ferait mieux de tous rentrer. Shane ne se réveillera pas avant plusieurs heures. Vous pourriez en profiter pour vous changer.

Claire grimaça en baissant les yeux sur sa tenue.

— Ouais, conclut-elle avec lassitude, ça ne me ferait pas de mal.

Ses collants étaient imbibés de sang, et Michael devait le sentir – même elle, elle percevait l'odeur métallique et nauséabonde.

— Eve, tu veux rentrer aussi ? lui demanda-t-elle.

Celle-ci acquiesça. Ils quittèrent donc la salle d'attente et empruntèrent le long couloir vide. Au moment où ils longeaient l'accueil, Christine Fenton leur jeta un regard noir et, pendant qu'ils attendaient l'ascenseur, Claire remarqua qu'elle décrochait son téléphone.

— Où ai-je déjà entendu ce nom ? s'interrogea-t-elle tout haut avant de s'aviser qu'elle était en compagnie de deux natifs de Morganville. Vous la connaissez, cette Christine Fenton ?

L'ascenseur était arrivé ; après s'être glissée à l'intérieur et avoir pressé le bouton du rez-de-chaussée, Eve échangea un regard avec Michael, qui répondit :

— La famille Fenton est ici depuis des générations. La charmante Christine est une pièce rapportée. Elle s'est inscrite à la fac de Morganville, où elle a rencontré son futur mari.

— Mari que tu connais, ajouta Eve. L'officier Fenton, Brad Fenton, c'est lui qui…

— … s'est pointé quand Sam a été attaqué, coupa Claire. Bien sûr ! J'avais oublié son nom.

Pourquoi éprouvait-elle un vague sentiment de malaise, alors ? Rien dans l'attitude du policier n'avait laissé penser qu'il avait une dent contre les vampires. Il avait même agi rapidement lorsque Sam s'était retrouvé dans une position délicate. Au contraire de sa femme, qui n'avait pas des vues aussi ouvertes. Ces réflexions la taraudèrent un moment, mais elle finit par passer à autre chose : elle ne réussissait pas à mettre le doigt sur ce qui la gênait et elle avait des préoccupations plus urgentes. Après tout, Shane était tiré d'affaire et rien d'autre n'avait d'importance.

Si la douche fit beaucoup de bien à Claire, elle ne lui permit pas de se débarrasser de la douleur lancinante qui palpitait derrière ses yeux, ni du voile gris qui recouvrait le monde. Elle le devait sans doute à la fatigue, et au stress. Rien ne semblait à sa place. Après avoir enfilé des vêtements propres, elle prit son sac à dos et se rendit à l'hôpital – en taxi, cette fois, même si c'était en plein jour. Elle n'aperçut aucun signe de Jason, mais elle s'attendait à ce qu'il fasse preuve de discrétion. Il était malin ; jusqu'à présent, il avait bien réussi à passer entre les mailles du filet. Et pourtant… elle n'avait jamais eu l'impression qu'il envisageait les choses à long terme. Il était plutôt du genre à satisfaire ses désirs dès leur apparition. Quelle conclusion en tirer ? Eve avait-elle raison ? S'agissait-il d'une gigantesque manipulation des autorités ? Jason avait-il le champ libre pour violer, tuer et poignarder autant qu'il le voulait ? À cette seule idée, elle eut un haut-le-cœur.

Un coup de chance, Christine Fenton n'était pas de garde à cette heure de la journée. Claire se présenta à l'infirmière plus jeune, et plus charmante, qui tenait l'accueil – Helen Porter –, avant d'aller s'installer sur la chaise la moins inconfortable de la salle d'attente. Elle n'avait pas que des raisons de se plaindre, cependant :

l'hôpital avait une connexion Internet et des tables de travail. Bien entendu, des filtres l'empêchaient d'accéder à beaucoup de sites, et elle accumula les frustrations en voulant prendre des nouvelles hors de Morganville… Que se passait-il dans le monde ? Sans doute rien de très différent, finalement. Guerres, meurtres, atrocités. Parfois, elle avait le sentiment que les vampires n'étaient pas si cruels en comparaison des exactions commises par des personnes dont la soif de sang n'avait rien d'un besoin physiologique.

Elle se demanda si l'enquête que les vampires menaient sur l'attaque de Sam avait progressé. Ils devaient bien avoir une piste, non ? En même temps, ils n'avaient pas été capables d'arrêter le père de Shane…

La connexion Internet tomba en rade alors qu'elle était au beau milieu d'un mail destiné à ses parents. Elle voulait éviter le téléphone, consciente qu'elle serait tentée de tout déballer, ses peurs comme ses malheurs, et de chercher du réconfort auprès d'eux – après tout, à quoi servaient les parents sinon ? Mais, si elle le faisait, soit ils débarqueraient en courant, ce qui serait catastrophique, soit ils essaieraient de la forcer à quitter la fac, ce qui serait encore pire. Pire à tout point de vue.

Claire savait néanmoins qu'elle n'avait pas donné de nouvelles depuis bien trop longtemps et que plus elle remettait le coup de fil, plus ce serait tendu entre sa mère et elle.

Après avoir rangé son ordinateur portable, elle sortit son nouveau téléphone. L'écran et les touches projetaient une lueur bleu pâle. Elle composa le numéro et entendit un léger cliquetis – ce qui signifiait sans doute que l'appel était enregistré, ou au moins écouté. Raison supplémentaire de surveiller ce qu'elle disait. Sa mère décrocha à la troisième sonnerie.

— Allô ?

— Salut, maman ! C'est Claire.

Claire grimaça en percevant l'artificialité de son ton enjoué. Pourquoi n'était-elle pas plus naturelle ?

— Claire, ma chérie ! Je me faisais un sang d'encre. Tu devais appeler il y a plusieurs jours.

— Je sais, maman, je suis désolée. J'ai été débordée. On m'a proposé de suivre des cours de troisième année. Je suis enchantée, mais j'ai beaucoup de devoirs et de lectures à rattraper. Du coup, ça m'est sorti de la tête.

— Eh bien, tu me vois ravie d'apprendre que les professeurs s'intéressent enfin à toi comme tu le mérites. Je m'inquiétais un peu du niveau de cette fac. Tu as besoin qu'on te donne du fil à retordre, Claire, je te connais.

De ce côté-là, elle était servie, entre les nouveaux cours et Myrnin. Sans parler des menaces de Jason et de la frayeur causée par Shane…

— Ouais, tu as raison, dit-elle. C'est super en effet.

— Que me racontes-tu d'autre ? Comment vont tes amis ? Le charmant Michael continue à jouer de la guitare ?

Elle en parlait comme s'il s'agissait d'un passe-temps bébête qu'il finirait par abandonner.

— Oui, maman, c'est mieux pour un musicien. Il a même donné un petit concert à la cafétéria de la fac, l'autre jour. Et il a attiré pas mal de monde.

— Ah… tant mieux. J'espère qu'il n'a pas l'intention de se produire dans une boîte de nuit. Ça peut être très dangereux.

Pourquoi sa mère était-elle aussi obnubilée par la question de la sûreté ? Avait-elle gardé certains souvenirs de son passage à Morganville ?

— Maman, tu exagères. Tu n'as aucune raison de te faire de la bile. Tout va bien, je t'assure.

— Dois-je te rappeler que tu as commencé le semestre aux urgences ? Tu ne peux pas vraiment me reprocher de m'inquiéter. Tu es très jeune pour être livrée à toi-même, et vivre ailleurs que dans le dortoir…

— Je t'ai déjà expliqué pourquoi je ne pouvais pas y rester !

— Oui, oui, je me souviens, les filles n'étaient pas sympas…

— Pas sympas ? Maman ! Elles m'ont poussée dans l'escalier !

— Je suis sûre que c'était un accident.

Inutile de poursuivre le débat : une part de sa mère refusait d'admettre cette idée. Étonnamment, alors qu'elle passait son temps à se faire du mouron, elle n'arrivait pas à accepter que sa fille ait réchappé à un véritable danger.

— Oui, soupira celle-ci. Sans doute… De toute façon, la maison de Michael est géniale, je m'y plais beaucoup.

— Et Michael a bien nos numéros de téléphone ? Au cas où il y aurait un problème ?

— Oui, maman, tout le monde a vos coordonnées. À ce propos, voici le numéro de mon nouveau portable…

Elle dicta les chiffres, deux fois, avant de demander à sa mère de les répéter.

— Il capte mieux que le précédent, reprit-elle, tu pourras donc me joindre plus facilement.

— Claire, es-tu certaine que ça va ?

— Oui, très bien.

— Je ne veux pas être indiscrète, mais ce garçon, celui qui vit avec vous… pas Michael, mais…

— Shane.

— Oui, Shane. Je crois que tu devrais garder tes distances avec lui, trésor. Il est plus vieux que toi, et il m'a l'air très sûr de lui.

Claire ne pouvait pas parler de Shane maintenant : elle avait failli buter sur son prénom, tant il réveillait des souvenirs douloureux. Si seulement elle avait pu se confier à sa mère comme autrefois, comme à l'époque où elle n'avait aucun secret pour elle. Malheureusement, Morganville était un sujet de conversation interdit avec ses parents. Ce qui revenait à dire qu'elle ne pouvait presque plus discuter de rien.

— Je serai prudente, réussit-elle à articuler, je te promets.

La jeune infirmière, qui s'était encadrée dans la porte de la salle d'attente, attira alors son attention d'un geste de la main.

— Ah… maman, je dois y aller, désolée. On m'attend.

— Entendu, trésor. Nous t'aimons.

— Je vous aime aussi.

Elle raccrocha, glissa le téléphone dans sa poche et prit son sac à dos avant d'emboîter le pas à l'infirmière, qui lui fit franchir des portes vitrées indiquant : SOINS INTENSIFS.

— Il est réveillé, l'informa-t-elle. Vous ne pouvez pas rester longtemps, nous tenons à ce qu'il se repose le plus possible et je sens déjà qu'il ne sera pas un patient commode.

En souriant, elle ajouta, avec un clin d'œil :

— Essayez de l'amadouer un peu pour moi. Ça me rendrait grand service.

Claire acquiesça. Elle se sentait nerveuse, et un peu étourdie par la violence de ses sentiments contradictoires : si elle crevait d'envie de le toucher, elle redoutait ce moment aussi. La perspective de le voir dans cet état la répugnait, et les mots lui manquaient. Que dire à quelqu'un qu'on avait été à deux doigts de perdre ?

Elle ne s'était pas attendue à ce qu'il soit si abîmé, et sa surprise dut se lire sur ses traits ; Shane poussa un grognement et ferma les paupières quelques instants.

— Ouais, enfin, dis-toi que je ne suis pas mort, c'est déjà ça. Un sur quatre, ça suffit.

Il avait une mine atroce, aussi pâle que celle de Michael. La batte de baseball lui avait laissé des contusions de toutes les couleurs de l'arc-en-ciel. Surtout, il paraissait si vulnérable, avec tous les tuyaux et les branchements, que Claire en fut déstabilisée. Elle s'assit sur la chaise à côté de son lit et tendit la main vers les barreaux pour effleurer, délicatement, sa main égratignée et meurtrie. Il la retourna et entremêla leurs doigts.

— Ça va ? demanda-t-il.

— Ouais… Jason a détalé presque aussitôt.

En réalité, il s'était éloigné d'un pas paisible, mais cette précision était inutile.

— Eve est entière, elle aussi, reprit-elle. Elle a attendu avec moi, pendant que tu étais au bloc. Elle est retournée se changer à la maison, elle repassera.

— J'imagine que sa robe de diva faisait un peu tache dans le décor.

Il souleva les paupières et plongea ses yeux dans les siens avant d'ajouter :

— Claire, sérieux : tout va bien ?

— Oui, je t'assure. J'ai juste eu peur pour toi.

— Aucune raison.

— Je te rappelle que tu t'es fait poignarder et que tu t'es vidé de la moitié de ton sang… Aucune raison d'avoir peur, c'est vrai.

En entendant sa voix frémir, Claire comprit qu'elle était sur le point de pleurer. Elle s'y refusait pourtant. Si Shane avait envie d'en rire, s'il avait envie de jouer les durs, elle ne devait pas l'en empêcher, si ? Il tenta de chasser sa remarque d'un haussement d'épaules – douloureux, à en croire sa grimace. L'un des appareils, juste à côté de Claire, bipa, et il poussa un soupir en sentant la morphine agir.

— Mmmm… Purée, ils ne lésinent pas sur les doses. On s'amuse moins quand on a des blessures superficielles.

Parler l'épuisait. Claire se leva et lui effleura les lèvres du bout des doigts.

— Chut, dit-elle, repose-toi, d'accord ? Et garde ton numéro pour quelqu'un d'autre que moi. C'est normal d'avoir peur. C'est normal d'avoir mal, Shane. Tu peux te laisser aller avec moi.

Ses yeux s'embuèrent de larmes, qui roulèrent sur ses joues et tracèrent des sillons humides dans ses cheveux.

— Mince, murmura-t-il. Désolé. Simplement, je… Tout m'a échappé soudain. Toi, entre autres, j'ai essayé… j'ai cru qu'il allait te faire du mal, mais j'étais impuissant…

— Je sais, dit-elle en se penchant pour l'embrasser avec beaucoup de délicatesse. Je sais.

Il pleura un petit moment, et elle ne bougea pas d'un pouce, le protégeant du reste du monde, jusqu'à ce qu'il sèche ses larmes. Il finit par s'endormir. Claire sentit alors un léger tapotement sur son épaule. L'infirmière lui fit signe de sortir, et Claire démêla doucement ses doigts de ceux de Shane puis la suivit.

— Désolée, dit-elle, mais j'aimerais qu'il se repose avant que les médecins l'examinent. Vous pourrez repasser cet après-midi ?

— Bien sûr. À quelle heure ?

Seize heures. Autrement dit, elle avait l'essentiel de la journée à tuer et n'avait pas la moindre idée de la façon de l'occuper. Myrnin ne l'attendait pas, Amelie ne lui avait donné aucune indication dans ce sens, en tout cas. C'était samedi, elle n'avait pas de cours. Et elle n'avait aucune envie de rentrer à la maison… pour se morfondre.

Claire tergiversait toujours lorsqu'elle repéra une silhouette familière devant l'hôpital. Jennifer, une des Monickettes. Que fabriquait-elle là ? Selon toute évidence, elle attendait Claire.

— Hé ! dit-elle en glissant une mèche de cheveux derrière son oreille. Alors, comment va Shane ?

— Parce que ça t'intéresse ?

— Non, mais Monica veut savoir.

— Ses jours ne sont plus en danger.

Monica aurait facilement pu obtenir cette information sans elle, de toute façon. Et Claire aurait fait n'importe quoi pour se débarrasser de Jennifer. Monica était peut-être flippante, mais elle avait au moins le mérite de l'originalité. Jennifer et Gina, ses deux groupies, la copiaient, ce qui les rendait pathétiques.

Jennifer emboîta le pas à Claire, qui s'arrêta et se retourna. Elles se tenaient au milieu du trottoir, dans l'éclat éblouissant du soleil de début d'automne – ce qui signifiait qu'il n'y avait aucune chance qu'un vampire lui saute dessus pendant que Jennifer détournait son attention.

— Écoute, lança Claire, je ne veux rien avoir à faire avec toi, ni avec Monica, d'accord ? Je n'ai pas envie d'être votre amie. Je n'ai pas envie que vous me léchiez les bottes parce que je… je suis devenue quelqu'un ou un truc dans le genre.

Jennifer semblait entièrement partager son avis. En réalité, elle affichait l'air dédaigneux dont les petites filles riches en son genre avaient le secret.

— Dans tes rêves, ma pauvre ! Je me fiche de savoir qui te protège et tu ne seras jamais, à mes yeux, autre chose qu'une prolo pétant plus haut que son cul. Qui te parle d'amitié ? Je ne deviendrais pas ton amie, même si tu étais la dernière personne vivante sur terre.

— À moins que Monica te l'ordonne, cracha Claire. Bien, alors, si tu n'es pas là pour échanger des serments d'amitié, qu'est-ce que tu veux ?

Jennifer se renfrogna avant de répondre :

— Tu es intelligente, non ? Genre surdouée ?

— Quel rapport ?

— Tu as quitté deux des cours qu'on suivait ensemble. Je parie que tu as déchiré aux tests.

Claire faillit éclater de rire.

— Tu veux des cours particuliers ?

— Non, imbécile, les réponses aux exams. Écoute, je ne peux pas rentrer à la maison avec une note en dessous d'un C, sinon mon Protecteur me forcera à arrêter la fac, et je tiens à aller au bout de ma licence, même si ça ne me sert à rien dans cette foutue ville.

Un muscle de sa mâchoire se contracta lorsqu'elle reprit :

— Je ne pige rien à l'économie, à tous ces chiffres. Pour moi, c'est du charabia, et je ne vois pas à quoi ça pourrait me servir.

Jennifer était en train de lui demander de l'aide. Pas de façon directe, mais il s'agissait bien de ça, et Claire fut légèrement déstabilisée. D'abord Monica, puis Jennifer ?

Et qui d'autre ensuite ? Oliver lui enverrait un bouquet de roses ?

— Je ne peux pas te communiquer les réponses des examens, rétorqua-t-elle. Et même si je le pouvais, je ne le ferais pas.

Elle prit une profonde inspiration, puis poursuivit :

— Écoute, je veux bien relire tes notes de cours avec toi et te les expliquer. Une fois. Et tu me payes. Cinquante dollars.

C'était un tarif exorbitant, elle le savait, mais elle se fichait d'essuyer un refus. Ce que Jennifer envisagea visiblement avant d'acquiescer d'un mouvement brusque de la tête.

— Retrouvons-nous au Starbucks, lundi, à quatorze heures.

Le moment de la journée le plus sûr, en supposant qu'elles ne s'attardent pas des heures. Claire ne se réjouissait pas à la perspective de se rendre, encore une fois, dans le café d'Oliver, mais il n'y avait pas beaucoup d'autres endroits au centre-ville où Jennifer accepterait de mettre le pied. Et ce n'était pas très loin de chez Claire. Enfin, elle n'avait pas de cours cet après-midi-là.

— Quatorze heures, répéta-t-elle.

Jennifer avait déjà tourné les talons en faisant voleter ses cheveux, ne cachant pas son soulagement d'en avoir terminé. Elle démarra sa décapotable noire dans un crissement de pneus. Laissant Claire à son débat intérieur : serait-il raisonnable de rentrer à pied dans une ville où Jason pouvait circuler librement ? Elle appela le seul chauffeur de taxi de la ville, qui lui répondit qu'il ne travaillait pas avant de lui raccrocher au nez. Elle se rabattit donc sur l'inspecteur Lowe.

Travis n'appréciait pas particulièrement de servir de chauffeur personnel à Claire. Elle ne l'avait jamais vu aussi mal embouché, lui qui s'était toujours montré gentil, jamais avare d'une petite plaisanterie. Lorsqu'il arrêta sa Ford bleue le long du trottoir, il aboya :

— Monte.

Elle n'avait pas encore bouclé sa ceinture qu'il avait déjà le pied au plancher.

— Tu sais que j'ai un boulot, non ?

— Désolée, monsieur.

Le « monsieur » lui avait échappé par automatisme – malgré ses efforts, elle ne réussissait pas à se défaire de cette habitude.

— C'est juste que j'ai pensé qu'il valait mieux que je ne rentre pas à pied, avec Jason…

— Bien vu. Simplement, tu tombes mal, répondit-il d'un ton radouci.

Il avait le teint cireux et de grosses poches sombres sous les yeux, comme s'il n'avait pas dormi depuis plusieurs jours. Une douche et un petit coup de rasoir n'auraient pas été du luxe. Surtout la douche.

— Comment va Shane ? ajouta-t-il.

— Mieux. L'infirmière m'a dit qu'il s'en sortirait, il faut juste être patient.

— Bonne nouvelle. L'issue aurait pu lui être fatale. Qu'est-ce qui vous a pris de rentrer à pied ?

Elle se tortilla sur son siège. Par contraste avec les voitures de vampires, aux vitres teintées, la luminosité l'éblouissait.

— Eh bien, commença-t-elle, on a cherché un moyen de transport…

Avec le recul, aucune explication ne lui semblait très valable. Elle ne précisa pas qu'elle avait essayé de les joindre, Joe et lui, sur leurs portables. Inutile de le faire culpabiliser encore plus.

— On a pensé qu'à nous trois… compléta-t-elle.

— Ouais, ça, ça marche pour les autres. Mais vous, mes cocos, dès que vous êtes ensemble, les ennuis débarquent puissance trois. Et, même si je ne suis pas une flèche en maths, je parie que ça fait beaucoup.

Il avait un regard si froid et distant qu'il donnait l'impression d'être ailleurs.

— Écoute, lâcha-t-il, je dois absolument m'arrêter quelque part. Tu m'attends dans la voiture, OK ? Et quand je dis dans la voiture, je suis sérieux. Interdiction de sortir.

Elle opina. Il tourna dans plusieurs rues avant de pénétrer dans une zone résidentielle qu'elle ne connaissait pas, où les maisons étaient délabrées et les palissades, qui s'affaissaient, couvertes de tags délavés par le soleil. La plupart des fenêtres étaient masquées par des draps au lieu de vrais rideaux. Travis se gara devant une de ces masures et lança, en descendant :

— Les fenêtres restent fermées et tu verrouilles les portières.

Elle lui obéit et le suivit du regard. La porte s'ouvrit au deuxième coup, mais Claire ne vit pas qui se tenait derrière. Travis s'engouffra à l'intérieur et referma. Tandis qu'elle patientait, elle s'interrogea sur ce qu'il faisait : sans doute son travail de policier, ce qui recouvrait un vaste ensemble de tâches.

Son absence s'éternisa. Dix minutes s'étaient déjà écoulées. Il lui avait demandé de ne pas bouger, mais combien de temps ? Elle serait déjà à la maison si elle avait trouvé un taxi. Ou si elle était rentrée à pied. Et il commençait à faire chaud dans la voiture.

Au bout de dix minutes supplémentaires, l'inquiétude commença à la gagner. Le quartier paraissait désert – personne dans la rue, en dépit du grand soleil. Même pour Morganville, ça avait quelque chose… d'anormal. Elle ne connaissait pas cette zone, elle ne l'avait même jamais traversée.

Juste avant que Claire ne prenne une décision vraiment idiote, comme d'aller chercher Travis, celui-ci ressortit et gratta à la vitre pour qu'elle déverrouille les portières. Il semblait encore plus épuisé. Déprimé, presque.

— Qu'y a-t-il ? demanda-t-elle.

Les draps qui servaient de rideaux ondulèrent, comme si quelqu'un les observait depuis la fenêtre.

— Monsieur ? insista-t-elle.

— Arrête de m'appeler monsieur, aboya-t-il en mettant le contact. Et ça ne te regarde pas. Reste en dehors de ça.

Il avait du sang sur la main : ses articulations étaient écorchées. Claire étouffa un cri de surprise et il lui coula un regard en biais tout en s'engageant dans la rue déserte.

— Vous vous êtes battu ?

— Qu'est-ce que je viens de te dire ?

Claire ne l'avait jamais vu en colère, surtout contre elle, et elle sentait qu'il était à bout de nerfs. En hochant la tête, elle tourna les yeux droit devant elle, s'efforçant de rester aussi immobile qu'une statue – ce qui n'était pas facile. Une dizaine de questions lui brûlaient les lèvres. Où était passé l'inspecteur Hess ? Qui vivait dans cette maison ? Pourquoi s'y était-il rendu ? Et qui avait-il frappé ? Enfin, surtout, qu'est-ce qui avait provoqué sa colère au point qu'il lui parle avec autant de sécheresse ?

Claire était si absorbée dans ses pensées qu'elle sursauta quand il pila : ils étaient arrivés.

— Si tu as envie de ressortir, appelle un taxi, lâcha Travis. Je suis de service toute la journée.

En descendant de voiture, elle le remercia, mais il ne l'écoutait pas. Il avait déjà ouvert son portable et il composait un numéro d'une main, tout en remettant le contact de l'autre. Il lui laissa à peine le temps de refermer la portière avant de s'éloigner en trombe.

— Au revoir, lança-t-elle dans le vide.

Michael, qui jouait de la guitare dans le salon, releva la tête en l'entendant arriver.

— Eve est à l'hosto, dit-il. Vous avez dû vous manquer de peu.

Avec un soupir, Claire s'affala dans le canapé.

— Elle ne pourra pas le voir. Les heures de visite sont terminées.

Tout en bâillant, elle se roula en boule, les pieds ramenés sous elle. Elle avait mal partout, et la lumière lui paraissait trop forte.

— Michael ?

— Ouais ? répondit-il d'un air absent, concentré sur l'accord qu'il répétait.

— Ça va ?

— Je crois… Je n'arrête pas de penser…

Il passa à un accord en mineur et grimaça en entendant la fausse note.

— J'aurais dû me montrer plus convaincant avec Shane. Arranger les choses entre nous. Je ne sais pas s'il s'en remettra. Et ça me débecte. Je ne peux pas m'empêcher de me dire… Ça me tue qu'il fasse ce genre de trucs. Quand je ne suis pas là pour assurer ses arrières.

Claire appuya sa tête contre le coussin noir, avachi, dans le coin du canapé. Il sentait un peu le Coca, mais il était surtout imprégné du parfum de Shane ; elle enfouit son nez dans le tissu et en emplit ses narines. L'espace d'une seconde, elle eut l'impression qu'il était là.

— Il ne te détesterait pas autant s'il ne t'aimait pas au moins un peu, dit-elle. Ça va s'arranger. On va rester ensemble, hein ? Tous les quatre ?

Michael posa les yeux sur elle et, pendant quelques instants, elle se mit à douter de la réponse qu'il allait lui donner. Pourtant, il finit par lâcher :

— Ouais. On restera ensemble. Quoi qu'il arrive.

Ça sonnait comme un mensonge, et Claire aurait préféré qu'il se taise. Bercée par les accords de sa nouvelle composition, elle s'endormit. Elle rêva de cordes vibrantes et de portes qui ne menaient nulle part et n'importe où. Quelqu'un surveillait son sommeil, elle le sentait, et ce n'était pas Michael. Ça n'avait rien de réconfortant ni de bienveillant. Ni de rassurant. Elle n'était pas en sûreté, et elle avait un mauvais pressentiment, un très, très mauvais…

Elle se réveilla en sursaut et faillit tomber du canapé. Michael avait disparu ; la guitare était rangée dans son étui sur la table basse. À travers ses yeux mi-clos, Claire regarda l'horloge : presque quatorze heures, elle avait sauté le déjeuner. Ce n'était pas la faim qui l'avait réveillée pourtant. Mais un bruit.

Elle l'entendit à nouveau : un coup frappé à la porte. Elle bâilla, puis repoussa la couverture que Michael avait posée sur elle. En se frottant les yeux pour chasser le sommeil qui troublait sa vision, elle rejoignit l'entrée d'un pas traînant. Elle dut se hisser sur la pointe des pieds afin d'atteindre le judas : un type qu'elle ne connaissait pas se tenait sur le perron. Ce n'était pas Jason, au moins. Comme Michael ne s'était toujours pas manifesté, elle ouvrit. L'inconnu lui tendit une enveloppe rembourrée émaillée d'autocollants.

— Ah… dit-elle en découvrant son nom dessus. Merci.

— Aucun souci, Claire, rétorqua-t-il. À plus.

La familiarité de son ton la tira de sa torpeur. Elle dévisagea l'inconnu. Il semblait si… normal. Taille moyenne, corpulence moyenne… Moyen en tout. Un bracelet en argent ornait son poignet, il s'agissait donc d'un humain.

— On s'est déjà rencontrés ? demanda-t-elle.

Il inclina légèrement la tête sans répondre, puis pivota sur les talons et s'éloigna vers la rue.

— Hé ! Attends ! Qui es-tu ?

Il lui adressa un signe de la main sans s'arrêter. Claire s'avança de quelques pas et fut éblouie par le soleil. Elle n'avait pas pris le temps d'enfiler ses chaussures, et le bitume devait brûler ; si elle se lançait à ses trousses, la plante de ses pieds allait griller comme du bacon.

Elle retrouva la pénombre fraîche de la maison et poussa un soupir de soulagement en sentant le bois froid du parquet. Baissant les yeux sur l'enveloppe, elle fut prise de l'envie subite de la lâcher et de partir. La réaction du type qui la lui avait apportée ne lui inspirait pas confiance : pourquoi avait-il refusé de lui répondre ? C'était étrange et, à Morganville, étrange rimait avec inquiétant.

Après avoir refermé la porte et régulé sa respiration, elle déchira l'enveloppe. Il ne s'en dégagea ni odeur de sang ni odeur de pourriture, ce qui était bon signe. Pressant les plis de part et d'autre pour écarter les deux bords, elle jeta un coup d'œil prudent à l'intérieur : une simple lettre. Elle reconnut immédiatement le papier – épais, blanc cassé et décoré en filigrane du même sceau que son bracelet en or. Un message d'Amelie. Ce qui signifiait qu'elle faisait confiance au messager, du moins pour cette mission.

— Tout va bien ? lui lança Michael depuis le salon.

Retenant son souffle, Claire fourra la lettre dans l'enveloppe et le rejoignit.

— Oui, c'était juste le courrier.

— Bonne nouvelle ?

— Je ne sais pas encore, je n'ai pas ouvert. Sans doute de la publicité.

— Estime-toi heureuse de ne pas recevoir les factures pour l'eau, le câble, Internet et le ramassage des ordures… Je vais monter me reposer, je crois. Crie, si tu as besoin de quelque chose. Il y a de quoi te mettre un truc sous la dent dans le frigo.

Après avoir marqué un temps, il ajouta :

— Ne touche pas à la Thermos au fond, sur la clayette du haut.

— Michael, dis-moi que tu ne ranges pas du sang dans le frigo !

— Je viens de te demander de ne pas l'ouvrir. Tu ne sauras donc jamais.

— Tu abuses, Michael !

— N'oublie pas de manger… Je vais dormir.

Quand Claire entendit la porte de sa chambre se refermer, certaine d'être seule, elle déplia la lettre. Un parfum discret de roses poussiéreuses émanait du papier, comme s'il avait été remisé dans un tiroir avec des fleurs séchées. Elle ne put s'empêcher de se demander depuis combien de temps Amelie l'avait.

Le message était bref, mais il la glaça de la tête aux pieds.

Je suis très mécontente de la lenteur de tes progrès. Je te suggère fortement de redoubler d'efforts dans ton apprentissage. Le temps nous est compté. Peu m'importe comment, mais arrange-toi pour être en mesure, d'ici deux jours, de restituer les bases, au moins, du savoir qu'on te transmet. Et ne mêle pas Michael à ça, il se retrouverait dans une position dangereuse.

Rien de plus. Claire fixa l'écriture parfaite pendant quelques secondes avant de ranger la lettre. Elle était toujours fatiguée, et affamée, mais à présent la terreur prenait le dessus sur le reste. Amelie était contrariée, ce qui n'augurait rien de bon. Deux jours… Et Michael ne pourrait l'accompagner qu'à la tombée de la nuit. Impossible d'attendre.

Claire vérifia le contenu de son sac à dos : les cristaux rouges se trouvaient toujours bien au chaud dans une poche. Et si elle prenait la voiture de Michael ? Non, mauvaise idée – elle ne verrait rien à travers les vitres teintées. Quant à l'inspecteur Lowe, il n'accepterait jamais de l'emmener. Il restait Joe, mais l'attitude de Travis l'avait carrément refroidie. Malgré tout, y aller seule était exclu.

À court d'idées, elle se rabattit sur Eddie, le chauffeur de taxi.

— Quoi ? tempêta-t-il. Je n'ai pas le droit de profiter de mon week-end ? Qu'est-ce que tu veux ?

— Je suis désolée, Eddie, sincèrement. J'ai besoin que vous me rendiez un service.

Elle vérifia rapidement le contenu de son portefeuille avant d'ajouter :

— C'est pour un tout petit trajet, je vous paierai le double, d'accord ? S'il vous plaît…

— Le double ? Je n'accepte pas les chèques.

— Je sais. En liquide.

— Je ne poireauterai pas. Je te récupère, je te dépose et je me tire.

— Eddie ! Je vous paye le double ! Marché conclu ou pas ?

— Où es-tu ?

— Chez Michael Glass.

Eddie laissa échapper un soupir si bruyant qu'on aurait dit qu'un ouragan se déchaînait sur la ligne.

— Encore toi… D'accord pour cette fois, mais c'est la dernière. Le week-end, je ne travaille pas, compris ?

— Oui ! Oui, bien sûr. Ça ne se reproduira pas.

Il lui raccrocha quasiment au nez. Claire glissa la lettre d'Amelie dans son sac ; elle espérait que Michael s'était réellement couché – parce que s'il avait entendu sa conversation, même involontairement, elle risquait de passer un mauvais quart d'heure.

Eddie débarqua cinq minutes plus tard. Claire, qui l'attendait sur le trottoir, s'engouffra à l'arrière du vieux taxi – décoloré par le soleil – et lui tendit tout le liquide dont elle disposait. Il compta les billets. Deux fois.

— Où va-t-on ?

— Chez Katherine Day.

Claire avait retenu une chose de ses – rares – trajets avec Eddie : il n'avait pas besoin d'adresse, un nom suffisait. Il connaissait Morganville comme sa poche et savait où tout le monde habitait. Les natifs, en tout cas. Les étudiants, il se contentait de les déposer sur le campus, et de les oublier.

Eddie passa un bras derrière l'appuie-tête du siège à côté de lui et considéra Claire en se renfrognant – ce qui ne contrastait pas vraiment avec son expression habituelle.

— La maison de Katherine Day, tu es sûre ?

— Sûre.

— Tu as compris que je ne t'attendrai pas ?

— Oui, Eddie.

— Après tout, c'est ta vie… et ta mort, conclut-il avant de démarrer en trombe et de plaquer Claire contre la banquette.

12.

Elle pénétra sans difficulté dans la bicoque de Myrnin – le problème n'avait jamais été d'y entrer, en réalité. À travers les planches disjointes, la lumière découpait de minces rubans dans les ténèbres, mais Claire n'y voyait pas très clair pour autant et l'idée de s'aventurer à tâtons dans le repaire de Myrnin ne la séduisait pas beaucoup. Elle trouva une lampe torche sur une étagère près de la porte et l'alluma. Balayant le sol poussiéreux du faisceau lumineux, elle se dirigea vers les marches étroites descendant à l'étage inférieur. Elle s'engagea lentement dans l'escalier. Et avec prudence.

— Myrnin ? appela-t-elle tout bas (ça suffirait pour qu'il l'entende, il lui avait expliqué que le silence permanent et l'absence de compagnie avaient affiné son ouïe).

Aucune réponse.

— Myrnin ?

Claire aperçut de la lumière au pied de l'escalier. On aurait dit que le vampire avait allumé tout ce qui lui tombait sous la main, ampoules électriques, lampes à huile et bougies, ce qui créait un éclat étrange.

— Myrnin, c'est Claire, où êtes-vous ?

Elle faillit bien ne pas le voir, tant il était immobile. Lui qui, habituellement, s'activait en permanence, vibrionnant comme un colibri, passant d'une tâche à une autre, se tenait au centre de la pièce, pétrifié telle une statue. Les vampires respiraient un peu – le sang qu'ils prenaient aux humains réclamait de l'oxygène, en plus faible quantité –, pourtant sa poitrine restait parfaitement figée. Et ses yeux, grands ouverts, étaient dans le vague. Il ne bougea même pas pour la regarder arriver. Son attention était accaparée par quelque chose sur le côté.

— Myrnin ? répéta-t-elle en posant lentement son sac. C'est Claire, vous m'entendez ?

Sa poitrine se souleva une fraction de seconde, et il chuchota :

— Sors. Va-t'en.

Puis des larmes s'échappèrent de ses grands yeux écarquillés, perdus dans le vide, et roulèrent sur ses joues pâles.

— Qu'y a-t-il ? Quelque chose ne va pas ?

Au mépris du danger, elle s'approcha.

— Myrnin, je vous en prie, dites-moi ce qui ne va pas !

— Toi, répondit-il. Ta présence ici.

Et soudain il s'effondra. Comme si ses genoux se dérobaient sous lui et entraînaient le reste de son corps dans sa chute. Sa tête heurta le sol avec un bruit effroyable, et Claire s'accroupit pour placer une main sur son torse – sans savoir ce qu'elle faisait, ni ce qu'elle cherchait (pas son pouls, les vampires n'en avaient pas).

— Je ne peux pas, dit-il alors que sa main glaciale agrippait le bras de Claire et le serrait assez pour y laisser un bleu. Pourquoi es-tu venue ? Je ne t'attendais pas !

— Que racontez-vous ? rétorqua Claire en voulant se libérer. (Myrnin aurait pu lui briser les os s'il l'avait voulu, ou s'il avait été inattentif...) Vous me faites mal, Myrnin. S'il vous plaît...

— Pourquoi ? Tu n'étais pas censée revenir !

Il la secoua, le regard empreint de panique. Claire prit une profonde inspiration afin d'oublier la douleur.

— Amelie m'a envoyé un message. Elle m'a dit que je n'avais plus que deux jours pour apprendre...

En poussant un grognement, Myrnin la lâcha. Il posa les mains sur ses yeux et se frotta le visage avant de lancer :

— Aide-moi à me redresser.

En glissant une main sous son bras, elle réussit à le mettre en position assise. Il s'adossa lourdement contre un meuble qui ne frémit même pas – il devait être boulonné au sol –, et ajouta :

— Montre-le-moi.

Elle alla chercher la lettre dans son sac à dos et la remit à Myrnin, qui la déplia de ses mains tremblantes et l'observa longuement.

— Quoi ? C'est un faux ?

— Non, répondit-il lentement. Elle t'a bien envoyée ici.

Il laissa tomber la lettre sur ses genoux comme si son poids était plus qu'il n'en pouvait supporter, puis il appuya sa tête contre la paroi du meuble.

— Elle a perdu espoir, alors. La peur et la panique commandent ses actions, ça ne lui ressemble pas.

— Je ne comprends rien !

— Tout le problème est là. Tu ne comprends pas. Et tu ne réussiras pas, mon enfant. Je le lui ai déjà expliqué : même le plus brillant des esprits humains ne pourra pas intégrer ce savoir rapidement. Et tu es si jeune.

Sa voix trahissait une fatigue extrême, et une grande tristesse.

— Venons-en à la conclusion de tout ça, Claire. Réfléchis bien : Amelie t'a dépêchée ici, alors que, d'après moi, tu n'es pas la solution à mes problèmes, et elle le sait. Pourquoi a-t-elle fait une chose pareille ? Tu connais ma nature et mes besoins. Pourquoi te placerait-elle entre mes griffes si elle ne voulait pas que je… que je…

Les yeux de Myrnin imploraient Claire, il aurait voulu qu'elle tire les conclusions toute seule, mais ses propos n'avaient aucun sens.

— Tu ignores de quoi elle est capable, mon enfant. Tu ne sais rien !

La peur déformait sa voix et ses traits ; Claire sentit un frisson de terreur la parcourir.

— Si elle ne voulait pas que vous continuiez votre enseignement, pourquoi m'a-t-elle envoyée ici ?

— La question, Claire, serait plutôt : pourquoi, après avoir toujours veillé à te faire escorter, t'a-t-elle laissée venir seule ?

— Je…

— Tu scintilles… tu scintilles comme l'étoile la plus brillante. Ton potentiel est si grand. Oui, Amelie m'a adressé d'autres élèves. Des vampires et des humains. Tu dois comprendre que j'ai tué le premier presque par accident, mais les conséquences… Tu vois, plus l'esprit est brillant, plus longtemps je garde les idées claires. Du moins nous le pensions au début. Le premier apprenti m'a permis de tenir presque un an sans crises. Le deuxième… quelques mois seulement, etc. Les cycles sont devenus de plus en plus courts à mesure que le mal progressait.

— Elle m'a envoyée à l'abattoir, souffla Claire. Elle veut que vous me tuiez.

— Oui. Intelligent, non ? Elle perçoit si bien mon désespoir. Et tu scintilles tellement, Claire. La tentation est presque…

Il secoua la tête violemment, comme pour chasser une pensée de son esprit.

— Écoute-moi, reprit-il. Elle cherche à repousser l'inéluctable, mais je refuse d'accepter cet arrangement. Ta vie est trop fragile, tout juste balbutiante ; je ne peux pas te la voler. Ça ne servirait à rien.

— Mais… je pensais… vous aviez dit que je pourrais apprendre…

— Je voulais le croire, soupira-t-il, alors que c'est impossible. Oui, je réussirais sans doute à te transmettre certaines choses… mais tu ne serais rien de plus qu'une imitatrice de talent, une machine et non son concepteur. Ces choses-là ne sont pas à ta portée, Claire. Il te faudrait au mieux plusieurs années pour y parvenir. Je suis désolé.

Il était en train de lui expliquer qu'elle manquait d'intelligence, ce qui la mit dans une rage noire.

— Lâchez-moi ! lança-t-elle brusquement.

La surprise de Myrnin fut telle qu'une lueur d'inquiétude s'immisça dans son regard vide. Il desserra lentement les doigts.

— Expliquez-moi, poursuivit-elle. Vous n'êtes pas omniscient, vous avez peut-être négligé un élément.

Un sourire étira ses lèvres, pâle réplique de son habituelle expression de fou.

— Sans doute, tu as raison. Mais regarde, Claire : mes muscles me désobéissent déjà. Bientôt je ne pourrai plus marcher, puis ma voix restera prisonnière de ma gorge. Suivront la cécité et la folie. Je finirai mes jours enfermé dans un endroit sombre, hurlant en silence ma faim. S'il y avait le moindre espoir que je puisse échapper à ce destin, ne penses-tu pas que je ferais tout ?

Il s'exprimait si… calmement. Comme s'il était résigné. Pourtant Claire réagit, c'était plus fort qu'elle.

— Non. Non, ça n'arrivera pas.

Elle s'était figuré qu'il… s'évanouirait. Sans souffrir. Il ne méritait pas cette déchéance. Même Oliver ne la méritait pas.

— Comment… Savez-vous d'où vient le mal ?

Myrnin sourit avec amertume.

— Je le croyais, autrefois. Si je les ai oubliées, Amelie connaît la plupart de mes conclusions, mais tu pourras en trouver des traces dans mes carnets. Je me suis montré prudent, naturellement, pourtant, en lisant bien attentivement, mes théories t'apparaîtront. Peu importe de toute façon. Je sens déjà que les ténèbres m'engloutissent. Il n'y a pas de retour possible.

— Comment pouvez-vous en être sûr ?

— J'ai vu le processus à l'œuvre. L'évolution est toujours la même. Amelie n'aura d'autre choix que de m'enfermer : elle doit garder le secret de son mieux, et, à cause de mon grand âge, je mettrai beaucoup de temps à mourir... Aucune importance. Ce qui importe, en revanche, c'est que tu rentres, mon enfant, et ne reviennes jamais. Je ne suis pas certain d'avoir la force inespérée, ou la volonté, de refuser un présent si délicieux deux fois de suite.

Ça n'avait pas de sens. Elle n'aimait pas Myrnin ; comment l'aurait-elle pu ? Sa bizarrerie était effrayante, et il avait essayé de la tuer, deux fois au moins. Alors pourquoi avait-elle envie de pleurer ?

— Et si on se servait des cristaux, bredouilla-t-elle. Ils m'ont permis d'apprendre plus vite. On pourrait recommencer l'expérience. Ça aiderait, non ?

Myrnin secouait déjà la tête.

— Claire, c'est une quête perdue d'avance. Même si nous poursuivions les recherches pour mettre le remède au point, nous ne disposons pas d'assez de temps...

— Le remède ! s'écria-t-elle, pleine d'espoir soudain, en sortant le flacon qui contenait les cristaux. Voilà ce que vous avez trouvé pour le moment, non ?

— En effet. Belle déduction… Mais je ne suis parvenu à ce résultat qu'au bout de plusieurs années et il ne constitue, au mieux, qu'une solution temporaire. Même en quantité importante, les cristaux ne durent pas plus de quelques heures, et les conséquences sur toi…

— Et si on parvenait à découvrir un véritable antidote ?

— Il faut être bien naïf pour croire qu'on pourrait obtenir un tel résultat en quelques heures, seulement. Non, tu devrais y aller, Claire. J'ai fait preuve d'une grande noblesse d'âme, aujourd'hui. Laisse-moi en profiter tant qu'il est encore temps.

Il baissa les yeux sur le flacon qu'elle tenait à la main, et elle aperçut une étincelle de la passion qu'elle y avait vu brûler lors de leurs premières séances.

— Peut-être… reprit-il. Peut-être que si je te montrais cette partie de mes recherches, tu serais en mesure de la poursuivre. Pour les autres.

— Sam m'a dit que vous étiez tous malades. Même Amelie.

Myrnin acquiesça.

— Tous les vampires traverseront la même épreuve que moi au cours des dix prochaines années, à moins que quelqu'un n'arrête ce mal.

Dix ans ! Non ! Pas Michael… Elle ne pouvait pas rester les bras croisés. Elle se devait d'essayer, ne serait-ce que pour lui.

— Amelie nous a installés à Morganville dans l'idée de nous faire gagner du temps, de trouver un moyen de garantir notre survie. Elle croyait… elle croyait que les humains détenaient la clé de ce mal, mais aussi que nous ne pouvions plus nous permettre de continuer ainsi, à chasser la nuit et à nous cacher. Pour elle, les humains et les vampires étaient capables de vivre en bonne entente, et d'unir leurs forces afin de mettre au point un remède. Ce qui s'est, naturellement, révélé impossible. Amelie a compris que les vampires perdraient la raison en découvrant le sort qui les guettait. Qu'ils tueraient sans discrimination. Ainsi est né ce secret, ce terrible secret. Elle n'a révélé qu'une partie de la vérité : elle cherchait un remède à notre stérilité. Le reste n'a jamais transpercé.

— Si je comprends bien… Morganville est une sorte de laboratoire… ou de forteresse. Qui lui permet de vous protéger le temps de découvrir l'antidote.

— Exactement, répondit Myrnin, en se frictionnant à nouveau le visage. Je suis fatigué, Claire. Tu ferais mieux de me donner des cristaux.

Elle lui en versa quelques-uns au creux de la paume.

— Plus, dit-il en soutenant son regard. Le mal a progressé, il m'en faut davantage pour rester lucide.

Claire fit glisser l'équivalent d'une cuillère à café, que Myrnin goba d'un coup, grimaçant à cause de l'amertume. Un frisson le parcourut et, aussitôt, la lassitude et la confusion se dissipèrent.

— Formidable, conclut-il. Cette découverte a constitué une avancée incroyable. Quel dommage que ce docteur… il était vraiment brillant !

Oh, non… Sous l'effet de la drogue, Myrnin avait basculé dans une phase d'euphorie. Claire devait se montrer prudente.

— Toi aussi, tu es brillante, ajouta-t-il. Tu réussiras peut-être à déchiffrer mes notes.

— Je… j'ai à peine commencé les cours de biochimie…

— Sornettes ! Tes dons naturels suffisent largement.

En désignant le flacon dans sa main, il ajouta :

— Prends-en.

— Non. Ce traitement est pour vous, pas pour moi.

— Mais il t'aidera à suivre mon rythme. Nous ne disposons que de très peu de temps, Claire. Très peu.

Il avait le regard aussi limpide et brillant que celui d'un oiseau, et tout aussi dépourvu de sentiments.

— Tu peux m'assister de deux façons. En absorbant ces cristaux, ou en m'aidant à prolonger ma phase de lucidité.

— Vous disiez que vous vous y refusiez…

— En effet. Mais, vois-tu, la maladie me rend bêtement sentimental. Si je dois trouver un héritier à qui transmettre mon savoir, ainsi qu'un remède pour les miens, je ne peux pas m'encombrer de considérations pareilles.

Les yeux de Myrnin glissèrent sur elle : vides et affamés.

— Tu scintilles tellement…

— Oui, marmonna-t-elle, vous l'avez déjà remarqué.

Elle détestait la situation. Elle détestait les sautes d'humeur de Myrnin, qui passait en une minute d'ami à ennemi. Auquel se fier ? À supposer que l'un des deux soit fiable… Elle saupoudra une demi-cuillère à café dans sa main.

— Plus, intima Myrnin, qui lui arracha le flacon et versa un petit monticule dans sa main. Tu as beaucoup à apprendre, et tu pars avec un sacré handicap. Mieux vaut prévenir que guérir.

Elle n'avait aucune envie d'avaler les cristaux – enfin si, un peu : le monde lui avait paru si limpide et si simple, comment ne pas désirer retrouver une telle sensation ?

— Prends-les, Claire, ou je ne réponds plus de rien. Nous n'avons plus d'autres pièces à déplacer sur l'échiquier.

Elle fit glisser les cristaux sur sa langue et l'amertume, bien plus puissante que la saveur de fraise, lui provoqua un haut-le-cœur et lui laissa un arrière-goût de pourri dans la bouche. Alors qu'elle était sur le point de vomir… la réalité lui apparut soudain avec une acuité nouvelle. Myrnin n'avait plus rien d'étrange ou de misérable ; il était un pilier incandescent d'énergie que son enveloppe corporelle peinait à contenir. La perception que Claire avait du mal qui le rongeait avait changé aussi : elle le voyait comme une tache sombre en lui, telle une pourriture rongeant un tronc d'arbre de l'intérieur. Un éclat nouveau nimbait la pièce dans laquelle elle se tenait. Son cerveau tournait à une vitesse faramineuse, la laissant étourdie et pantelante. « Ma vitesse de réaction doit être amplifiée dix fois », songea-t-elle.

Myrnin bondit sur ses pieds et l'entraîna vers une bibliothèque, dont il se mit à sortir, avec frénésie, des carnets, des manuels, des feuilles volantes écrites. Ainsi que deux cahiers à spirale – de ceux dont Claire se servait pour ses notes de cours. Le tout rempli d'une petite écriture régulière.

— Lis, ordonna-t-il. Vite.

Il suffisait qu'elle tourne les pages. Ses yeux capturaient des images, comme un appareil photo, et sa cervelle était si rapide, et si efficace, qu'elle traduisait et comprenait ce qu'elle lisait presque instantanément. Le premier carnet comptait près de deux cents pages, et elle en prit connaissance aussi vite que ses doigts lui permettaient de tourner celles-ci.

— Alors ? s'enquit Myrnin.

— Il y a un problème, répondit-elle en revenant au premier tiers des notes. Ici, vous voyez ? Cette formule contient une erreur. La variable ne correspond pas au résultat de l'équation précédente. Et l'erreur se répète…

Un cri perçant échappa à Myrnin, pareil à celui d'un faucon fondant sur sa proie, puis il lui ravit le carnet des mains.

— Oui ! Oui, je vois ! Cet insensé ! Pas étonnant qu'il ne m'ait soulagé que quelques jours. Toi, Claire, tu es différente. Oh, oui…

Alors qu'elle aurait dû être effrayée par le sourire sournois – un sourire de prédateur – qui étirait ses lèvres, elle ne put s'empêcher d'y répondre.

— Passez-moi la suite, lança-t-elle. Et commençons à fabriquer des cristaux.

Myrnin fut le premier à ressentir que les effets des cristaux diminuaient. Il en reprit, mais ils n'agissaient plus. Le retour à la réalité fut d'une violence incommensurable ; on aurait dit qu'il venait de heurter, à cent cinquante kilomètres-heure, un mur de brique. Il commença par perdre l'équilibre ; en se retenant à la paillasse, il renversa un plateau. Il voulut, en vain, le rattraper avant qu'il ne touche terre – ce qu'il aurait réussi sans difficulté une heure plus tôt. Considérant ses mains avec frustration, il décocha un coup de pied violent dans le plateau, qui valdingua à l'autre bout de la pièce et atterrit, avec fracas, contre le mur.

Claire, occupée à faire sécher les cristaux sur un tamis, redressa la tête. Elle sentait, elle aussi, que les effets de la substance se dissipaient : ses neurones étaient plus lents, son corps endolori. Ça devait être pire pour Myrnin, à cause de sa maladie. « C'était une erreur », songea-t-elle. Une erreur parce que les phases d'hystérie de Myrnin étaient toujours suivies de phases de démence. Lui qui haïssait tant ne plus être lui-même…

Il restait un maigre espoir néanmoins : les nouveaux cristaux. Le dernier assistant de Myrnin avait commis des erreurs – délibérées ou non. La nouvelle formule serait plus efficace, et durerait plus longtemps. L'état de Myrnin pourrait se stabiliser.

— Je ne serai pas guéri, commenta-t-il, comme s'il lisait dans ses pensées.

— Non, mais vous gagnerez du temps, rétorqua-t-elle. Écoutez, je repasserai demain. Promettez-moi de ne toucher à rien ; les cristaux doivent encore sécher. Et ils seront plus puissants, vous devrez donc commencer par une dose moins importante.

— Je n'ai aucun ordre à recevoir de toi ! s'emporta-t-il. Qui est le maître ici ? Qui est l'élève ?

La scène rappelait à Claire un souvenir dangereusement familier.

— Vous êtes le maître, fit-elle en baissant la tête. Je dois y aller maintenant, je suis désolée. Je reviendrai demain, d'accord ?

Elle n'obtint pas de réponse. Lisant dans son regard ombrageux qu'il était à deux doigts de basculer, elle fourra le flacon contenant les anciens cristaux dans son sac à dos – il en restait juste assez pour une séance de travail à deux, et ils pourraient en avoir besoin si Myrnin s'en prenait, dans sa folie, à ceux qu'ils avaient fabriqués aujourd'hui. Il faudrait qu'elle réclame à Amelie un coffre-fort afin d'y mettre certaines choses à l'abri…

— Pourquoi ? lança Myrnin. Pourquoi me secondes-tu ? Ne vaudrait-il pas mieux pour les humains que nous mourrions ? En m'aidant, c'est tous les vampires que tu aides.

Shane aurait abandonné Myrnin à son sort, considérant qu'il était gagnant sur toute la ligne. Eve aussi sans doute, s'il n'y avait eu Michael. Mais Claire, elle… elle les aidait. Elle aurait été incapable d'expliquer la raison de ses actes, si ce n'est qu'elle refusait de tourner le dos à ceux qui avaient besoin de son aide. Les vampires n'étaient pas tous mauvais, et elle ne pouvait pas sacrifier des personnes comme Sam et Michael dans l'intérêt général.

— Je le sais, finit-elle par lâcher. Et, croyez-moi, ça ne me réjouit pas.

— C'est parce que tu as peur, rétorqua-t-il.

— Non. C'est parce que vous avez besoin de moi.

Myrnin la dévisageait à nouveau comme s'il ne comprenait pas ce qu'elle disait : il était temps de partir. Claire attrapa son sac à dos et fila vers l'escalier, tout en jetant des coups d'œil réguliers par-dessus son épaule. Si elle ne le voyait jamais se déplacer, à chaque fois, pourtant, il se rapprochait. Ça ressemblait à un jeu, mais un jeu mortel : tant qu'elle le regarderait, il ne bougerait pas d'un poil. Elle pivota sur elle-même pour pouvoir reculer jusqu'à l'escalier sans quitter le vampire des yeux. Celui-ci se mit à ricaner, et le son résonna dans la pièce comme les battements d'ailes d'une chauve-souris. Lorsque ses talons heurtèrent la première marche, Claire se retourna et prit ses jambes à son cou.

Myrnin aurait pu l'arrêter, mais il n'en fit rien. Elle déboula dans l'impasse, à bout de souffle.

Il ne la suivit pas (sans doute était-il prisonnier de son antre comme les citoyens de Morganville de leur ville). Soudain, elle sentit les poils se dresser sur sa nuque, puis elle entendit une voix, un murmure indistinct. Shane ? Que faisait-il ici ? Il était à l'intérieur. Il était à l'intérieur et il avait des ennuis : elle devait l'aider… Sans s'en rendre compte, Claire se retrouva la main sur la poignée de la bicoque. Se ressaisissant à temps, elle souffla :

— Arrêtez, Myrnin !

Elle détala aussitôt. Ce ne fut qu'une fois qu'elle eut rejoint la sécurité relative de la rue qu'elle réalisa que la nuit était déjà tombée. Eddie n'accepterait jamais de passer la chercher, et elle était loin de la maison. Trop loin pour marcher.

Elle s'apprêtait à appeler Michael quand elle repéra une voiture de police, qui roulait au pas dans la rue. Il ne s'agissait pas d'un véhicule de vampire – seules la lunette et les vitres arrière étaient teintées. Éblouie par l'éclat des phares, Claire plissa les yeux et agita le bras. À présent que les cristaux n'agissaient plus, elle se sentait moulue. Elle n'avait qu'une envie : s'allonger et dormir. Au point qu'elle aurait suivi le diable s'il avait proposé de la porter.

La voiture s'arrêta et la vitre côté passager s'ouvrit. Claire se pencha à l'intérieur. L'officier Fenton.

— Tu n'as rien à faire seule dehors, tu le sais pourtant. Tout le monde est à ta recherche. Tes amis ont déclaré ta disparition.

Cette idée ne l'avait même pas effleurée ; le temps avait filé, elle ne s'en était pas rendu compte.

— Ah… lâcha-t-elle. Je… Vous pouvez me déposer ? S'il vous plaît ?

— Grimpe, répondit-il en haussant les épaules.

Elle ne se fit pas prier et boucla aussitôt sa ceinture. Son corps entier l'élançait à présent, sa tête, ses yeux, le moindre muscle. Et elle avait l'impression que ça allait encore empirer avant de s'améliorer.

— À propos de tes amis, comment vont-ils ? J'ai appris pour Shane. C'est moche.

— Il s'en sortira.

— Et l'autre ? Michael ?

— Il va très bien, pourquoi ?

— Comme ça. Après tout, c'est lui qui était visé par l'attaque de l'autre jour, pas Sam, répondit-il.

Il fit demi-tour. Claire avait trop mal au crâne pour discuter.

— Vous avez raison, convint-elle d'une petite voix avant qu'un dernier éclair de lucidité illumine son esprit, accélérant les battements de son cœur. Comment le savez-vous ?

— Quoi ?

— Comment savez-vous que Sam n'était pas la cible ? Il était inconscient quand vous l'avez trouvé, il n'a rien pu vous dire.

— Inconscient, tu parles ! Il était mort.

— Enfin, peu importe, il n'a pas pu…

Les pièces du puzzle se mirent soudain en place et le tableau qui se profilait sous les yeux de Claire n'avait rien de rassurant. Il était même très inquiétant.

— Vous étiez là avant les sirènes, ajouta-t-elle.

— Qu'est-ce que tu racontes ?

— Lorsque nous sommes sortis de la maison, vous étiez garés dans la rue, derrière la voiture de Sam, et nous en avons déduit que vous veniez de le découvrir. Mais vous ne vous êtes pas contentés de le trouver…

L'officier Fenton mit la gomme, et l'aiguille du compteur de vitesse monta d'un seul coup. Puis il alluma son gyrophare – des éclairs bleus et rouges déchiraient la nuit.

— Où m'emmenez-vous ?

— Tais-toi !

Claire agrippa la poignée de la portière alors qu'elle savait qu'à cette allure elle ne pouvait pas sauter. Elle finirait en mille morceaux, si elle en réchappait.

— Si vous levez la main sur moi, la Fondatrice…

— C'est bien notre intention, ironisa-t-il. La ferme, maintenant.

Quand ils furent arrivés à destination, il l'assomma d'un grand coup sur la tête.

Shane aurait carrément pris son pied en apprenant l'existence d'une société secrète de tueurs de vampires. Claire, elle, n'avait qu'une envie : rentrer chez elle. Vite. Le groupe, qui se réunissait dans l'appentis derrière le magasin de photo, comptait, en plus de Fenton et de sa femme, trois autres types. Un agent d'entretien de la fac que Claire connaissait de vue, un caissier de la banque et, enfin, l'homme au physique quelconque qui lui avait délivré la lettre d'Amelie dans l'après-midi. Claire apprit qu'il avait tué le messager. Et qu'il enquêtait pour apprendre où elle habitait.

Ce fut lui qui mena l'interrogatoire, quand Claire reprit conscience. Empoignant les bras du siège sur lequel elle avait été ficelée, il approcha son visage à quelques centimètres du sien.

— Les collaborateurs ne nous intéressent pas beaucoup.

Claire avait la bouche sèche et les effets secondaires des cristaux, combinés au coup qu'elle avait reçu sur la tête, ne faisaient que s'accentuer ; elle tressaillait à présent. Myrnin avait raison : le réveil était brutal.

— Cap'taine Flagrant, je suppose, lâcha-t-elle.

Il éclata de rire, découvrant de jolies dents blanches, sans le moindre signe de crocs.

— C'est qu'on est maligne ! Ta réputation ne ment pas, ajouta-t-il en tapotant le jonc en or sur son poignet. Rares sont les humains à avoir eu l'honneur de rencontrer la Fondatrice, encore plus ceux à être devenus son toutou. Sam Glass était le dernier avant toi. Le savais-tu ? Tu portes son bracelet. Réduit de plusieurs tailles, sans doute.

Elle se tortilla sur son siège, mais les liens étaient trop serrés.

— Qu'est-ce que vous me voulez ?

— On a besoin d'un moyen de pression, répondit Brad Fenton. Les vampires semblent t'apprécier.

— Pas tous, rétorqua Claire.

S'ils demandaient à Oliver de voler à son secours, il y avait peu de chances qu'il fasse davantage que battre des paupières.

— Et si vous vous imaginez qu'Amelie se sacrifiera pour moi, vous avez perdu la boule.

Celle-ci l'avait bien livrée en pâture à Myrnin, non ? Claire ne devait qu'à sa bonne étoile de ne pas avoir servi de festin au vampire.

— À vrai dire, reprit-elle, je ne vois pas lequel remuerait le petit doigt…

— Michael Glass, riposta cap'taine Flagrant. Et c'est lui que nous voulons. Elle le sait, bien sûr. Pourquoi, sinon, aurait-elle fait tout ce qui était en son pouvoir pour le tenir à l'écart ?

Il ouvrit son téléphone portable et pressa la touche commandant, visiblement, un numéro entré en mémoire.

— Dis-lui où tu te trouves, ordonna-t-il en collant l'appareil contre l'oreille de Claire.

— Non, répondit-elle en le fusillant du regard.

Elle serra les lèvres en entendant Michael décrocher.

— Allô.

« Je ne prononcerai pas un mot, je ne ferai pas un bruit… » se répéta-t-elle. La porte de l'appentis s'ouvrit soudain, livrant passage à un nouvel arrivant. Mince, sale, vêtu d'une veste en cuir noir avec une poche trouée. Des yeux de fou. Des marques de canines sur le cou.

Jason.

Il arracha le téléphone des mains de cap'taine Flagrant.

— Salut, Mikey, c'est Jason. Tais-toi et écoute bien. Claire est avec moi et je suis en train de penser à toutes les choses que je vais pouvoir lui faire en t'attendant. À ta place, je me dépêcherais.

— Non ! hurla Claire en réalisant *a posteriori* son erreur (elle venait de confirmer sa présence, ce qui ne laissait plus le choix à Michael). Ne viens pas, Michael ! ajouta-t-elle.

Elle entendit le son de sa voix, mais ne distingua pas ce qu'il disait.

— Ouais, exactement, reprit Jason. Tu as une demi-heure pour te pointer, ou je te la ramène en pièces détachées. Oh, et il ne s'agit pas d'un piège, mais d'une négociation. Rapplique seul, et vous ressortirez tous deux vivants d'ici. (Un silence.) Où ? Allez, mec. Tu sais très bien où. Le cap'taine attend.

Il referma le téléphone, le jeta en l'air et le rattrapa en souriant. Pas une seconde il n'avait quitté Claire des yeux.

Michael n'allait pas se jeter dans la gueule du loup, il n'était pas aussi inconscient, si ? Mais Shane étant à l'hôpital, il ne pouvait se tourner vers personne, à l'exception des autres vampires, qui ne tenteraient rien pour la sauver.

La porte s'ouvrit à nouveau ; cap'taine Flagrant et Jason se retournèrent comme un seul homme. L'inspecteur Travis Lowe referma derrière lui et, l'espace d'une seconde, Claire éprouva un soulagement mêlé de joie. Il s'évanouit presque aussitôt, toutefois. Le regard que Travis échangea avec cap'taine Flagrant et Jason laissait entendre qu'il s'attendait à les trouver là. Et lorsque celui-ci se posa sur Claire, il ne trahissait rien d'autre que de la colère et de l'épuisement.

« Oh, non ! Il est avec eux ! » songea Claire.

— Vous avez vraiment l'intention de faire tout foirer ? souffla-t-il d'une voix furibarde. Combien de fois faudra-t-il que je vous le répète, Michael n'a aucune importance. Inutile d'en passer par là.

— C'est le plus jeune, rétorqua cap'taine Flagrant. Il constitue un symbole. Et il faisait partie des nôtres avant. Il nous a trahis.

Les « nôtres » ? Insinuait-il… Non, impossible, Michael ne pouvait pas les connaître, il ne pouvait pas avoir pris part à cette petite conspiration immonde… En même temps, Jason avait laissé entendre que celui-ci connaissait leur cachette. Christine Fenton confirma les soupçons de Claire :

— On en a déjà discuté. Michael en sait trop. S'il décide de parler, nous sommes tous morts. C'est un risque que nous ne pouvons pas courir.

En coulant un regard noir à son mari, elle compléta :

— Si tu n'avais pas échoué…

— Je n'y suis pour rien ! Une voiture de vampire garée devant une maison de vampire, comment aurais-je pu deviner qu'il ne s'agissait pas de lui ?

Naturellement. Pas étonnant que Claire ait eu du mal à comprendre : la maison ne les avait pas réveillés dans le but de protéger Sam, mais Michael, son propriétaire. Même s'il était absent. La maison avait réagi à la menace. L'officier Fenton n'avait pas été le premier à arriver sur la scène du crime : il était celui qui avait planté le pieu dans le cœur de Sam et qui l'avait laissé mourir, avant d'endosser le costume du sauveur. Si Richard Morrell n'avait pas débarqué et agi avec autant de sang-froid, il serait parvenu à son but.

Claire déglutit et regarda Travis Lowe dans les yeux.

— Je vous prenais pour un type bien.

Une expression lasse et peinée passa sur son visage.

— Claire… dit-il avant de secouer la tête. La vie n'est jamais aussi simple. Surtout à Morganville. Personne n'est tout blanc ou tout noir, ici.

— Il n'a pas vraiment le choix, intervint Jason avec un sourire de loup. S'il veut récupérer son collègue, il fera ce qu'on lui demande.

Ils tenaient Joe Hess. Pas étonnant que Claire ne l'ait pas croisé depuis plusieurs jours – et pas étonnant que Travis se soit comporté bizarrement. En observant plus attentivement Brad, elle remarqua que l'ecchymose foncée, sur sa joue gauche, pouvait bien avoir un rapport avec les articulations meurtries de Travis. C'est lui qui devait se trouver dans la masure où Travis s'était rendu. Peut-être même y gardait-il l'inspecteur.

Ce dernier détourna les yeux, où la détresse se lisait.

— La gosse n'a rien à voir avec ça, remarqua-t-il.

— La gosse, comme tu dis, traîne avec les vampires les plus importants, riposta Christine Fenton. Combien connais-tu d'humains introduits auprès de la Fondatrice ? Elle ne se laisse même pas approcher par les membres de sa propre engeance ! Bien sûr que cette fille a tout à voir avec ça. Sans doute bien plus que tu ne le crois.

L'infirmière ne pouvait pas savoir à quel point elle approchait de la vérité. En repensant à ce qu'elle avait appris par Myrnin – le mal qui rongeait les vampires, les passages virtuels dans toute la ville –, Claire réalisa qu'elle détenait assez d'informations pour détruire Morganville. Elle se composa une mine effrayée et innocente. Pour la peur, elle n'avait pas besoin de beaucoup se forcer, néanmoins. Lorsque Jason s'approcha et posa une main sur son épaule, elle fut parcourue d'un frisson : une odeur nauséabonde d'ordures abandonnées au soleil se dégageait de lui et elle aperçut du sang séché sur sa veste.

— Enlève tes pattes de là, cracha-t-elle en soutenant son regard. Je n'ai pas peur de toi.

Travis agrippa Jason par le bras, le força à faire demi-tour et le plaqua, face la première, contre la paroi en bois rugueux de l'appentis.

— Moi non plus, grogna-t-il. Et je ne suis pas ficelé à une chaise. Laisse-la tranquille !

— Mais c'est qu'on se prend pour un héros, se moqua Christine Fenton. Vous êtes pathétiques, Joe et toi.

— Ah, oui ? rétorqua Travis en tordant le bras de Jason. Ce n'est pas moi qui m'amuse à violer et à tuer des filles.

— Jason non plus, insista-t-elle. Il a juste la langue bien pendue.

— Comment saurait-il qu'il y en avait une dans notre cave, alors ? lança Claire.

Tous les regards se tournèrent vers elle.

— Je n'ai jamais vu de rapport mentionnant la découverte d'un cadavre dans votre maison, dit Travis. Je ne me souviens que de celui dans la poubelle.

Jason éclata d'un rire qui ressemblait à un croassement.

— Ils l'ont déplacé. Hé, Claire, ça ne t'a jamais traversé l'esprit que, peut-être, j'étais innocent ? Qu'elle avait été tuée par un de tes petits copains ? Shane n'est pas le type le plus stable de la terre, tu sais. Et qui voudrait se porter garant de Michael ces derniers temps ?

Plutôt que de crier sur lui, comme elle en rêvait, elle préféra économiser ses forces. Elle avait les poignets fins, et on ne l'avait pas attachée avec tant de soin que ça, finalement ; il y avait un léger jeu et, en insistant un peu, elle réussirait à dégager au moins une de ses mains. Même si le chanvre rugueux lui sciait la peau, elle continua à tirer, tout en s'efforçant de rester discrète. Une douleur cuisante lui laboura soudain le poignet lorsque la coupure que lui avait faite Jason se rouvrit ; elle sentit le sang couler dans sa paume. Associé à la transpiration qui dégoulinait le long de ses bras, il l'aida à faire glisser le lien. Feignant une quinte de toux, elle libéra sa main droite, alors que la brûlure devenait encore plus pénible. Elle s'attaqua ensuite au nœud qui maintenant sa main gauche plaquée contre un barreau de la chaise.

— Vous êtes quoi, exactement ? les apostropha-t-elle pour remplir le silence assourdissant et détourner l'attention. Des chasseurs de vampires ?

— Un truc dans le genre, répondit l'officier Fenton.

— On ne peut pas dire que vous soyez très efficaces, repartit-elle avec ironie. À ma connaissance, sans le père de Shane, les vampires ne déploreraient pas un seul mort.

— Ferme-la, riposta froidement Christine Fenton. Tu es ici depuis des mois, à peine. Tu n'imagines pas une seconde ce qu'éprouvent ceux qui y habitent depuis toujours, ou presque. Quand on sera prêts, on passera à l'acte. Frank Collins a peut-être de bonnes intentions, mais, question organisation, il a des progrès à faire.

— Vous préparez une révolution, alors, s'entêta Claire. Vous ne voulez pas frapper au hasard.

— Tu pourrais arrêter de balancer nos plans à la prisonnière ? s'emporta cap'taine Flagrant. Bon sang, Chris, tu ne regardes jamais les séries policières, ou quoi ? Tais-toi maintenant !

— Elle n'aura pas l'occasion de le répéter, lâcha l'officier Fenton, avec une telle assurance que le cœur de Claire se serra.

Ils ne comptaient pas tenir les promesses faites à Michael. Ni lui ni elle ne ressortiraient vivants de cet endroit. « Ne viens pas, Michael, ne viens pas pour moi… » En dépit de ses prières silencieuses, pourtant, quinze minutes plus tard, la porte s'ouvrit à la volée et un vampire s'engouffra à l'intérieur, emmitouflé dans des couvertures. Une odeur de chair grillée envahit l'atmosphère, tandis que celui-ci claquait la porte du pied et s'affalait contre elle, hors d'haleine. Des volutes de fumée noire, étouffante, émanaient de lui. Claire aperçut des bouts de peau noircie aux endroits que les couvertures n'avaient pas réussi à camoufler.

— Il était temps, grogna Brad Fenton avant de sortir un bâton noir d'une caisse à côté de lui et de le planter dans la poitrine du vampire.

Un instant, Claire crut qu'il s'agissait d'un pieu, mais alors elle distingua des étincelles et le nouvel arrivant s'effondra en tas. Neutralisé par un Taser.

Après s'être muni d'un pieu en bois, cap'taine Flagrant le fit rouler sur le dos. Un cri échappa à Claire. Pour une raison absurde, elle avait refusé de croire qu'il s'agissait de

Michael jusqu'à présent, mais le doute ne fut plus permis une fois qu'elle eut aperçu ses mèches blondes et ses traits si fins. Il avait les yeux grands ouverts, mais était paralysé. En dépit des brûlures qui émaillaient ses mains et ses bras, il était vivant… Cap'taine Flagrant se prépara à lui enfoncer le pieu.

Claire bondit sur ses pieds et se jeta sur sa droite. Sa main gauche était toujours prisonnière, mais la jeune fille avait pris assez d'élan pour envoyer la chaise dans le dos de cap'taine Flagrant. Il s'effondra contre le mur. Agrippant le dossier à deux mains, Claire s'en servit comme d'un bouclier lorsque l'officier Fenton balança le Taser dans sa direction ; elle réussit à le désarmer et lui planta un des pieds dans le ventre. Il recula en chancelant.

Tout en lâchant un juron, Travis passa des menottes à Jason.

— Assis, ordonna-t-il en dégainant son pistolet.

Il était tendu et furieux, mais déterminé.

— Recule, Brad, ajouta-t-il. Toi aussi, Christine. Placez-vous face au mur.

— Tu commets une erreur, rétorqua le policier. Travis, si tu nous mets des bâtons dans les roues…

— Je sais. Vous me ferez la peau. Je vais essayer de ne pas me pisser dessus, promis.

Il s'adressa ensuite à Claire, qui dénouait le dernier lien qui retenait sa main à la chaise.

— Menotte-les, je te couvre, fit-il en lui jetant deux paires de bracelets métalliques.

Celles-ci lui échappèrent tant elle avait les doigts engourdis. Au moment où elle se penchait pour les ramasser, cap'taine Flagrant – à terre, mais pas inconscient – l'attrapa par le pied et la déséquilibra.

Travis fit volte-face et pointa son arme sur celui-ci, mais trop tard. Cap'taine Flagrant tenait Claire et il pressait un énorme couteau juste sous son menton. La lame lui parut glaciale, puis brûlante.

— Pose ça, Jeff, tempêta Travis, en avançant d'un air menaçant. Je ne plaisante pas : je n'hésiterai pas à t'éliminer.

Il avait à peine fini sa phrase que le Taser s'écrasa dans son dos ; l'inspecteur se convulsa avant de s'effondrer. Une vague de panique balaya Claire. Ils allaient les tuer. Tous les trois. Tous les quatre, avec Joe Hess, retenu prisonnier quelque part.

Un gigantesquement craquement retentit brusquement, et une main pâle transperça les planches dans le dos de cap'taine Flagrant. Les doigts puissants se refermèrent sur son collet et tirèrent. Tout un pan de la cloison céda et le jeune homme fut entraîné en arrière. Claire sentit la lame glisser sur sa peau, mais celle-ci n'était pas maintenue avec assez de poigne. Le couteau tomba comme cap'taine Flagrant atterrissait dans la poussière, en plein soleil. Un son sec résonna.

Vêtu d'un long manteau en cuir noir, d'un chapeau à large bord, les mains protégées par des gants, Oliver pénétra dans l'appentis. Il gratifia l'assemblée de son plus beau sourire carnassier.

— Voilà qui était divertissant, s'exclama-t-il avant de redresser Michael en position assise à côté de Claire, puis de se placer devant eux.

— Tu aurais pu te dépêcher, murmura Michael.

De légères convulsions le parcouraient encore, mais il sortait de sa paralysie. Claire le serra dans ses bras. Il chercha quelque chose dans sa poche et en tira un mouchoir, qu'il pressa sur le cou de son amie. Elle ne s'était même pas rendu compte qu'elle saignait.

Oliver se dirigeait déjà vers les Fenton, qui tentèrent d'atteindre la porte. Il leur coupa la route avec la vitesse reptilienne qui était l'apanage des vampires. L'expression qui se peignit sur leurs visages fit frémir Claire. Ils savaient le sort qui les attendait.

— Ne vous inquiétez pas, les informa-t-il. Comme Samuel n'est pas mort, et que vous avez échoué aujourd'hui, vous ne brûlerez pas pour vos crimes.

Il attrapa le bras de Christine et arracha la manche qui le recouvrait afin d'exposer le bracelet en argent qu'elle portait. Celui-ci épousait parfaitement son poignet, pourtant Oliver réussit à glisser un doigt entre le bijou et la peau, et celui-ci s'ouvrit en deux, même si aucun fermoir n'était visible. Après l'avoir fourré dans sa poche, il récupéra celui du policier.

Les bracelets avaient laissé des traces d'une pâleur effrayante sur leurs poignets, et Christine frictionnait le sien comme si le contact de l'air était douloureux.

— Félicitations, reprit Oliver. Je vous libère de vos contrats.

Puis il se saisit de l'infirmière. Claire vit les crocs acérés jaillir, avant qu'Oliver ne la plaque contre la paroi de l'abri et ne la morde. Claire enfouit son visage dans le torse de Michael, qui lui posa une main réconfortante sur la tête, l'encourageant à ne pas regarder la mise à mort. Pourtant, elle ne put pas échapper au bruit sourd que fit le corps de l'infirmière en s'écroulant à terre.

— À ton tour, maintenant, lança Oliver d'une voix caverneuse.

Un bruit sec déchira l'air, puis un second corps s'effondra. Lorsque Michael la lâcha, Claire ne jeta pas un seul coup d'œil en direction des cadavres. C'était trop pour elle. Elle se tourna vers Oliver, qui fixait Travis. L'inspecteur revenait tout juste à lui.

— Et lui ? lança le vampire. Ami ou ennemi ?

Sans attendre de réponse, il agrippa Travis par le col et le souleva à plusieurs centimètres du sol.

— Ami ! Ami ! s'écria Claire en voyant celui-ci fermer les yeux de soulagement. Son collègue a disparu, je pense qu'ils le retenaient quelque part.

Signifiant son indifférence d'un haussement d'épaules, Oliver lâcha Travis puis décrivit lentement un tour sur lui-même.

— Il y en avait un autre. Où est-il ?

Il prit une profonde inspiration, puis libéra son souffle en toussant d'un air dégoûté, avant d'ajouter :

— Jason. Bien, bien.

Pendant que le vampire réglait leur compte aux Fenton, Jason en avait profité pour s'éclipser, et Michael ne l'avait pas retenu. Peut-être par faiblesse, peut-être pour ne pas quitter Claire. Bref, le frère d'Eve était loin à présent.

— Je le retrouverai, dit Oliver. J'ai fait preuve d'indulgence tant qu'il ne menaçait pas nos intérêts, mais ça suffit.

Posant les yeux sur Michael et Claire, il conclut :

— Rentrez.

Puis il s'éloigna à grands pas, sans un seul regard en arrière. Il avait semé trois cadavres dans son sillage, et il ne marquait pas même une pause.

Travis, qui avait réussi à s'asseoir, se prit la tête entre les mains en gémissant :

— Je hais les Taser…

Tournant ses yeux injectés de sang vers Claire, il ajouta :

— Tu vas bien ? Laisse-moi examiner ta gorge.

Elle retira le mouchoir, il n'y avait qu'une minuscule tache dessus. Son poignet saignait abondamment, en revanche, et Claire noua le bout de tissu autour en songeant : « Je vais devoir en racheter à Michael. » Pourquoi pensait-elle à ça maintenant ? Peut-être était-ce le moyen d'introduire un peu de normalité dans sa vie. Parce que la scène sous ses yeux était tout sauf normale. Michael se releva et aida Claire, puis Travis. Il tira les clés de sa poche et les jeta à l'inspecteur.

— Approchez la voiture en marche arrière. Ouvrez le coffre et klaxonnez quand vous êtes prêts.

Tout en acquiesçant, Travis sortit, ébloui par le soleil. Les mains posées sur les épaules de Claire, Michael plongea ses yeux dans les siens, puis il lui saisit le visage des deux mains.

— Ne recommence jamais, dit-il.

— Je n'ai rien fait. Comment aurais-je pu imaginer que ce flic…

— Pas ça, je parle de Myrnin. N'y retourne pas. Il te tuera la prochaine fois.

Il savait où elle avait passé la journée de la veille. En même temps, ça n'était sans doute pas très compliqué à deviner.

— Tu n'aurais jamais dû venir, riposta-t-elle. Tu te doutais qu'il s'agissait d'un piège, qu'est-ce qui t'a pris ?

— J'avais appelé Oliver.

— Quoi ?

— Ça a marché, non ?

Elle promena son regard sur les cadavres dans l'appentis.

— Ouais…

Il s'apprêtait à rétorquer quelque chose quand le klaxon retentit.

— Notre voiture est là, se contenta-t-il de lâcher.

Elle opina avant de s'avancer sur le seuil. Une forme la dépassa à la vitesse de l'éclair et le coffre se referma avant qu'elle n'ait eu le temps de faire plus de deux pas. Elle se traîna jusqu'au siège passager. Épuisée, ankylosée, prise d'une envie irrésistible, et ridicule, de pleurer, elle ne décrocha pas un mot du trajet.

13.

Joe Hess était enfermé dans un réduit crasseux de la masure de Spring Street. Bilan : un bras et deux côtes cassés. Deux heures après avoir raccompagné Michael et Claire, Travis les avait appelés pour le leur annoncer. Elle avait tenté de se réjouir de cette bonne nouvelle, mais, depuis qu'elle avait quitté Myrnin, et un peu avant même, elle avait l'impression d'être aspirée par un tourbillon de sentiments sombres. Elle se sentait si nauséeuse, faible et vidée qu'elle ne trouvait pas l'énergie d'aller rendre visite à Shane à l'hôpital. Michael informa Eve que Claire était malade – ce qui constituait à peine un mensonge. Enfouie sous un monceau de couvertures, Claire frissonnait malgré la température clémente de sa chambre. Elle oscillait en permanence entre brume grise lénifiante et clarté scintillante glaciale, et se demandait combien de temps cela durerait. Au milieu de la nuit, une migraine se mit à lui lacérer les tempes et, lorsqu'elle réussit enfin à s'endormir, le jour se levait presque.

Son téléphone portable la tira du sommeil à quatorze heures, le lundi. Un peu plus tôt, elle s'était levée pour aller aux toilettes et prendre une bouteille d'eau, mais elle n'avait rien avalé et son corps lui faisait l'impression d'avoir été roué de coups.

— Où es-tu ? lança la voix à l'autre bout du fil.

Les yeux mi-clos, Claire regarda l'heure, puis se passa la main dans ses cheveux sales et emmêlés.

— Qui est-ce ?

Un soupir retentissant.

— Jennifer, imbécile. Je t'attends au Starbucks. Tu radines ta fraise, ou quoi ?

— Non, dit-elle avant d'ajouter, avec un effort : Je suis malade.

— Écoute, je m'en foutrais, même si tu étais en train de mourir. J'ai un examen demain qui comptera pour la moitié de ma moyenne ! Ramène tes fesses, illico presto !

Jennifer avait raccroché. Claire balança le téléphone sur la table de nuit et s'assit – ou plutôt s'écroula – sur le lit. « Je ne peux pas. J'ai juste besoin de dormir. » Quelqu'un gratta doucement à la porte, puis l'entrouvrit. Eve apparut, portant un plateau en plastique craquelé qui avait plusieurs heures de vol. Dessus, un verre de Coca givré, un sandwich et un cookie. Ainsi qu'une rose rouge.

— Il faut que tu manges, dit-elle en posant le plateau sur les genoux de Claire. La vache, ça s'appelle prendre une cuite !

— Une cuite ?

Claire la considéra d'un air intrigué, tout en sirotant son Coca. La boisson fraîche et sucrée lui redonna des forces.

— Je n'ai pas bu, ajouta-t-elle.

— Je suis passée par là avant toi, riposta Eve en secouant la tête. Crois-moi, après un repas et une douche, ça ira mieux.

Claire opina. Sentant qu'elle avait un petit creux masqué par la nausée, elle réussit à avaler deux bouchées de sandwich puis fut, à nouveau, submergée par la fatigue. Elle se rabattit sur le cookie.

La douche lui fit un bien fou – Eve avait raison. Une fois habillée, elle mangea la moitié du sandwich et se sentit presque redevenir vivante. La sonnerie de son téléphone portable retentit alors à nouveau. Jennifer. Claire ne lui laissa pas le temps de proférer des menaces.

— Dix minutes, lança-t-elle avant de raccrocher.

Elle n'avait aucune envie de la voir, mais rester au lit ne lui réussissait visiblement pas. Elle descendit le plateau, fit la vaisselle, puis prépara ses affaires. Dans l'entrée, elle tomba sur Michael.

— Et tu vas où comme ça ? l'apostropha-t-il.

Il lui bloquait le passage tel saint Pierre gardant les portes du paradis. La peau de ses mains était à vif – il n'avait pas encore complètement guéri de ses brûlures. Songeant à l'importance qu'elles avaient pour lui, pour le musicien qu'il était, elle éprouva un vif sentiment de culpabilité.

— J'ai rendez-vous avec Jennifer au Starbucks, répondit-elle. Je lui donne un cours particulier. Contre de l'argent.

— Sauf que tu n'iras pas à pied et que je ne peux pas t'accompagner avant la tombée de la nuit.

— Moi, je peux, proposa Eve, qui les avait rejoints dans l'entrée. Je dois aller bosser de toute façon. Kim est encore absente, ils viennent de m'appeler. Hé, les heures sup, ça rapporte, Michael. On pourra peut-être se payer des tacos, du coup !

Même s'il ne cachait pas son exaspération, il savait que les options étaient restreintes et s'écarta du passage. Eve se hissa sur les pieds pour l'embrasser. Comme leur baiser s'éternisait, Claire s'éclaircit la gorge et entraîna Eve vers la voiture.

Le trajet jusqu'au Starbucks était court, mais celle-ci réussit à le transformer en supplice.

— Alors c'est vrai ? demanda-t-elle aussitôt. Oliver a tué les Fenton et cap'taine Flagrant ?

N'ayant aucune envie d'en parler, Claire se contenta d'acquiescer.

— Et Michael ? Michael était là ?

Nouveau hochement de tête.

— Il a été blessé, je l'ai vu.

Cette fois, Claire tourna la tête vers la vitre, sans se donner la peine d'apporter une réponse, même muette. Eve laissa le silence s'étirer quelques secondes avant de reprendre :

— Ne te ferme pas, Claire. Si on ne se serre pas les coudes, tous les quatre, il nous reste quoi ?

Sauf que Claire ne pouvait pas partager son savoir avec Michael ou avec Eve, et encore moins avec Shane. Elle était seule à supporter ce fardeau accablant dont elle ne voulait pas et qui ne lui servait à rien. Chaque fois qu'elle repensait au sourire inhumain d'Oliver avant de vider Christine Fenton de son sang, elle devait ravaler un haut-le-cœur. Si elle continuait à collaborer avec Myrnin et Amelie, elle l'aidait. Oui, mais elle aidait aussi Michael. Sam. Myrnin.

Eve sentit probablement qu'il valait mieux éviter d'insister. Au moment de se garer devant le café, elle lança :

— Reste jusqu'à la tombée du jour, Michael viendra te chercher.

— J'irai voir Shane, rétorqua Claire. Mais je ne rentrerai pas seule, promis.

— Bon sang, Claire… soupira-t-elle. Je ne peux pas t'en empêcher. Mais si tu attends Michael, vous pourrez y aller ensemble. On se retrouve ce soir. Autour de tacos, d'ac ?

Aucune perspective ne la réjouissait vraiment, mais elle accepta. En pénétrant dans le Starbucks, bondé comme toujours d'étudiants et de quelques habitants du quartier (elle était capable d'identifier les bracelets d'un simple coup d'œil), elle fut assaillie par le maelström de conversations. Installée à la table préférée de Monica, Jennifer sirotait une boisson qui devait être la même que celle commandée d'habitude par celle-ci. Elle portait même des fringues qui avaient appartenu à Monica, ou qui étaient une pure imitation de son style. Visiblement contrariée par le retard de Claire, elle se renfrogna lorsque celle-ci se glissa sur la chaise en face d'elle.

— Tu as une tête à faire peur, remarqua Jennifer. Virus ou gueule de bois ?

— Quelle importance ?

— Gueule de bois, conclut Jennifer avec un sourire. Moi qui te prenais pour une petite fille modèle…

Bien qu'écœurée par l'odeur du café, Claire alla commander un Mocha au comptoir. Oliver ne travaillait pas, et elle ne connaissait aucun des deux baristas. Quand elle retourna s'asseoir, quelqu'un occupait la troisième chaise. Monica. Claire ne se sentait pas la force de rivaliser d'esprit avec elle, pas maintenant.

Monica la toisa de la tête aux pieds, puis échangea un regard avec Jennifer avant de lancer :

— Je croyais que les années 2000 avaient enterré le look grunge.

— La ferme, riposta Claire en se laissant tomber sur son siège. Je donne des cours à Jennifer, pas à toi.

— Plutôt crever qu'accepter des cours d'une peste comme toi. Tu t'arrangerais sans doute pour me donner les mauvaises réponses.

Frappée par le génie de cette idée, Claire vit un éclair de terreur traverser le regard de Jennifer.

— Mais non, je ne le ferai pas, soupira-t-elle.

— Et pourquoi ?

— Parce que… parce que c'est important. La fac.

Elles considérèrent toutes deux Claire comme si elle avait perdu la boule.

— Bref, ne t'inquiète pas, ajouta-t-elle à l'intention de Jennifer. Tu veux mon aide ou pas ?

Voyant celle-ci acquiescer, Claire sortit son cahier de cours d'économie et se lança dans des explications. Jennifer fit des efforts au moins. Monica soupirait et gesticulait sans arrêt, mais Jennifer, elle, semblait suivre. Elle réussit même à donner quelques bonnes réponses lorsque Claire l'interrogea. Il fallut près d'une heure pour lui garantir un B – ce qui suffisait bien (Jennifer n'avait jamais visé le A).

Dégoûtée par son Mocha, Claire se débarrassa du gobelet à moitié plein avant de se rendre aux toilettes. Elle avait pensé à emporter son sac à dos, en grande partie parce qu'elle s'attendait à ce que Monica et/ou Jennifer fouillent dans ses affaires si elle les laissait sans surveillance.

Plantée devant le miroir, elle observait son visage creusé, ses yeux soulignés de cernes mauves et ses lèvres pâles lorsqu'elle eut un flash, un éclair de lucidité et de beauté inoubliable dans ce monde noyé dans le gris. « Rien qu'un peu », se dit-elle. Pour tenir jusqu'au soir. Il n'en restait pas beaucoup de toute façon.

Elle ne se laissa pas le temps de changer d'avis. Sa tête palpitait, sa bouche était sèche, ses muscles douloureux, bref, elle avait besoin de se sentir mieux. Et elle doutait de réussir à survivre à cette journée. Elle versa une dizaine de cristaux dans sa paume. Alléchée par l'odeur de fraise, elle les fit rouler sur eux-mêmes, observant la lumière qui se reflétait sur les angles aigus. Ils ressemblaient à des bonbons.

« C'est de la drogue, finit-elle par admettre. Qui ne t'est même pas destinée. Arrête ça, Claire, ce truc te rend malade. » Mais il lui faisait du bien aussi.

Elle allait avaler les cristaux quand Monica ouvrit la porte des toilettes à la volée. Claire les engloutit et essuya aussi sec sa main sur son pantalon, consciente d'avoir l'air coupable. Monica, qui se dirigeait vers une des cabines, se figea et la dévisagea.

— C'est quoi ?

— Comment ça ?

Mauvaise réponse. Claire le comprit à peine les mots avaient-ils franchi ses lèvres. Pourquoi n'avait-elle pas dit : de l'aspirine contre ma gueule de bois, ou des pastilles à la menthe ? Elle faisait vraiment une piètre menteuse.

Pour ne rien arranger, elle ne put s'empêcher d'aspirer bruyamment lorsque les cristaux atteignirent ses neurones, transformant son sang en glace et projetant sur le monde un éclat scintillant et – du moins momentanément – indolore.

Monica était loin d'être idiote. Remarquant que Claire frictionnait sa main sur son jean d'un mouvement convulsif, elle la scruta de pied en cap avant de sourire lentement.

— La vache, ça doit être de la bonne. Tes pupilles viennent de se dilater d'un coup.

S'approchant du miroir afin d'y vérifier son maquillage, Monica ajouta :

— Tu l'as trouvée où ?

Claire conserva le silence. Elle voulut récupérer le flacon, posé en équilibre sur le rebord du lavabo, mais Monica fut plus rapide. Après avoir observé son contenu, elle versa un cristal dans sa paume.

— Ça a l'air dément. C'est quoi ?

— Rien. Et ce n'est pas pour toi.

Monica écarta le flacon au moment où Claire allait l'atteindre.

— Oh ! je crois bien que si. Surtout si tu es prête à te battre.

Claire ne réfléchit pas : elle agit. Son cerveau fonctionnait si vite qu'elle se déplaçait à une vitesse incroyable et qu'elle plaqua, sans difficulté, Monica contre le mur, avant de lui arracher le flacon en fer-blanc des mains. Celle-ci n'eut pas le temps de hurler ; elle lissa ses vêtements et rejeta ses cheveux en arrière. Une lueur de folie éclairait son regard, et ses joues étaient rougies : elle se délectait de la situation.

— Petite idiote, souffla-t-elle. Tu viens de commettre une grossière erreur. Cette substance te rend plus rapide, j'en déduis donc que tu la tiens des vampires. Et je la veux.

— Non, s'entêta Claire.

Elle avait déconné, elle le savait, mais discuter ne servirait qu'à aggraver la situation. Après avoir fourré le flacon dans son sac à dos, elle remonta la fermeture Éclair et s'éloigna. Elle s'apprêtait à tourner la poignée lorsque Monica lâcha :

— Shane est toujours aux soins intensifs...

Son ton était si menaçant que Claire se retourna.

— Ce qui signifie, poursuivit Monica, qu'il n'est pas tiré d'affaire. Et les rechutes arrivent plus souvent qu'on ne le croit. Comme quand un patient prend un mauvais médicament. Ça peut le tuer. Ils ont fait un reportage sur ce sujet aux infos.

Avec un sourire mauvais, elle conclut :

— Je détesterais que Shane en soit victime.

Claire n'avait jamais éprouvé une envie aussi violente et cruelle de sauter à la gorge de quelqu'un, de lui arracher la tête, de le réduire en pièces. Elle visualisait même la scène. Terrifiée par ses propres impulsions, elle se secoua pour mettre un terme à son rêve éveillé.

— Que veux-tu ? demanda-t-elle d'une voix mal assurée.

Monica se contenta de tendre une main parfaitement manucurée, un sourcil dressé.

— Je te préviens, je n'en ai pas d'autre, dit Claire en lui tendant le flacon. Quand il sera vide, tu devras te rabattre sur autre chose. J'espère que tu vas t'étouffer avec.

Tout en saupoudrant quelques cristaux rouges dans sa paume, Monica l'interrogea :

— Combien ? Et ne commets pas d'imprudence. Si je fais une overdose, c'est toi qui paieras, pas moi.

— Pas plus de la moitié de ce que tu as dans la main.

Après avoir remis une partie des cristaux dans le flacon, et obtenu l'assentiment de Claire, Monica les avala et lécha sa paume. L'effet fut quasiment immédiat : ses yeux s'écarquillèrent et ses pupilles se dilatèrent. Encore et encore. Lorsque Claire vit que Monica était parcourue de secousses, elle eut la chair de poule. Voilà ce que faisaient ces cristaux, et c'était terrifiant.

— Tu es jolie, lança Monica, l'air surpris. Tout me paraît soudain si clair…

Ses yeux roulèrent subitement dans leurs orbites et elle s'affala par terre, secouée de convulsions. Claire appela à l'aide, puis lui glissa son sac à dos sous la tête pour l'empêcher de heurter le carrelage tout en tentant de l'immobiliser. Jennifer accourut et poussa un hurlement avant de se ruer sur Claire, qui esquiva sans difficulté l'attaque, bien trop lente.

— Je n'y suis pour rien ! se défendit-elle. Elle a pris quelque chose.

Jennifer appela les secours.

Claire n'avait pas l'intention de retourner à l'hôpital dans ces circonstances-là. Les ambulanciers avaient été obligés d'intuber Monica, le temps du trajet. À présent, les médecins s'affairaient autour d'elle pour la brancher à tout un tas d'appareils ; le maire était en route, ainsi que la moitié des flics de la ville.

— J'ai besoin de savoir ce qu'elle a pris, demanda le médecin en charge.

En regardant par-dessus son épaule, Claire aperçut Richard Morrell, qui franchissait les portes coulissantes. Le praticien claqua des doigts sous son nez afin d'obtenir son attention.

— Vos pupilles aussi sont dilatées, vous avez absorbé une substance, de quoi s'agit-il ?

Sans desserrer les dents, Claire lui remit le flacon. Le médecin se renfrogna en considérant les cristaux rouges.

— Où avez-vous dégoté ça ?

Il portait un bracelet en argent avec un symbole qu'elle n'identifiait pas.

— Écoutez, jeune fille, je suis très sérieux, reprit-il. Votre amie est mourante et je dois savoir…

— Je ne peux pas vous répondre. Interrogez directement Amelie, rétorqua-t-elle en brandissant son bracelet.

Sa sensation d'engourdissement ne faisait que s'accroître. Elle n'avait jamais souhaité sérieusement la mort de Monica. Que s'était-il passé ? Claire avait pris la même dose, et les cristaux n'étaient pas empoisonnés…

La gratifiant d'un regard dédaigneux, le médecin remit le flacon à une infirmière.

— Portez ça au labo, ordonna-t-il, je veux connaître la composition de ce produit. Rapidement. Dites-leur que c'est une priorité.

L'infirmière détala.

— Vous allez faire des analyses, vous aussi, informa-t-il Claire en la confiant à une seconde.

Il énuméra une batterie de tests, si vite que Claire, pourtant encore sous l'effet des cristaux, ne comprit rien. Elle emboîta le pas de l'infirmière sans broncher. Ça valait toujours mieux que d'attendre, les bras croisés, que Richard Morrell apprenne qu'elle avait drogué sa sœur.

Dès que la prise de sang fut terminée, Claire se rendit aux soins intensifs. Shane lisait un livre. Il avait l'air en meilleure forme et un sourire de soulagement lui barrait le visage.

— J'ai su par Eve que tu étais malade… et je me suis demandé si tu n'en avais pas simplement marre de me voir ici.

Claire, qui était au bord des larmes, aurait voulu se glisser à côté de lui et se nicher dans ses bras pour échapper, ne serait-ce qu'une minute, au poids écrasant qui l'accablait.

— Qu'est-ce qui t'arrive ? reprit-il. Tes yeux…

— J'ai fait une bêtise, bredouilla-t-elle. Une grosse bêtise, et j'ignore comment la réparer. Elle est mourante et je n'ai pas la moindre idée…

— Mourante ? répéta Shane en se redressant avec un gémissement. Qui ? Pitié, pas Eve…

— Monica. Je lui ai donné un truc, et maintenant sa vie est en danger.

Les larmes glaciales qui roulaient le long de ses joues la brûlaient.

— Je dois trouver une solution, poursuivit-elle. Mais je ne sais pas laquelle.

Shane plissa les paupières avant de lancer :

— Claire, tu veux parler de drogue ? Tu lui as donné de la drogue ? Purée…

Il lui serra la main, puis ajouta :

— Toi aussi, tu en as pris ?

Elle hocha la tête d'un air piteux.

— Moi, ça ne me fait aucun mal, mais elle, ça la tue.

— Tu dois leur parler. Dis-leur ce que tu as avalé. Tout de suite.

— Je ne peux pas… c'est…

Pleinement consciente des conséquences que ses paroles auraient sur leur relation, elle compléta pourtant :

— Je ne peux rien dire parce que ça a un rapport avec Amelie. Je ne peux pas, Shane.

Il lui serra la main plus fort avant de la lâcher. Détournant les yeux, il rétorqua :

— Tu vas laisser crever un être humain pour garder le secret d'Amelie ? Même Monica ne mérite pas ça. Si tu restes les bras croisés…

Il s'interrompit le temps d'inspirer plusieurs fois. Sa voix tremblait légèrement lorsqu'il reprit :

— Si tu restes les bras croisés, ça signifie que tu fais passer les vampires avant, et je ne pourrai pas le supporter, Claire. Je suis désolé, mais c'est au-dessus de mes forces.

Elle le savait. Les larmes continuaient de lui piquer les yeux, pourtant elle ne chercha pas à le faire changer d'avis. Il avait raison, elle avait tort, et elle devait trouver le moyen de se tirer de cette situation. Il le fallait. Morganville comptait assez de cadavres comme ça, et elle avait déjà les mains trop sales.

« Les notes, songea-t-elle soudain. J'ai laissé les notes chez Myrnin. » Elles donneraient au médecin la composition exacte des cristaux, et le moyen de neutraliser leur effet. Elle s'en souvenait en partie, mais elle sentait que ses sens commençaient à s'émousser.

— Shane…

Il ne la regarda pas.

— Je t'aime, ajouta-t-elle.

Les mots lui avaient échappé ; elle savait qu'elle avait des chances de ne pas revenir. Comme s'il l'avait deviné, lui aussi, il lui attrapa la main.

— Je ne peux rien leur dire, conclut-elle, mais je pense pouvoir l'aider. Et je vais le faire.

Dans les prunelles fatiguées et inquiètes de Shane, elle lut qu'il avait saisi.

— Tu vas encore te mettre en danger.

— Eh bien… pas autant que toi, mais… ouais.

Elle l'embrassa, bouleversée par la perfection de ce moment : leurs lèvres semblaient conçues pour s'imbriquer, et le temps se suspendait dès qu'elles se joignaient.

— À plus, murmura-t-elle en lui effleurant la joue du bout des doigts.

Sans lui laisser le temps d'essayer de la dissuader, elle s'éloigna.

— Attends ! l'interpella-t-il.

Elle ne s'arrêta pas. Déboulant dans le couloir, elle s'élança jusqu'à la sortie si vite que personne n'eut le temps de la retenir. Et elle se dirigea vers le dernier endroit sur terre où elle voulait se rendre.

Il régnait un silence de mort dans le labo de Myrnin. Claire descendit les marches précautionneusement, à l'affût du moindre indice de sa présence. Toutes les lumières étaient allumées, les lampes à huile vacillaient et deux becs

Bunsen sifflaient sous des récipients contenant des liquides en ébullition. Une odeur de fraise et de pourriture envahissait l'atmosphère étonnamment glaciale.

Si elle se dépêchait… Myrnin devait bien avoir une chambre quelque part, non ? Peut-être était-il endormi ? Occupé à lire ou à une autre activité normale ?

Et peut-être pas.

Claire traversa la pièce d'un pas lent, en veillant bien à ne pas renverser les piles de livres branlantes ni à marcher sur un bris de verre. Au fond du laboratoire, elle aperçut le plateau où elle avait mis les cristaux à sécher ; il était vide. Juste à côté se trouvaient les carnets, empilés avec soin.

Au moment où elle s'en saisissait, la voix de Myrnin s'éleva juste derrière son épaule. Et elle sentit son souffle froid sur sa nuque.

— Ils ne t'appartiennent pas.

Claire fit volte-face et, en reculant, renversa un tas de livres qui en entraîna un deuxième, puis un troisième, évoquant une série de dominos.

— Regarde ce que tu as fait, remarqua-t-il.

Son regard étrange démentait son calme apparent.

Tout en continuant à reculer, Claire jeta un coup d'œil par-dessus son épaule afin de s'assurer que la voie était libre. Myrnin en profita pour bondir vers elle. Elle brandit les carnets, dans lesquels il planta ses griffes.

— Non ! Myrnin, non !

Elle réussit à lui faire perdre l'équilibre – aidée par les livres dans lesquels il s'était emmêlé les pieds – et s'éloigna, pantelante. Elle n'avait pas lâché les carnets endommagés. En crachant, Myrnin tenta de la poursuivre, mais les obstacles au sol le déstabilisaient et ses attaques manquaient de précision. Il atterrit contre une étagère qui bascula sur lui, précédée par une pluie d'ouvrages.

Claire voulut atteindre l'escalier, mais elle savait qu'elle n'y parviendrait pas. Il se précipitait déjà pour lui couper la route. Elle allait mourir, comme Monica. Et lui aussi, dont la folie était trop avancée, à présent. Claire n'avait pas aperçu la moindre étincelle de lucidité dans son regard.

En faisant un nouveau pas en arrière, elle heurta le mur de pierre. Elle glissa le long de celui-ci pour se placer dans un coin, mais une étagère se dressait sur la voie. Lorsque Claire s'appuya contre elle, celle-ci coulissa, révélant la porte que Myrnin lui avait déjà montrée. Le cadenas en forme de cœur était ouvert. Retenant son souffle, elle l'empoigna et tira le battant de toutes ses forces. Elle sentit que les griffes de Myrnin se refermaient sur ses cheveux, mais elle se libéra et bascula en avant… dans les ténèbres.

Non ! Elle avait vu la maison Glass, l'autre jour ! Ce passage menait à son salon…

Myrnin avait changé la destination, et Claire se retrouvait dans un endroit inconnu, sombre et humide, où flottait une odeur d'égout. Grâce aux cristaux, qui agissaient toujours, ses yeux s'accoutumèrent très vite à l'obscurité. La douleur commençait à lui ronger les extrémités ; lorsque celle-ci aurait réussi à se frayer un chemin jusqu'à ses entrailles, Claire serait à nouveau en état de manque.

Elle ignorait quelles souffrances s'ensuivraient cette fois, mais elle ne pouvait pas attendre de toute façon. Pivotant sur ses talons, elle se retrouva face à Myrnin, encadré dans la porte qu'elle venait de franchir. Impossible de rebrousser chemin, elle devait chercher une autre issue.

Claire s'élança. La seule lumière, faible, filtrait par de grandes fenêtres très étroites. En s'habituant à la pénombre, elle comprit qu'elle était dans une prison. Et que certaines des cellules étaient occupées.

Il lui fallut un temps pour le réaliser, tant les prisonniers se tenaient tranquilles ; les êtres fantomatiques se jetaient en silence sur leurs barreaux au passage de Claire. Une plainte enfla, les murmures se transformèrent en hurlements, prolongés par un fracas métallique.

À bout de souffle, Claire commençait à fatiguer. Voilà où Amelie enfermait ceux qui ne pouvaient pas être guéris. Voilà où finiraient les vampires. Ils croupiraient dans le noir, seuls et affamés. Amelie ne l'empêcherait pas. Le silence, qui retomba soudain, était encore plus angoissant que le vacarme précédent. En regardant derrière elle, Claire vit que Myrnin ralentissait, puis s'arrêtait. Seul l'écho de ses pas à elle résonnait encore sous la voûte. Jusqu'à ce qu'elle décide de s'immobiliser à son tour.

— Claire, murmura le vampire. Que fais-tu ici ?

S'il paraissait déboussolé, il se rappelait son prénom, au moins. Il farfouilla dans sa poche et en tira une petite boîte en argent. Elle contenait des cristaux rouges, qu'il empila dans sa main avant de se forcer à les avaler – son corps semblait s'y opposer. Dès que ceux-ci commencèrent à faire effet, il chancela. S'appuyant d'une épaule au mur du couloir, il laissa échapper un gémissement. Il avait l'air de souffrir. Beaucoup.

— Je n'ai presque plus de temps.

Sa voix n'était qu'un filet, mais dans le silence assourdissant Claire distingua le moindre mot.

— Tu as besoin des carnets, n'est-ce pas ? reprit-il.

— Je… j'ai commis une erreur. Quelqu'un d'autre a avalé les cristaux. Je dois les apporter aux médecins.

— Quelqu'un a ingéré des cristaux ? La plupart en meurent. Peut-être trouveras-tu une solution dans tes propres notes, je n'en sais rien. Je n'ai jamais essayé.

Ce qui signifiait que quand il lui avait donné les cristaux, la première fois, il ignorait s'ils la tueraient ou pas. Et elle qui s'était imaginé qu'il tenait à elle !

— Tu as compris comment te servir des passages maintenant ? poursuivit-il avec une lassitude extrême.

— Non.

— Il te suffit, dès que tu te tiens devant l'un d'eux, de te concentrer sur ta destination. Sans vouloir t'offenser, rares sont les humains à avoir un esprit assez puissant pour réussir une fois, alors plusieurs… Et ces portes ont tendance à se dérober devant ceux qui ne sont pas censés les utiliser. Tu pourras te rendre dans n'importe quelle maison de la Fondatrice, ainsi que dans sept autres endroits en ville, à supposer que tu convoques une image précise de ta destination. Si tu échoues, tu atterriras… ici, dit-il en décrivant un cercle frémissant dans les airs. Là où elle enferme les monstres.

Myrnin souriait, mais il paraissait brisé.

— Après tout, conclut-il, c'est ici que je me suis retrouvé, non ?

Claire s'efforça d'apaiser les battements de son cœur.

— Comment regagner votre labo ?

— Par ici, répondit-il en baissant les yeux sur ses mains comme si elles appartenaient à quelqu'un d'autre, puis en indiquant une direction. Reste bien à droite, tu déboucheras devant. Ne t'approche pas des barreaux. S'ils t'attrapent, ne les laisse pas t'attirer suffisamment près pour te mordre. Et Claire…

Elle serra les carnets contre sa poitrine et soutint son regard. La lueur de lucidité y brillait toujours, même si elle n'avait pas entièrement chassé la démence.

— J'ai besoin que tu me rendes deux services, ajouta-t-il. D'abord, promets-moi de continuer à chercher le remède. Je n'en suis plus capable.

Elle déglutit avant d'acquiescer. Elle en avait bien l'intention de toute façon.

— Je n'y arriverai pas seule, lâcha-t-elle. J'aurai besoin d'aide. De médecins. Je vais leur remettre les notes pour voir s'ils découvrent quelque chose.

Myrnin dodelina de la tête puis rétorqua :

— Évite simplement de leur expliquer à quoi ils servent.

Il promena ensuite son regard autour de lui. Sur le mur opposé, un cachot grand ouvert. À l'exception d'une petite paillasse mitée, il était vide. Après avoir pris une profonde inspiration, Myrnin s'y engouffra, puis referma d'un geste vif la porte sur lui. La serrure produisit un *clic* métallique retentissant.

— Ensuite, apporte-moi des livres, à l'occasion de tes visites. Et des cristaux, peut-être, si tu réussis à en fabriquer. C'est si bon d'avoir les idées claires, même pour quelques instants.

Claire eut l'impression qu'il venait de lui arracher le cœur, tant elle se sentait vide. Et triste.

— Promis, je reviendrai, dit-elle.

Lorsqu'elle se retourna une dernière fois, elle vit que Myrnin, installé à une extrémité de la paillasse, avait les yeux rivés sur le sol. Il ne les releva pas quand elle lança :

— Je ne vous laisserai pas croupir ici, je le jure. Je reviendrai.

Elle hésita, croyant entendre une voix familière murmurer à son oreille. Celle de sa mère.

— Il faut que tu y ailles, dit-il d'une voix blanche. Avant que nous ayons tous deux des raisons de le regretter.

Elle ne se fit pas prier.

Elle ne rencontra aucun obstacle sur son chemin, même si beaucoup de vampires malades tentèrent de l'agripper. Se couvrant les oreilles pour ne pas entendre leurs cris, elle courut à perdre haleine, sentant sa nausée et sa peur croître à chaque seconde. En apercevant l'ouverture devant elle, elle éprouva un soulagement comparable à celui qu'on ressentait en s'emmitouflant dans une couverture quand on grelottait de froid. La porte donnait sur le vide, le vide noir : elle ne voyait pas le labo de Myrnin. Elle ne voyait rien !

Le vampire lui avait dit de se concentrer, de se représenter l'endroit où elle voulait aller. Bien sûr, il avait aussi précisé qu'elle avait peu de chances d'y parvenir. « Ne pense pas à ça, Claire ! se morigéna-t-elle. Si tu veux déguerpir d'ici, mobilise toute son attention ! »

Rien. Rien du tout.

Bien que terrifiée par la prison où elle se trouvait toujours, elle ferma les yeux et régula sa respiration. Elle imagina le laboratoire, son capharnaüm de livres, de flacons et d'instruments, et jusqu'à son odeur. Lorsqu'elle rouvrit les yeux, il était derrière la porte.

Prenant son courage à deux mains, elle franchit le seuil de la pièce et rencontra une légère résistance. Après avoir refermé la porte derrière elle, elle tomba nez à nez avec Amelie. Celle-ci se tenait au milieu de la pièce, les doigts entrelacés. Son beau visage lisse restait impassible, mais Claire aperçut de l'amertume dans son regard.

— Où est-il ? demanda Amelie.

— Je… la prison.

— Tu l'as entraîné là-bas, l'accusa-t-elle. Toi !

— Je crois qu'il le voulait. Il s'est enfermé de lui-même dans une cellule.

Claire déployait des efforts surhumains pour empêcher sa voix de trembler.

— Comment… comment pouvez-vous les laisser croupir de la sorte ? s'enquit-elle.

— Je n'ai pas le choix.

Amelie ne lui fournirait jamais d'explication, même si Claire insistait.

— S'il a vraiment perdu toute sa raison, ajouta celle-ci, alors c'en est fini. L'expérience restera inaboutie, et je me retrouve sans remède. Sans moyen de sauver les miens.

Elle s'effondra dans l'un des fauteuils usés jusqu'à la corde, écartant des livres au passage. Pour la première fois, Claire la voyait agir sans grâce.

— Je... je ne me serais jamais figuré que nous échouerions.

Claire s'approcha d'un ou deux pas avant de riposter :

— J'ai ses carnets. Et... Myrnin a dû laisser d'autres notes que je peux étudier. Tout n'est pas terminé.

Amelie secoua la tête et une mèche de cheveux s'échappa de son chignon. Elle paraissait si jeune et si fragile, soudain.

— Je dois placer quelqu'un de confiance à la barre, ou tout échouera. Seul Myrnin avait les compétences. J'avais nourri l'espoir que tu... mais il m'a expliqué que ce rôle incombait à un vampire. Et il n'y a personne d'autre.

— Sam ?

— Pas assez âgé ni, surtout, puissant. Il faudrait un vampire aussi vieux que moi, autrement dit... Je ne peux pas donner un tel pouvoir à mon ennemi.

Cette perspective ne réjouissait pas davantage Claire.

— Quelle autre option avez-vous ?

— Mettre un terme à tout ça.

Amelie s'exprimait d'une voix si douce que Claire eut du mal à saisir le sens des mots.

— Abandonner tout.

— Vous voulez dire… libérer tout le monde ?

Amelie chercha son regard avant de rétorquer :

— Non. Pas du tout.

— Mais alors… Pourquoi ne pas vous appuyer sur Oliver ? Vous avez dépensé tellement d'énergie pour le tenir à l'écart, pourquoi ne pas essayer ça d'abord ? Qu'avez-vous à perdre ?

Haussant les sourcils, Amelie repartit :

— Rien. Et tout, naturellement. Cependant, tu devrais craindre notre réussite, Claire. Parce que si nous atteignons notre but, si les vampires ne sont plus voués à l'extinction, que devient la race humaine ? Réservons peut-être cette question, passionnante, pour un autre jour.

Inclinant le menton dans la direction des carnets, que Claire serrait contre elle, Amelie conclut :

— Si tu as l'intention de sauver la jeune Morrell, tu ferais mieux de te dépêcher. Sers-toi du passage, je t'enverrai directement à l'hôpital.

L'hôpital était donc une des destinations ? Claire considéra la porte close avec appréhension.

— Euh… vous êtes certaine qu'elle ne mènera pas à…

— La prison ? Ce n'est pas mon intention. Si toi non plus, alors elle nous obéira. À présent que Myrnin est enfermé, nous sommes les deux seules à posséder ce don.

Claire fut soudain prise d'un doute.

— Vous en êtes sûre ?

— Comment cela ?

Amelie redressa lentement la tête, ses prunelles pareilles à deux braises. Une série d'images se bousculaient dans l'esprit de Claire : Oliver qui l'avait attaquée dans la maison, Jason qui avait disparu, comme par magie, de la soirée de Monica, puis réapparu près du Starbucks... Oh, non !

— Le sentez-vous, si quelqu'un utilise ces passages ? demanda Claire.

— Myrnin le pouvait, je suppose, moi, non. Pourquoi ? Que sais-tu ?

Amelie se rembrunissait.

— Je crois que vous avez un traître parmi vos rangs, lâcha Claire. Quelqu'un a montré à Oliver comment s'en servir, et il l'a montré à Jason. Qui a dû l'apprendre à cap'taine Flagrant et à ses amis...

— Impossible, la coupa Amelie avec impatience. La loyauté de mes fidèles est indiscutable.

— Comment expliquez-vous, alors, que Jason ait pu déposer le cadavre d'une fille dans la maison Glass sans autorisation ? Personne ne l'a invité, je peux vous le garantir.

Amelie se pétrifia, le regard dur.

— Je vois, lança-t-elle en se dirigeant vers la petite porte qui menait à la minuscule bibliothèque encombrée de livres (celle par laquelle Claire s'était introduite, la première fois, dans le laboratoire de Myrnin). Il semblerait que tu aies tiré les bonnes conclusions. Quelqu'un arrive. Vite, vite, emprunte le passage !

Derrière la porte, l'air ondulait, et la destination changeait au gré de ces variations : le salon de Michael, une maison inconnue, une pièce blanche avec une vitre teintée.

— Maintenant ! cingla Amelie. C'est l'hôpital !

En jetant un coup d'œil par-dessus son épaule, Claire aperçut Oliver, qui pénétrait dans le laboratoire et promenait son regard autour de lui avant de le fixer sur Amelie. Jason était sur ses talons, un sourire aux lèvres : Oliver avait un nouveau toutou. À moins qu'il ne l'ait depuis un moment.

— Intéressant, lâcha Oliver en découvrant le tunnel et Claire. Autant qu'inattendu.

Elle claqua la porte derrière elle, le cœur tambourinant, et celle-ci disparut aussitôt. Ça ne signifiait pas qu'elle ne pouvait pas réapparaître, mais elle était tranquille pour un moment. Et Amelie ne laisserait sans doute pas Oliver la suivre. En tout cas, Claire l'espérait. Elle feuilleta les carnets – Myrnin avait seulement lacéré la couverture du dernier et les autres étaient intacts. En relevant le nez des notes, elle découvrit qu'elle se tenait dans la chapelle œcuménique de l'hôpital, qui évoquait davantage une salle de méditation. La pièce était entièrement vide, à l'exception d'une personne agenouillée devant. Jennifer. Elle se releva d'un bond en apercevant Claire et bredouilla :

— Qu'est-ce que tu fais là ?

En reniflant, elle essuya rageusement ses yeux rouges, étalant le mascara tout autour et achevant d'enlever ce qui restait de son maquillage. Claire n'avait jamais remarqué qu'elle avait des taches de rousseur.

— Je viens sauver ta copine, répondit-elle. Enfin, j'espère.

Le laboratoire de l'hôpital mit trois jours pour trouver un remède, mais, une fois qu'il fut au point, Monica sortit de son coma en quelques heures. Claire l'apprit de la bouche de Richard Morrell, qui était passé le jeudi soir, à l'heure du dîner. Il avait trouvé les quatre colocataires attablés – Shane avait fini par quitter l'hôpital.

— Je suis contente de la savoir tirée d'affaire, dit Claire. Richard... je vous demande pardon. Si je m'étais doutée...

— Estime-toi heureuse que ce truc ne t'ait pas grillé les neurones également, rétorqua-t-il sans réel ressentiment. Écoute, ma sœur est loin d'être la meilleure personne que je connaisse, mais je l'aime. Merci pour ton aide.

Claire opina. Michael se tenait prêt à intervenir si Richard perdait ses moyens, ce qui avait peu de chances d'arriver. À ce que Claire en savait, il était le plus équilibré des Morrell.

— Évite l'hôpital, ajouta-t-il. Je m'efforce de convaincre Monica que tu n'avais pas l'intention de la tuer. Si tu te pointes, j'aurai peut-être du mal à la contenir. D'ailleurs...

Il passa d'un pied sur l'autre et détourna le regard avant de conclure :

— Surveille tes arrières, Claire.

— Inutile, lança Eve en prenant son amie par les épaules. Dis à ta sœur que si elle touche à Claire, elle aura affaire à nous.

Sans broncher, Richard rétorqua :

— Je suis sûr que ça va la terroriser. Bonsoir, Claire. Bonsoir, Eve.

Il adressa un signe de tête à Michael. Shane, quant à lui, n'avait pas quitté la table, en partie à cause de sa blessure à l'abdomen et en partie parce qu'il ne voulait rien avoir affaire avec un Morrell, même Richard. Et la situation semblait parfaitement convenir à ce dernier.

Après avoir raccompagné Richard à la porte et verrouillé derrière lui, Claire retourna se battre pour le dernier tacos. Bien sûr, Shane remporta la bataille. Il avait compris comment tirer avantage de son état : chaque fois qu'il criait « blessé », plus personne n'osait discuter. Il pourrait se servir de cet argument une quinzaine de jours environ. Tandis qu'il montait dedans, la mine réjouie, Claire se laissa aller contre le dossier de sa chaise et sentit, pour la première fois depuis plusieurs jours, qu'une partie de la tension se relâchait. Shane adressait même à nouveau la parole à Michael, surtout depuis qu'elle lui avait expliqué que celui-ci avait volé à son secours. Ça avait tout changé aux yeux de Shane.

Lorsqu'ils entendirent le coup frappé à la porte, ils se figèrent tous les quatre.

— Bon, soupira Michael, je suppose que c'est mon tour de jouer les portiers.

Claire se mit à picorer quelques morceaux de viande hachée dans l'assiette de Shane. Après avoir fait mine de lui planter son couteau dans la main, il entreprit de lui lécher les doigts, l'un après l'autre.

— J'hésite entre trouver ça dégueu ou sexy, mais mon cœur penche vers la première option, alors arrêtez ! lâcha Eve. Si vous voulez vous faire des papouilles, prenez une chambre.

— Bonne idée, souffla Shane.

— Blessé ! rétorqua Claire d'un air moqueur. Je croyais que tu préférais être prudent, non ?

Michael les rejoignit ; il faisait une drôle de tête.

— Claire, je pense que tu devrais venir.

Elle se leva et le suivit dans l'entrée. Il s'écarta pour qu'elle découvre les visiteurs sur le perron : ses parents.

— Maman ! Papa !

Claire se jeta dans leurs bras. Son enthousiasme était peut-être ridicule, mais elle s'en fichait. La peur ne la frappa que dans un second temps ; alors elle demanda, en reculant :

— Que fabriquez-vous ici ?

« Dites-moi que vous venez déposer quelque chose, je vous en prie. Oh, oui, je vous en supplie », pria-t-elle.

Vêtue d'un jean repassé, d'une chemise de popeline empesée et d'un gilet en jacquard malgré la chaleur, sa mère sembla blessée par sa question.

— Nous voulions te faire la surprise. Nous n'en avons pas le droit ? Claire, tu n'as que seize ans…

— Presque dix-sept, murmura-t-elle entre ses dents.

— Les parents doivent pouvoir passer à l'improviste pour s'assurer que tout va bien. Que leur fille est en forme et en sûreté.

Mme Danvers adressa un sourire nerveux et distrait à Michael.

— Bon, reprit-elle, je vais t'avouer la vérité. Nous nous inquiétions pour toi, trésor. Entre tes ennuis au dortoir, ton séjour à l'hôpital… et la soirée dont on nous a parlé…

— Quoi ?

Claire se tourna vers Michael, mais il paraissait aussi surpris qu'elle.

— De qui tenez-vous ça ? ajouta-t-elle.

— Aucune idée. Il s'agissait d'un mail, et tu sais bien que je ne comprends rien à la technologie. Enfin, un de tes amis, je suppose.

— Ah… souffla Claire. Sans doute pas, non. Maman, écoute, ce n'était…

— Ne nous dis pas que ce n'était rien, mon lapin, l'interrompit son père. Le message parlait d'alcool, de drogue, de bagarre, de vandalisme. De gamins couchant ensemble. Tu te trouvais bien à cette fête, non ?

— Je… non, papa, pas…

Elle ne pouvait pas leur mentir.

— Oui, j'y étais, reprit-elle. Nous y étions tous les quatre. Mais Shane n'a pas été poignardé à la soirée, c'est arrivé après, sur le chemin de la maison.

Elle réalisa seulement son erreur une fois que les mots eurent franchi ses lèvres : ils n'avaient pas mentionné l'attaque de Shane. À présent, il était trop tard pour reculer.

— Poignardé ? répéta sa mère d'une voix blanche avant de se couvrir la bouche. Oh ! La voilà, la goutte d'eau qui fait déborder le vase !

— Discutons-en à l'intérieur, intervint son père d'un air grave. Nous avons pris la résolution de changer les choses.

— Changer les choses ? s'étonna Claire.

— Nous emménageons ici, répondit-il. Nous avons acheté une jolie maison de l'autre côté de la ville. Un peu dans le genre de celle-ci, peut-être plus petite. L'agencement a l'air identique. En tout cas, je me félicite de cette décision. À l'évidence, la situation est bien pire que ce que nous nous imaginions.

Elle ne pouvait pas avoir bien entendu.

— Vous avez… Vous emménagez ici ? Dans cette ville ? C'est impossible ! Vous ne pouvez pas emménager ici !

— Oh, Claire, j'espérais que tu te réjouirais, riposta sa mère de ce ton que la jeune fille redoutait tant (ce ton qui disait : « tu me déçois tellement, ma chérie »). Nous avons déjà vendu notre ancienne maison. Nos meubles devraient arriver demain. Au fait… ajouta-t-elle en se tournant vers son mari, avons-nous bien pensé à…

— Pour l'amour de Dieu, oui ! tempêta-t-il. Je ne sais pas à quoi, mais nous y avons pensé, oui.

— Inutile de me parler sur ce…

— Maman ! Vous ne pouvez pas vous installer ici !

Michael posa une main sur son épaule.

— Vous nous excusez une seconde ? lança-t-il à l'intention des Danvers avant d'attirer Claire en arrière. Arrête. Il est déjà trop tard. Si le Conseil ne voulait pas d'eux ici, ils ne seraient pas là et ils n'auraient pas pu acheter une des maisons de la Fondatrice. Puisqu'elle ressemble à la mienne, jusqu'à la disposition des pièces, il s'agit forcément de ça. Ce qui signifie qu'Amelie est d'accord. Voire qu'elle est à l'origine des choses.

Loin de se sentir réconfortée par cette nouvelle, Claire fut prise de fièvre.

— Mais ce sont mes parents ! riposta-t-elle en contrôlant le volume de sa voix. Tu ne peux rien faire ?

Il secoua la tête avant de lâcher :

— Je ne sais pas, j'essaierai. Mais pour l'heure, on a tout intérêt à se montrer accueillants, d'accord ?

Elle n'en avait aucune envie. Elle voulait traîner ses parents jusqu'à leur voiture et les forcer à repartir. Comment Amelie pouvait-elle lui faire un coup pareil ? Non, ça sautait aux yeux : les Danvers constituaient un nouveau moyen de pression pour contraindre Claire à accomplir les quatre volontés des vampires. Et à présent qu'elle en savait autant, à présent qu'elle était leur seul espoir de mettre au point un remède avec Myrnin, ils ne la laisseraient jamais repartir.

— Claire ? lança sa mère. Pouvons-nous entrer ?

— Bien entendu, répondit Michael en affichant son expression la plus amicale. Entrez, entrez.

D'autant que la nuit tombait. Lorsqu'il voulut refermer la porte, une troisième personne la bloqua avant de pénétrer à son tour dans la maison. Claire n'avait jamais vu cet homme – elle s'en serait souvenue. Il avait d'épais cheveux gris, une grosse moustache grise et d'immenses yeux verts derrière d'épaisses lunettes démodées. Michael se pétrifia, et Claire comprit à la seconde que quelque chose clochait.

— Ah, oui ! s'écria sa mère, comme si ça lui était sorti de la tête. Voici M. Bishop. Nous l'avons croisé dans les faubourgs de la ville. Sa voiture était en panne.

Le nouvel arrivant sourit et fit le signe d'ôter un chapeau invisible.

— Merci de nous avoir gentiment invités à l'intérieur, dit-il d'une voix extrêmement grave et onctueuse, teintée d'un léger accent russe. Même si je n'en avais pas besoin.

Un vampire. Claire recula lentement, tandis que Michael semblait cloué sur place. Baissant la voix, Bishop ajouta, à l'intention de Claire :

— Je ne voudrais pas troubler ces charmantes retrouvailles familiales, mais si Amelie n'est pas ici dans une demi-heure, je tuerai tous les humains sous ce toit.

D'instinct, Claire se retourna vers ses parents, qui atteignaient déjà le salon. Ils n'avaient rien entendu.

— Non, lâcha Michael. Vous ne toucherez personne. Vous êtes chez moi, alors partez immédiatement ou je vous le demanderai moins gentiment.

Le regard de Bishop le balaya de la tête aux pieds.

— Bien essayé, mon petit, mais tu aboies comme un chiot. Va chercher Amelie.

— Qui êtes-vous ? murmura Claire.

Le vieil homme dégageait une aura menaçante comme personne. On pouvait presque la voir autour de lui.

— Dis-lui que son père est venu lui rendre visite, répondit-il en souriant. Qui n'aime pas les réunions de famille ?